メルヴィルに挨拶するために

ジャン・ジオノ［著］
山本省［訳］

彩流社

目次

メルヴィルに挨拶するために

ハーマン・メルヴィルの『モービィ・ディック』の翻訳は、一九三六年十一月十六日に開始し一九三九年の十二月十日に完成した。しかし、この仕事に着手するよりかなり前から、少なくとも五、六年のあいだ、この本は外国からやってきた私の相棒であった。丘と丘の間を縫って散歩するときには決まってこの本を持って出かけることにしていた。海のように波打っているが動くことのないこの絶大な孤独の空間にしばしば私が入りこもうとするときに、松の幹に背をもたせかけて坐り、すでにひたひたと波の音をたてているこの本をポケットから取り出すだけで、すぐさま私の下や周囲で海の多彩な生命が膨れ上がっていくのが私には生き生きと感じられるのだった。私の頭上で索具が鋭い音を立てるのを何度耳にしたことだろう。私の足の下で大地がまるで捕鯨船の甲板のように揺れ動くのが何度感じられたことだろう。松の幹が、風にはためく帆を支え重圧に耐えているマストのように、私の背中で呻き揺れるのを何度感じたことであろう。本のページから目を上げると、モービィ・ディック(白鯨)が、オリーヴの木々の泡の向こうで沸騰している何本もの楢の大木のなかで潮を吹き上げているように思われることが何度あっただろうか。しかし、夕闇が私たちの内面の空間を深化させていく時刻になると、メルヴィルが私を引きこんでくれているこの追跡は、いっそう個人的なものになると同時にいっそう一般的なものになっていくのだった。いくつかの丘のまん中で噴出している想像上の潮はやがて落下し、私が夢想していた海水は、私の夢から退却し、私を支えてくれている丘を水のない状態に戻していくのだった。平和のまっただ中であっても(もちろん、戦争のまっただ中であったとしても)、私だけがそこに関わっているのだから、私以外の者にとってはその騒動は沈黙でしかないような類の恐ろしい戦闘がある。私にはもう、地上の大洋や万人に有効な怪物などはまったく必要ではなくなってしまっている。私は今では自分自身の大洋と私の個人的な怪物を相手にしていることになる。神々に対決している人間の精神は猛烈に傷つけられ続けているので、彼らは永遠に苛立ちから解放されることはないであろう。神聖な栄光を得るために人間たちが行う追跡[捕鯨]が、素手で行われることは決してないのである。誰が何と言おうとも。夕闇が迫りひとりきりになった私は、この本のすべてを統御しているこの赤銅色の主人公[エイハブ船長]の魂をいっそう深く理解することができる。私が散歩しながら家に帰る道中、この主人公は私と一緒に歩いてくる。この主人公に追いつくには、数歩進むだけで充分だったし、夜のとばりが下りたので暗闇の奥底でこの主人公と一体になるには、いつでも数歩進むだけで充分なのである。少し大股で歩きさえすれば、私はこの主人公に追いつき、彼の皮膚のなかに入りこんでしまえるようだった。そうすれば私の身体は、まるで大きな外套に覆われるように、すぐさま彼の身体で包みこまれてしまうのだった。しかしながら、私はこの主人公の心臓を私の心臓の位置まで持ち運び、さらに私の方も自分の傷を、その深淵にひそむ巨大な動物が引き起こす渦の上へと重々しく引き連れていくのだった。

人間はいつでも桁外れに大きな対象を欲している。そして人間の生命は、そのような巨大な対象の追跡に完璧に従事するときに、はじめて価値を持つことになる。人間は華々しさや見事な外観などを必要と感じないことがしばしばある。そうした人間は自分の庭の作業におとなしく閉じこもっているように見える。しかしずっと前から彼は、自分の心のなかでは、自分の夢を追い求めるための危険な航海に出航してしまっているのである。彼がすでに出発してしまっているなどということは誰も知らない。しかも彼はまだその場にいるように思われているが、彼はもう遠く離れたところにいる。彼は禁止されている海域に足を踏み入れてしまっているのだ。彼が先ほど見せていたあの視線、あなたが見ていたあの彼の視線、それはこの世界では明らかに何の役にも立ちそうもなかった。ところがその視線が、さまざまな状況のなかをわき目もふらずに突き抜け、今では大檣楼の見張りに立って航海に旅立ち、途方もない空間を探索するという仕事に従事しているのである。私たちがよく知っていると思っているような人の人生でもこのような秘密を秘めていることがある。私たち自身の生活の秘密も時としてこうした形をとることがある。世界は私たちの活動の結末しか知らないというようなことが往々にしてありうる。不可解な難破の原因になるかもしれない驚異的な白さ[白鯨]が、水のほとばしりと泡によって不意に大空に花を咲かせる。大多数の場合には、万事が途方もなく広い空間で、あまりにも巨大な怪物を相手に展開していくので、その痕跡も生存者も残らないのだが、「海の大きな経帷子は、五千年前にもそうだったように、放浪し、展開する。」

この本に対する私の情熱をリュシアン・ジャック［ジオノの終生の友人］と共有するのはじつに簡単だった。わが家の暖炉のかたわらで何度か夕べをともに過ごし、それぞれパイプをふかしながら、私はいくつかの場面を下手くそだったが熱情をこめて彼に翻訳してみせた。これで彼を説得するには充分だった。モービィ・ディックはそれ以来、私たちの共通の夢の一部分となった。間もなく、私たちはこの本を他の人たちの夢にも提供したいと思うようになってきた。私たちの仕事を導いてくれるような原理をメルヴィル自身が私たちに示しているように思えたので、私たちは計画を実行することに決めた。「何らかの計画がある場合、それを実現するためには念入りな無秩序が本当の［しかるべき］方法である」とメルヴィルは言っている。このことは私たち二人の本性とこの本の内容にきわめて正確に呼応しており、万事が前もって決定されているように私たちに思えたので、あとは私たちが着手すればいいだけのことであった。こうして私たちはこの仕事に取りかかった。それはこの本のなかで何度も言われていることであり、またそれをこの本以上に壮麗な表現で言いあらわすことはとてもできないことである。それはこういうことだ。鯨に銛を撃ちこむと、その鯨を追跡しなければならない。その鯨が海中に潜ってしまうと、鯨が浮上してくるのを待つ必要がある。そして鯨がふたたび海面に姿を現わすと、ふたたび攻撃をはじめねばならない。こういう風に事は行われるのである。メルヴィルの文章は、同時に奔流であり、山であり、海であり、さらに、私たちが鯨の構造を完璧に把握することができるとメルヴィルが断固として証明しているわけではないけれども、彼の文章は鯨であるとも言いたい。山や奔流や海のように、彼の文章は、すべての神秘を内包したまま、流れ、隆起し、ふたたび落下する。メルヴィルの文章は運び去り、溺れさせる。その文章は青緑色の深みのなかで映像の世界を開く。その世界のなかでは、読者は、まるで海藻のようになって、甘ったるい動きしかもうできなくなってしまうのである。あるいは、その文章は読者を、もう空気がなくなってしまっているような無人の絶頂の蜃気楼とこだまで取り囲んでしまうのだ。分析を許さず激しく叩きつける美を、彼の文章はつねに提供する。

私たちは、その文章の奥底、その渦巻、その深淵とその頂上、崩れ落ちたその堆積、その森林、その黒い谷間、その断崖、すべてを塗り固める漆喰によるどっしりした仕上げ、こうしたものを再現するよう徹底的にやってみるつもりである。

イギリスに短期間滞在したあと、一八四九年にアメリカに戻ってきたメルヴィルは、奇妙な荷物を持ち帰った。それは防腐処理を施した頭だった。しかもそれは彼自身の頭部であった。人食い人種たちが住んでいる島に彼はすでに慣れ親しんでいたし、相続上の権利継承人から切り離された首の商取引が彼を驚かせることも脅かすこともなかった。しかしながら、今回は何しろ自分の首である。船乗りの頑丈な身体からこうして切断された首を眺めると、なるほどそこには長い日々が流れてきたのだろうと実感させるものがあった。その首は、海の上の五月の朝よりも、丘の上の五月の朝よりも、どんな場所の五月の朝よりも、もっと心地の良い香りが漂う軽快な芳香に満たされていた。つまり、言葉では言い表せないような永遠の芳香に満たされていたのである「イギリス滞在中に甚大な精神的変貌をとげたメルヴィルがアメリカに戻ってきたことを、ジオノは以上のように表現している」。

メルヴィルは出版社と打ち合わをするという目的を果たすだけのためにイギリスに出かけた。生涯のその時期には、彼はほとんどすべての著作を書いてしまっていた。つまり、彼自身の見解によると、すべての著作を執筆してしまっていたことになる。彼はそうした著作から自分が解放されたと感じていたのである。

メルヴィルは、背丈が一メートル八十三センチで肩幅が六十七センチの男だった。いくらか面長だが充分な分厚さのある彼の顔は、外気のなかで活動する男にふさわしいものだったし、頑丈な頬骨は際立っており、頬は口に向かって柔らかく湾曲していた。脂肪はないが、痩せこけてもいない。いっそう明るい栗色の大きな波がうねっている褐色の髪の毛が頭部を覆い、その髪の毛はうなじのかなり下まで垂れ下がり、指で梳かすだけで充分に掌握されていた。ただし、鴉のようにまっ黒の気難しくて翼のような短い毛が、両側のこめかみの上で後ろに曲がっていくことだけは止められなかった。その短い毛は本物の翼のように筋肉質でこわばっていた。この翼のような二つの毛のあいだで、少女の小さな腹のように膨らんでいる滑らかで艶やかな額の下にある、灰色と青色の混じったような彼の目が、大きな眉毛の明確なアーチと長い睫毛にしっかり守られて、いくぶん虚ろな表情で眠っていた。そして、時として、彼の心臓が命令すると、その目は完璧に鮮明な空色の琺瑯[エナメル]で覆われることがあった。それは堂々とした八月の太陽が照り付ける空のように、ほとんど不透明な紺碧の琺瑯である。力強くまっすぐの美しい鼻。鼻孔はしっかり開いている。褐色の口髭。顎鬚のなかには薔薇色の唇の小さな内側が見えている。その顎鬚は顎から三センチのところでほとんど四角に切り揃えられている。これがメルヴィルなのだ！　一八一九年に生まれているので、この年、彼はちょうど三十歳だった。一八一九年は、キングズリー、ロウウェル、ラスキン、ホイットマン、それにヴィクトリア女王が生まれた年である。豊作の年だ。先祖は全員スコットランドの家系である。家系の祖先を、十三世紀にエドワード一世と縁組をしているリチャード・ドゥ・メルヴィルまでさかのぼることができる。ああ！　もちろんのことだが、父親のアラン・メルヴィルは商人だった。十三世紀の奥底からメルヴィルの時代までやってくるにはあまり感心できないようなこともあったはずだ。数百年にわたり王家と関わりがあるというのは単調なことでもあるだろう。それにアランはほとんど貴族的と形容できるほどの商人であった。輸入業を営んでいたので、商取引の必要にかられてヨーロッパにしばしば旅することがあった。彼はもう番号付の王との縁組はしなかったであろうが、産業界の大立て者の何人かとはつねに縁組をしていた。あるいは、商業の王たちとの戦闘にでかけ、法律と天秤と積載量を拳に握りしめて、彼らと戦ったのである。

ところで一八一四年に、この父親アランは、と言うより父親になるために、マライア・ゴーズヴォートを妻に娶った。いとしくもあり哀れな母親！　メルヴィルが今彼女のことを冷静に考えられるようになるためには、どれほど穏やかな芳香を自分の脳裏から追い払うよう努力しなければならないことだろうか。最高に美しい五月がこの哀れなマライヤのために香りをもたらすというようなことはまったくなかったのである。彼女は冷たく、痩せぎすで、物質的で、不愛想で、体系的で、気難しく、傲慢だった。そして、このような感情的で肉体的なすべての特徴が全体として完成していることから判断すると、これらの性格のユニークきわまりない見本例とでも言うべきものがひとりの女性に集結していることが分かる。こうした性格が、安物の厳格な綾織綿布をまといコルセットの胸の張りで身を固めたところ、それがメルヴィル夫人になった。彼女の息子が後ほど控えめなユーモアを交えて話題にすることになる、この女性用のコルセットを、彼女は法外なやり方で利用することになる。そのことについて、彼女の身体に煽情的な布をまわせるためにそんなことをしてほしかったものだ！　しかし、うら若いとは形容できなかったかもしれない年齢の少女だった時にすでに、彼女は自分の聖書から愛の詩を破り捨ててしまっていた。何度も母親になっていたにもかかわらず、彼女はルツやエステルやジュディットといった名前を目にするだけで赤面するのだった。つまり主の栄光のために女のおぞましい器官を奉仕させた女たちのすべてが彼女の赤面の対象だった。彼女は『民数記』を読むとはじめて心の安らぎを感じるのだった。そこでは相補的な法律が次々と主要な法律を補強していくからである。寺院の建設を語る文章や、のちほど方舟の制作に役立つことになる富の列挙などを読むのが彼女は好きだった。彼女には八人の子供が生まれた。まるで註文の控え帳に記載されていることを実行していくような具合に、彼女は八人の子供を産み落とした。彼女の腰を膨らませ、小数点をあらわすためのコンマのように乳房にぶら下がる乳飲み子が生まれるという、あの苦くて残酷な春を迎えるたびに彼女は恥じ入った。そのあとすぐに、凶暴な喜びを味わいながら、彼女はメルヴィル家の経済を取り仕切る氷のような主婦に戻るのであった。八人のうちの三番目の子供であるハーマンは、母親の父の名前を受け継いでいる。子供に特有の触角の風変わりな喜びや、乳房の感触について、ハーマンは気難しくてつらい記憶しか持っていない。まるでアリオスト[イタリアの詩人]が描く、馬に乗った女戦士の甲冑の継ぎ目越しに授乳されたかのようだ。まさかそんなことはないであろう。それに、乳が流れてくれれば彼はいつでもその乳を飲んだし、今でも鋼鉄の上に一滴の乳が流れてきたとしても、それが乳であることに変わりはない。ずいぶん若い時から、船と海が彼を心底から誘惑していたのだった。あらゆる力強い呼吸は例外なく、強烈な無秩序を秘めた魂を突き動かすものなのである。父親や、秩序で満ちあふれている自分の家にあててニューヨークから彼が次のように書き送ったのは、彼が十歳になるかならないかの時のことだった。

「今日、冬の午後、海にもっとも遠くまで突き出ている突堤の先端まで連れていってもらいました。山よりも高く盛り上がる巨大な波がうねっていました。船舶のマストがまるで鞭のように海のいたるところを叩いていました。そして、ル・アーヴルでも、リヴァープールでも、ロンドンの港にいたるまで、世界中のすべての大きな港でマストはこんな風に海を叩いているのだということでした」

彼の子供時代はまったく正常なものだったが、父親は、彼は話しはじめるのが非常に遅かったし、理解力がいささか鈍かったと語っている。数字に関しては、そういうことが言えるであろう。アルバニー・クラシカル学院で彼を教えた教師、ウエストはこう言っている。「彼のことはよく記憶している。私のお気に入りの生徒だった。彼は数学ではまったく駄目だったが、外国語への翻訳作文と英語の作文では非常に優秀だった。一般的に言うと、大多数の生徒たちはこうした宿題をいやな宿題だと考えて、どんな罰を受けることになろうとも何とか回避したいと考えていたものだが、彼は創作することと書くことがとても好きだった。」ウエストが彼のことをこんな風に語るときには、一八九一年に死亡してしまったハーマンの頭のなかにはすでに土がいっぱい詰まってしまっていたであろう。

しかし、目下のところ、彼の頭には芳香が満ちあふれ、その目には五月が花咲いている。彼の思い出は王様［最高の記念品］である。それは泡立つ太陽が輝く島々であり、サンゴ礁が広がる海の波静かな沈黙であり、シェークスピアの王たちの冠のように、季節風が消滅してから吹き荒れる台風のように彷徨する巨大な王冠でもある。芳香は、しかしながら、山査子《さんざし》の花がついている枝で編んだたったひとつの冠から彼を訪れる。ある日、彼は山査子の花輪を頭に載せてもらったのである。その花輪は、こめかみを覆っている黒い髪の毛のあの気難しそうな翼のところまではまりこんだ。その花輪を彼が抜き取ったところ、小さな赤い棘が額にひっかき傷をつけてしまった。彼は鏡で自分の顔を見る。今では彼の額にはもう傷跡は残っていないが、しかしその部分に指で触れてみると、まるで蜂蜜ケーキに触れているように、やはり柔らかくて優しい。

父親が死亡したので、彼は学校をやめざるをえなかった。寡婦となったマライアは両手をすり合わせて思案した。寺院を建築していくためには、十五歳の子供をどう扱ったらいいのだろうか？この年齢の子供なら、いつでも銀行員にすることができる。おじさんが取締役をしていたニューヨーク州立銀行に彼は入った。しかし、ニューヨークの埠頭の先端まで連れていってもらった時、抒情的な子供の心は、世界中の港のすべてをかき集めたよりも、もっと多くの鞭打つようなマストともっと多くの風をはらんでいる帆を内包しているなどということを教えてもらったわけではなかった。そして銀行の壁に囲まれたハーマンは、艦隊の幻影の揺れ動きにすっかり困窮しきっている。彼の航跡［彼が移動するところ］には、アスファルト、大麻、濡れた樅材、ヨード、海の幸、ハマグリの煮込みなどの匂いが漂っている。彼はこういう状況に耐えられない。我慢し続けるのはもう不可能である。翌年、彼はもう壁の外に出ている。彼が言うには、兄を手伝っているそうだ。実際のところは、彼は読書し、勉強している。つまり彼は自分の艦隊が存分に活躍できるような海を仕込んでいるのである。

彼が自分の地平線を終始一貫して押し広げていくのを妨げるものはもう何もない。私たちが見ることができる世界の円環は私たちの歩みの意のままになる。つまり私たちの力次第で円環は広がっていくのである。もう一年経つと、彼はすでにマサチューセッツ州のピッツフィールドにあるおじの農場にいる。意識することなく、彼は、彼に迫ってくる嵐に向かい風のなかを逃げまわっている。

彼は岩だらけのマライアの領域を超えていくのである。本能的に、沖に出れば確信を持って操縦できるということを彼は知っている。田園でしばらくのあいだ平穏な生活を彼は味わっている。雄牛に接近することができるのは自分だけだと母親に彼は書き送っている。兄への便りではこう書いている。「私が人生のために準備してきたこれらの壮麗な企画のうち、今でもまだ手をつけずに残っているものはもう何もありません。大きな危険にも喜んで立ち向かっていくつもりだし、自分自身を疑うということはもう止めようと考えています。」ピッツフィールドの果樹園で、春がこれほどまでに美しいことはそれまで一度もなかった。花々の荒々しさは農民たちをびっくりさせた。樹木は大量の花で覆われたので、樹木はまるで雪に押しつぶされているように呻いていた。驚異的に澄み切ったワニスが夜の闇の黒々とした総体を緑色に染めていたし、星たちがあまりにも大地の近くまで下りてきたので、星たちが低い声でつぶやいているのが聞こえるほどだった。風は吹いていると言うよりも、むしろ散歩を楽しんでいるようだった。まれにみる豊かな受精のおかげで、巣や敷き藁や家畜小屋や移動牧柵や豚小屋や兎小屋で、動物たちは旺盛に増殖している。その年の動物たちの群れは、アメリカ全土にわたって巨大な脂肪のゼリーのように揺れ動いていた。郊外の向こうからニューヨーク市のなかまで、動物たちが驚くほど豊饒に生まれている様子が聞こえないところはない。バスや渡し船や二輪馬車や伝動ベルトなどの物音は、羊や山羊の鳴き声、牛の鳴き声、狐の鳴き声、新芽の膨らむ音、ガチョウの鳴き声など、次第に音量が増してくる動物や植物たちの物音でかき消されてしまう。マライアは農夫に次のように書き送っている。「とても豊かな年が準備されています。あなたはハーマンに商取引がどういうものか理解させてやってください。私は兄に決心させました。家畜小屋のうしろの四角くて広い果樹園の十四本のリンゴの木をハーマンに提供するようにと、兄に伝えてください。もちろん地面や樹木を提供するわけではありません。ハーマンはリンゴの果実を受け取るのです。ハーマンに、そのリンゴの実をもいで売るよう言ってください。ハーマンにいくらで売れたか私に連絡するよう言ってください。今からリンゴの収穫が行われるまでのあいだに、産卵前のガチョウのつがいをハーマンに与えるよう、私はあなたに命じます。彼はそのことについても責任を持ってやってほしい。ただし、生まれてくる雛鳥は彼がやりたいように扱って結構です。その雛鳥を売りさばいて利益を得てもいいですよ。彼がどれくらい儲けられるか楽しみです。彼は責任を持って豚も一頭太らせねばなりません。」しかし、この手紙に驚いた農夫は、ハーマン氏は今頃ニューヨークで元気にやっていると思うと返事している。ハーマンは、当地にまだ雪が残っていた頃、三月三日にその農場をあとにしたのだった。リヴァプールに向かって帆走している商船、ハイランダー号にハーマンが乗りこんでいるということを、知り、理解し、認め、さらに確信するには、マライアにはなお長い時間が必要だった。彼は普通の船員として雇われていた。『レッドバーン、あるいは船員になった、紳士の息子の告白と思い出』を彼が書くのは、このときの航海を素材にしているのである。

しかし、誰でもそうだが、ハーマンを構成しているのは彼自身だけである。さらに彼がこの航海中に見聞したことは、尋常きわまりない海の航海でしかなかった。彼はずっと以前からもっと胸をわくわくさせるような大航海を夢のなかで体験してきていたのである。現実がそうした夢のなかの大航海に追いついてくることを彼は願っていた。とりわけ現実が夢を凌駕することを何よりも願っていたであろう。「おや、おや、彼が私の血筋を引いていることに変わりはないわよ」とマライアは思ったのであった。その通り、彼もまた彼女の血筋を引いている。あるいは、少なくとも、父のアランとも母のマライアともまったく違ったメルヴィルの血を彼が築き上げるには、なおもう少しの時間が必要になってくる。彼は地上に戻り、ぶるっと身体を震わせ、海を見つめ、海に背を向け、ふたたび海を見つめ、そしておもむろに大股のゆったりした歩調で田園に入っていく。もう実家には戻らないということがとりわけ重要である。週給六ドル、住居つきという条件で彼はイースト・アルバニーで学校の教員になる。あてがわれた小さな住居で、彼は海に関する本で入手できるものをすべて片っ端から読んでいく。それは三年間という短くはあるがとらえようのない期間である。そのあいだ、彼は多くの乗組員を乗船させたり下船させたり、何人もの船長を雇用したり、彼らに感謝の意を示したり、船底を見たり、船体の隙間を塞いだり、船倉に荷を積み込んだり、形勢をうかがったり、好機をのがしたり、のがした好機を残念がったり、次の好機をうかがったり、好機をつかみそこなったり、間違って出発したり、係留地に戻ったり、港でロープや帆を使ったり、波のない静かな水の上で眠ったりする。そして、何も得るものがない日々の朝から晩まで、輝かしいものであってほしいと彼が願っている船の舳先が、停泊地の岸壁にその鼻先を意味もなくぶつけている音を聞き、深く苦しんだりする。彼が自分の血を充分に心得ており、それはもちろん母親の血でもあるのだが、その血があまりにも力強く血管のなかを流れまわるとき、彼は近所に住んでいる小さな娘さんたちを連れて学校の周囲にある果樹園を荒らしに出かける。あるいは吹き矢を持って窓辺に陣取り、通りを通りかかるシルクハットに豆を命中させる。だが、どうやって逃げたらいいのだろうか？　［父親から受け継いでいる精神的な］メルヴィルが立ち上がるとき、彼はどうしたらいいのだろうか？　自分の手から遊び道具と娘さんのアンダー・スカートを取り上げ、テーブルの上に人生の設計図を黙って繰り広げる男。羅針盤をちりばめたさまざまな計画がすべて目の前に並べられている。髪の毛のように渦巻く海流のものすごいうねりが、荒れ狂う空間のなかでのたうちまわっている。そこで一人前の男に成長するのは素晴らしいことであろう。自分のたどるべき針路が記されている地図を前にして彼は、まるでメデゥーサ［ギリシャ神話で、見る者を石に化した魔女］の前にいるかのごとく悲しみに唖然として、じっとたたずんでいる。

ああ！　最終的に万事を決定するのは自分の血だということをマライアが知っているとしたら、彼女はどう思うだろうか！　そう、彼女はおそらく満足することだろう。私たちには彼女のことはあまり分かっていないというのが実情だ。彼が優柔不断の状態にいることに彼女が満足しているなどと、あなたは考えるだろうか？　彼女は非現実的な建築資材にも興味を持つことができる。夕べのランプの下でテーブルの上に聖書を開いているとき、まるで煙のように書物から立ち昇ってくる壮大な建築物は、ヒマラヤスギや精錬された金の薄片の骨組だけで作られているわけではなくて、慰めをもたらす教会を堅牢に築き上げている漆喰のもっとも強固なものは、天使たちの翼や信仰でできているのである。彼女は流動的な水を資材にしてでさえ寺院を建てることができるということも心得ている。重要なのは建てることである。海に通じる街道に向かって歩いていこうという活力をここでハーマンに与えるのは、おそらくマライアの好戦的で貧弱な乳であろう。

一八四〇年十二月の半ばに彼はベッドフォードに到着する。彼は港の波止場に赴く。彼は鼻面を秣桶にこすりつけている捕鯨船をすべて検討してまわる。彼が肥育しなければならない豚、例のありもしないリンゴの取り引き、そして銀行や学校やベティやマライアや、全アメリカは、今いったいどこにあるのだろうか！　彼は半島の先端にいる。そこはニューヨークの突堤よりももっと海に突き出ている。全アメリカは彼の踵のうしろにあり、馬の鞍に飛び乗ろうとしている騎士の拍車にひっかかっている緑色の古ぼけた雑巾のようだ。

さあ、紳士よ、あなたはどのような決断を下すのか？　あなたは耕作馬を望むのだろうか、それとも競走馬を望むのだろうか？　あなたは自分の夢の種を蒔こうとしているのだろうか、それとも自分の幻想を相手にしてポロ［馬に乗って行う球技］の競技ができるような動物が必要なのだろうか？　あなたが探しているのは、荷引き用の馬なのか、それとも捕鯨船だろうか？　そうだ、紳士よ、私たちは鯨を追う船［whaler］とポロをする馬［waler］をあらわすのにほとんど同じ言葉を用いる。あなたは畑を耕す人間のようには見えない。こんなことを言うのは、あなたの脚を見たからだ。そのような脚で、畑とスイートホームを馬に乗って並み足で往復するのは残念なことだ。私が見たところでは、あなたにはもっと旅をする必要があるような様子がうかがえる。あなたがここにやってきたのは正解だった。誰があなたにこの家を指示したのだろうか？　誰にも指示されたわけではない！　騎士の嗅覚が物を言ったのでしょう。私たちはすでにヘンリー・ダナ卿に力を尽くしてきた。彼がかの有名な著作『マストの前の二年』を書くことができたのは、私たちのおかげです。ご存知ですか？　ああ、申し訳ありません、それなら、ここではあなたは自宅にいるのと同然ですよ。ヘンリー卿の友人は私たちの友人です。著名な騎士で紳士ですよ！　彼は私たちのところへたくさんの顧客をまわしてくれました。あなたはただ単なる馬を求めてここにいらっしゃったのではないということを、私はすぐさま見抜きました。何によって見抜いたのでしょうか？　あなたの目によってですよ。目はどういうことを言っているのでしょうか？　ああ、あなた、その目からうかがえるのは馬に対する欲求です。これはただ単なる職業的な観察眼ですよ。その目には、空間のなかで誤ることのない一種独特の正確さがみなぎっています。こんな風に表現できてじつに満足です。こうした表現の仕方は私に固有のものです。現実にこの世を見渡す視線のなかに一種の正確さをみなぎらせている人たちがいます。それでは、例えば一ドルを見ることにしましょう……、例えば私ならじつに地上的な正確さを持っています。私は一ドルを見ることを心得ています。たちどころに、その一ドルがどこからやってきて、今どこにあり、これからどこに行くかといったことが分かります。しかし、空のなかや、海のなかや、空間のなかに、つまり私には何も見えないところに向けた視線の正確さを具えている人々がいることでしょう。あなたもそうした人物のひとりです。あなたの母親ゆえにそうした人物になっているわけではないとあなたは否定することもできるでしょうが、あなたは、やはり、そうした人物なのです。あなたはポロを行う。そして、何があなたに必要なのかということが、私にはしっかりと分かっているのです。

彼に必要だったのは三五九トンの捕鯨船アクーシュネット号である。ここからすぐ近くにある川に通じている捕鯨船の小さな港、フェアヘイヴンからその捕鯨船は今にも出航しようとしているところだ。事実は言葉以上のことを物語っている。ここでもあなたの目がテーマになっている。ゲームは男たちが行う単純なゲームである。なぜ私はあなたにこんなことを言っているのだろうか？それはボールが落ちる場所よりもほんの少し向こうをあなたの目が見つめているからですよ。ほんの少しだけ向こう、数ミリ向こうだと思いますよ。あなたなら大きなサイズの空間のなかでも正確に目測できそうです。それはただの単純なボールでしかないのです。それは海鳥ではありません。ともかく私にはそう思えるのです。しかしあなたは私よりももっとこの間の事情に詳しい。出しゃばってすみません。

そう、彼の内部に存在している家畜商人の言うことは当たっている。しかし彼はあまりに丁重すぎる。ハーマンが見つめているのは数ミリ向こうではなくて、数海里向こうなのだ。彼が他の競技者たちと理解しあえるなどということは絶対にない。彼は人間の能力の尺度に合っているような競技を行うわけではない。しかしながら、今のところは、何かの結論をそこから引き出すなどということはできない。彼くらいの年齢で適度の規模の競技を行うような若者はどんな人物だろうか？

アクーシュネット号の船員名簿に、二十二人のアメリカ人、三人のポルトガル人、一人のイギリス人に混じって、ニューヨーク生まれでフェアヘイヴン居住者(これは間違いだが、曖昧にしておくためにこう書かれている)のハーマンは、二十一歳、身長は一八三センチ、肌色は褐色、髪の毛は栗色と記されている。目録を作成したのは船長の娘のヴァレンタイン・ピーズである。彼女はテーブルに向かって坐り、船員が入ってくるたびに父親が身体の特徴を書き取らせていたのであろう。しかしヴァレンタインはノートから目を上げ、青年を自分の目で見つめ、ハーマンという名前の正面の余白に「不満家」(squaller)と書きつけた。ああ! ヴァレンタイン嬢よ、「不満家」(rouspéteur)と記載したあなたは、彼の姿に何を見たというのだろうか? 彼は何も言わなかった。アクーシュネット号に乗ってあなたのお父さんと出発したいという確固たる希望の他には、彼は何も言わなかったはずだ。私はあなたに保証する。彼は余計なことは一言も言わなかったのである。それなのに、あなたは彼を前にした時だけ「不満家」と書き記した。この青年だけの前でそんなことを書いたのだ。三人のポルトガル人と一人のイギリス人と二十二人のアメリカ人がいたのに、彼らについてあなたが何も特記しなかったというのはかなり尋常ならざることである。それでは、この青年にはいったいどんな特徴があったというのだろうか? この時も彼の目が彼女に何かいたずらを働きかけたのだと私は想像する。彼は操るのが難しいとあなたは言いたいのだろうか? たしかにそうだろう。あなたは他の乗組員たちより時間をかけて彼を見つめたのだ。この若者が、みんなのするようなポロ競技を普通の芝生の上で行うなどということをどうしてあなたは想像するのだろう? しかしながら、あなたが「不満家」と記したとき、あなたが考えていたのはハーマンのことではなかった。あなたの正面には、他の大勢の乗組員は除いて、あなた自身のずっとうしろを見つめているだけの二つの目しかなかったのだ。そして、何はともあれ、その場所こそあなたが人に見つめてほしいところだったのだ。青年たちの視線をあなたという存在がいるところまで確実にあなたはいつでも引きつけることができるのだ。黒い絹でできたつばの広い婦人帽から金髪がはみ出ている。その帽子をかぶっている薔薇色の顔色をしたあなたという単なる物質に、あなたは青年たちの視線を引きつける名人である。

そうではなかった、お嬢さん。あなたは船長のことを考えていたのだ。そしてそれは、もちろん、別のことだった。お嬢さん、正直に言ってください。船長は嵐が吹き荒れているあいだあなたをマストに括り付けていたなんてことはなかったでしょうか？　彼があなたを鞭で叩いたことはなかったでしょうか？　そう、古い綱を編んで作った鞭であなたのむきだしの皮膚を叩いたことはなかったのでしょうか？　船長が、かろうじて充分なだけの飲み水をあてがい、あなたの両手両足をしばって船倉の底に放りこんだりしたことはなかったのでしょうか？　そんなことはなかったですって？　しかし、船長はそういうことをやる男ですよ。それはあなたも知っている通りです。その上、彼は指揮を誤ることもある。「はい」とか「お安いご用です」などと言うだけで、何だか馬鹿にされたような気持にさせる人がいるが、船長はそういう人なのです。八十キロのうっとうしい肉と二十キロの辛辣な筋肉[で成り立っている人物]。ああ、お嬢さん、あなたの考えることはもっともです。彼らは家庭のなかではしっくりいかないでしょうよ。あなたはそのことをすぐさま見てとった。しかしあなたは船長の娘という伝統のなかで生きてきています。そして、若者が幅の広い肩と詩人のようなとっつきにくそうな目を具えた素晴らしい風采を誇示していたとしても、その若者をあなたは罪ありと判断したのです。ヴァレンタインさん、あなたにはどうしようもありません。彼は選ぶのにいい男だったのです。そして、あなたが彼を望んだとしても、彼はあなたの手の下で雀が丸くなるような風にはまずいかなかったでしょうよ。彼のように青年たちが沖に出ていくのは、彼らのそばに充分に美しい娘さんがいないからです。

これはどうしようもないことです。あなた自身が目録の下部に記したように、アクーシュネット号は太平洋を目指して一八四一年一月三日にフェアヘイヴンから出帆した。彼は船長と出発した。あなたと出発したわけではなかった。本物の船舶は厳しいブライ［船長、一七五四―一八一七］の伝説が物語っている通りである、と考えている少女が味わう失望はこのようなものである。今ハーマンの物語を執筆している私は、あなたのせいで恋愛の情景を書き損じることになってしまった。あなたは彼が出会った最初のきわめて美しい少女だったのだ。私もあなたのことが気に入っている。あなたを恨みたい気持だよ。ともかく、彼は船長とともに出発した。船長とともに十五か月のあいだ、いかなる港にも立ち寄ることもなく、彼は南の海域の広大な畑を苦労して耕作し続ける。青年よ、君は塩水をたっぷりあてがわれている。君はそれを要求していたのだから、このたびはそれで満足すべきだよ。こうして彼は満足している。のちに彼は登場人物にこう言わせることになるだろう。「私には大したものは何も見えない。相当な空間の広がりのなかで見えるのは水だけだ。」そうするとピーレグならこう答えるだろう。「それでは今、世界を見るという概念について、君はどう考えているんだね。いつでもホーン岬の向こう側に行きたいとでも言うのかね。そうすればいつでもホーン岬が見えるだろうよ。世界は、君が今いるところで完全無欠なんだよ。それ以外のものは何もないのさ。」そう、つまり私たちが目の前に据えつけているものだけがあることになる。そして世界が私たちに提供してくれるものが存在する。友情と恋愛は際限のない感情である。私たちは山や海のような巨大な存在を、女性を愛する場合と同じ愛情でもって、また男を愛する場合と同じ友情でもって、愛することができる。そして私たちは巨大な存在によって愛されることができるのである。これは私たちの天恵である。私たちの無秩序の奥底の暗闇のなかにあっても、この確信は私たちのものとして実在しており、この確信以外には確かなものが何もないような時でも、この確信は私たちが偉大であるという感情を抱けるよう私たちに充分に保証してくれているのである。ハーマン以上にこうしたことを心得ている者はいないであろう。そして、この海原が際限のない地平線の上に広がり、時が記憶とともに成熟していくと、彼は避難場所になるはずのあの本『モービー・ディック』を書くであろう。その本のなかでは完璧な世界が、彼の絶望と、神々とは関係なく自分が存続したいという彼の欲求を、保護することができるのである。

しかしながら、時はまだ成就しているわけではない。彼は南の海の長くて丸い大波に揺られてゆっくり身体を揺すっている。彼はあちらこちらで大海に少しずつ身体をぶつけている。最初、彼はまぶしいほど臆病な態度で大海に乗り出した。すぐさま彼を感心させるのは、手練手管と魅惑が桁外れの規模で交錯しているという事実である。その時彼がスティーヴンソン［スコットランドの作家、一八五〇―一八九四］流の競技を行っていたら、広大な海域の水の他には何も知ることはなかったであろう。しかし、アクーシュネット号はヨットではなく捕鯨船だったし、ピーズ船長は鯨を捕獲していた。船長は頬打ちを食らわしたり尻を足蹴にしたりして鯨を捕獲する。非の打ちどころがなく壮大なスケールで等差級数的に増加していく機会に、彼はいよいよ壮大で斬新になっていく悪態をつきながら神の名前を冒瀆していく。九柱戯［ボーリングに似た遊戯］の球のように船乗りたちのあいだを彼は走りまわる。彼が次々と大穴を穿っていく［船乗りたちを倒していく］人間として生まれてきたということには間違いがない。彼は棍棒であり、警棒であり、棒状の鈍器であり、神を放りこむための下水渠である。ハーマンは痩せ細り、小さくなる。彼は何はともあれこの動き回る一種の足蹴には痛い目にあわされたように思われる。この足蹴は、太陽のまわりの太陽光線のように、船長の周囲を絶えず旋回しているのである。それは誰に向かうかなどということには無関心であり、とりわけ彼だけに向けられていたわけではない。彼は尻を足蹴にされることに関して哲学者であり、そんなことはすべて無視している。しかし労働は彼を粉砕し、彼を叩き、彼を日焼けさせる。ここでは空気は無料なので、彼が肺を存分に大きく広げることができるとしても、彼の腹の皮は長靴の革のように干からびていく。ああ！　偶然にでもいいから、彼が自分の姿を頭から足の先まで眺める余裕がありさえすれば、かつて州立銀行に勤めていたハーマンさんはいくつかの小さな変質を受けてしまっていることに彼は気付くであろう。はじめて身体の上から下まで洗うことができた時には、彼の手からスポンジが滑り落ちてしまった。彼の身体で今も残っているのは素晴らしい肩だけであり、その頂点にいたるまで肺が膨らんでいるのがよく見えている。しかし、彼の腹を彼は両手で締め付けることができるだろうし、彼の腿は、ぞんざいにくっつけてある人形の腿のように、腰に繋ぎ止められている。腿の楔とゴム紐が見えるようだ。しかし、彼には自らの目で自分が新しくなっていることのすべてを何とか理解してほしいものだ！　今ではその目を正面から見つめることはもうできない。あるいは、正面から見つめたりすれば、あなたは危険や災禍を受けることになるだろう。可哀想なヴァレンタイン嬢よ！　二度と「不満家」に出会わないよう神に祈るがいい。何故なら、彼があなたの前に立つことになれば、彼はあなたの支配者、主人になってしまうであろう。そうすれば、あなたは取り乱してもっと別の言葉を口ごもるだろう。十五か月前から彼ははるか沖合の海で天使と戦っているのである。彼はヤコブが味わった偉大な夜のなかにとどまっており、夜明けはまだ訪れていない。ものすごく硬い翼が彼を叩き、世界の上へと彼を持ち上げ、彼をつかみ直し、彼を窒息させる。彼は一瞬たりとも戦いを強いられている状態から抜け出たことがないのである。彼がもう「うんざりしている」としても、彼が断ち切られたとしても、彼が簡易寝台に落ちようとも、彼はいつでも天使と闘っている。彼が捕鯨船に飛び乗ろうとも、頑強な嵐に馬乗りになろうとも、深淵から現れ出た巨大な魚のむかつくような鼻面と対決しようと、彼は同時に天使と闘っている。

彼が見張りをしていても、帆のなかにいても、索具のなかにいても、油のなかにいても、火のなかにいても、レヴィアタン［水中に住むとされる巨大な幻獣］の内臓の置き場にいるとしても、どこにいようとも彼はやはり天使と闘っているのである。何千マイルもの航海のあいだ壮大な静寂の重苦しさが彼にのしかかるとき、世界のありとあらゆる力が眠っているとき、船長のピーズでさえ倒れてしまっているようなときでも、彼はいつでもこの手ごわい天使と闘っている。その天使は、彼との闘いのなかで、神々と人間たちが入り混じっている不可思議な神秘に照明を当てることになる。その戦いのなかでこそ、彼の目がかっと見開いているのである。そこから彼はたっぷりとイメージを受け取っていく。そこから彼は痛恨と優しさの色を帯びていく。すっ裸であるにもかかわらず、彼の目のなかに姿があらわれる魂だけで、世界中のすべての皇帝や国王たちを寄せ集めたよりも彼は豊かである。彼はすでにそうすると決めていたのだが、彼がこれ以降地上の法律に従うことは絶対にないだろう。

ついに、船はマルキーズ諸島に到着し、ヌクイヴァに近づく。船は港に入り、接岸する。すぐさま、ハーマンは脱走する。リチャード・T・グリーンという名前の仲間とともに彼は立ち去る。ある夕べ、彼らは食糧貯蔵室に下りていき、乾パンをポケットにいっぱい詰めこむ。そのあと、暗闇が押し寄せると、裸足で船橋を渡り、すぐに焼けつくような夜の海岸を歩いている。星の輝きで青く染まっている南方の夜だ。逃走することはここでは問題ではない。尻を足蹴にするという船長の態度に彼がぜんぜん動揺しなかったなどと想像すべきではない。つまりピーズはプロテスタントのヘラクレス［ギリシャ神話に出てくる怪力無双の男］のような男でしかない。厳密に言えば、彼はあなた方の身体に恨みを抱いているわけではないのだ。彼はクウェイカー教徒が常食とする燕麦を食料としている。燕麦は髭剃り用の石鹸の匂いがする。彼が残酷なのは金銭的な理由だけのためである。彼は船員たちにいかにも嬉しそうに平手打ちを見舞うのだが、それは平手打ちの一発一発が船乗りたちをいっそう熱心に仕事に向かわせることになるので、平手打ちはセントやドルとなって帰ってくるからである。鯨の解体の現場では十発の平手打ちはほぼ十セントの儲けとなり、革紐での三十発の鞭打ちはほぼ一ドルの収益になるのである。彼は不機嫌の化身のようになって叩く。物語が進んでいくと、こうしたこと［の成果］はすべてヴァレンタイン嬢の台所に現れる。それは事実である。ここの人たち［捕鯨船の乗組員たち］はもっと直接的に料理を作るときに残酷さを発揮する。そこでは彼らは叩かない。彼らは愛撫し、手で触るが、しかし、男がよく太っており、匂いが彼らに気に入れば、彼らは殺し、食べる。ここではピーズ船長の手のなかに落ちることが大事なのではない。ヴァレンタイン嬢が豚の上ばら肉を買うことができるようにするために、船長は休むことなくあなた方を旋回させるだろう。ここでは、あなた方は豚の上ばら肉そのものであり、ヴァレンタイン嬢が安心してあなた方の腿に歯を突き立てることができるように、この国の船長はあなた方を確実に撲殺するだろう。あなた方は人食い人間たちの国にいるのだ。しかし二人の船員は棕櫚の陰に隠れ、アクーシュネット号が出航するのを見送る。彼らはこれから始まる新たな人生を心待ちにしている。

天使の翼の怒り狂った鞭打ちを受けながら歩む者たちに幸いが訪れることを私は願っている。

さて、今では、彼は著名な作家になっている。すでに『タイピー』、『オムー』、『レッドバーン』、『マーディ』を発表したし、『ホワイト・ジャケット』が間もなく出版されるだろう。人食い人間たちの国で彼が体験した冒険の物語、『タイピー』はロンドとニューヨークで同時に発売され、大成功を収めた。「南の海について天才的に語った作家は二人しかいない。二人ともアメリカ人で、メルヴィルとチャールズ・ウォレン・ストッダードである」とスティーヴンソンは言っている。法の埒外にある社会を扱っているこの本は、奇妙なことにマサチューセッツの予審判事レミュエル・ショーに献呈されている。それだけでなく、一八四七年八月にハーマンはこのレミュエル・ショーの娘と結婚した。彼が物事を中途半端で放り出すことは絶対にない。彼女は優しく、純真で、純粋で、控えめに微笑んでいる。散歩に出ると、逃亡者「ハーマン」の静かな大股のかたわらをせかせかと小股で歩く。そして逃亡者の腕にもたれかかっている。彼は反抗的な船乗りに特有のいささかだらしがないがきわめて誘惑的な優雅さを保っている。喧嘩っ早い人物にまさしく要求される耳の上の毛に多少の優雅さを漂わせ、頭にかぶらない帽子は手に持っている。絶えることのない乱闘から抜け出たばかりでまだ帽子で頭を覆う余裕がないようだ。清浄無垢で、こざっぱりしており、髪の毛はほとんど乱れておらず、襟元はよく見え、頭はすっくと立ち、上着の下にはかなり美しいセーターが見える。美しいと言っても、セーターであることに変わりはない。散歩道の楡の大木の下を往来するすべての女性たちのうちの多数の女性が彼のことを好ましい人物だと思っている。下の道まで二人乗り馬車で出かけると、女性たちは日傘で挨拶して彼らの馬車を止めようとするが、メルヴィル夫人はそこそこの敬意をこめて、彼の方は手で帽子を持ち上げ無頓着な身振りで、そうした挨拶に応える。連れだったご婦人方や、おしゃべりをしながら歩いている少女たちが、彼らに近づき、挨拶し、立ち止まり、話し、はじけるような声を出す。メルヴィル夫人とハーマンの周囲には大きなスカートが揺れ動き、メルヴィル夫人は、このスカートの大波に眩暈を覚え、夫のかたわらでなじみ深い小さな波のように揺れている。それは彼が選んだ瞬間で、今、彼は黙って、岩のように直立不動の状態でいる。彼はきわめて繊細でとても善良な微笑を浮かべているだけであるが、その微笑は皮肉な表情を伴って豊かな髭までおりていく。人々は互いに祝い合い、微笑み合い、別れ、そして立ち去っていく。彼と彼女も同じくそうする。並木道の果てまで並んでいる他の女性たちは、彼が見つめてくれたら、大きなドレスを膨らませて、「愛の独楽」と呼ばれている最高の優雅さをあらわす例の動作を駆使して回転させようと待ち構えている。その動作は、それが首尾よく行われたときには、小さな足や踝や長いパンタロンの刺繍された飾り襟などがどこまであるべきかということを正確に明らかにするのである。彼はこうしたことを妻に語っている。彼は『ホワイト・ジャケット』を書き上げたばかりなのだ。それは辛辣で血なまぐさい本であり、絶望的な戦いの本であり、さらに法律に対する、また合衆国の戦争船舶における肉体への懲罰に対する新たな攻撃の本なのである。「どうしようもないよ、君」彼は妻に言うだろう。「私が愛されることはないだろう。いろんなことのせいで、私は多くの人々の利害に逆らうような方向に進まねばならないだろう。高くつくにちがいない。戦隊指揮官たちは自分たちの特権にしがみついている。彼らが私を彼らの掌中に取りこむことができたら、彼らはさっそく私に報復してくるだろう。しかし私は自分が知っていることしか話していない。この瞬間にも仲間たちは鞭打たれながら労働しているんだよ」

「彼らは、ハーマン、あなたを鞭で打ったりしたことはないんでしょう?」

「彼らは私を鞭打ったよ、君。私だって他の者たちと同じだよ。海の上の支配者は誰も容赦したりしないんだ。民主主義がどういうものか分かっていないくせに、民主主義を語る人たちから私は背中を鞭で叩かれることになるだろう」

「モロー嬢に挨拶しましょうよ。向こうの四輪馬車のなかから私たちに合図しているわ」メルヴィル夫人は言う。

「こんにちは、グウェンドラインさん」とハーマンは低い声で言う。そのあいだ彼は相変わらず帽子を無頓着に小さく動かしていた。

今回彼がロンドンに行くのは、まさしく『ホワイト・ジャケット』のためである。その本はすでに書かれている。その中に男としての怒りのすべてを彼は投入した。可能な限り華々しくその本を出版しようと彼は今望んでいる。本が訴えかけ、憤慨させ、癒しをもたらすことを彼は狙っている。世間の顰蹙《ひんしゅく》を買おうと、スキャンダルの大騒ぎに巻き込まれて彼が死滅してしまおうとも、一向に構わない覚悟である。彼は、『草の葉』の早くも第二節でホイットマンが高らかに歌いあげているあのアメリカの民主主義に与する男である。民主主義は、抒情性を最初に爆発させることによって、新しい世界の全体を推し進めていく。アジア、アフリカ、ヨーロッパ、そしてアメリカを開放するための自由の詩が、すでにホイットマンの唇の上にある。

とりあえず勇気を出すんだ、兄弟よ、姉妹よ
続けるんだ！　何が生じようとも、自由は奉仕されることを要求している。

フランスは一八四八年の出来事〔二月革命〕で激動の時代を迎えている。合衆国の国民は階層を問わずフランス人に同調して気持を高揚させている。これは独占的で情熱的な愛情である。人々はいたるところでフランスのことを話題にし、話し合う。すべてが断ち切られてしまい、すべてが魔法にかけられてしまった。急激に、時として舞踏会が中断し、音楽家たちは演奏することを忘れ、女たちは黙りこみ、これまでにないほど早く呼吸し、男たちは長靴の底にある踵をしっかりと確かめる。みんな〈そのことを話している！〉。どこでもそのことを話している。仕事場でも、通りでも、街道でも、畑でも、農場でも、乗合馬車でも、人里離れた森林でも。それぞれ孤立している騎士たちは、夕べの風が彼らの外套をひるがえすとき、尋常ならざる人間の自由のまっただ中で夢見ながら疾走している。ありとあらゆる方角で、男たちは、歯を食いしばり、うっとりした目つきで、魂を奪われたような表情で、鎌ややっとこや鞭を振り上げて、立ち上がっている。それは純粋な男たちである。不純な情景は、ピストルの一撃より確実に彼らを死にいたらせるであろう。自由は、彼

らの全人生、彼らの愛情や作品を拘束する言葉なのである。偉大さを求める気持が、彼らの目や彼らの言葉に火をつける。青年たちは少女たちから遠ざかり、民主主義や個人の権利について男たち同士で話し合う。彼らはみなフランスに恋している。〈フランス〉と題することになる詩の最後で、ホイットマンはフランスを「私の妻」と呼ぶであろう。

私は、私の妻よ、君のためにふたたび歌を歌いたい。

何故なら、フランスは自由の大地だったからである。

ある秋の土曜日の夕べ、ハーマンはロンドンに到着した。彼は英国式の正装に従った。正式の折り返し襟付き上着、いくらかひかがみを引っ張っている足裏バンド付きのズボン、洗練されたブーツ、そしてシルクハットという出で立ちだった。そうなのだ。船室のなかで何度彼はその帽子を眺めたことだろう。彼はその帽子をかばんから取り出し、簡易ベッドの上に置いたのだが、そんなものを自分が身につけるなんてことを彼は想像できなかった。とりわけ、慣れ親しんだ船の軋みが彼のまわりで聞こえているあいだは、そんなことはとても考えられなかった。ああ! 何度も何度も彼は、まるで古くなった吹き矢の筒に息を吹きこむような具合に頬を膨らませた。そして、ロンドンにやってくると、彼はその帽子をかぶってみた。そうするとそれほど滑稽でもなかった。まったく滑稽ではなかった。さらに、いくらか横揺れする穏やかな大股の歩き方、この歩き方を彼は変えることができない。両腕は均衡のとれた動きを見せ、幅広い肩は揺れ動き、頭はからかうような動きを見せ、うつろな目からは孤独な痛恨の表情が読み取れる。万事がうまくいっている。最高に上々だ。彼は出版社に到着する。その彼がひとこと言うと、出版社はすべてを、議論することもなく完全にすべてを受け入れると言う。あなたの要望に難癖をつけるところは本当に何もありません、メルヴィルさん。何の問題もないという事実を強調しながら、出版社はいかなる制限も設けなかった。あなたが要望されることのすべてを私たちは実現しましょう。ただあなたの原稿だけはお渡し願います。すぐさまお願いします。彼は原稿を手渡す。編集者は丁重に礼を述べ、彼を玄関まで見送り、ふたたび挨拶する。これで終わりである。彼はいろいろと議論があるものと予想していた。そんなことは何もなく、これですべてが終わりだ。万事うまくいった。またたく間にうまくいってしまった。彼は急いでホテルに戻った。野蛮な高笑いを髭のなかに押し隠す必要があった。しかし彼はもうそれほど急いでもいない。ついに歩道で吹き出してしまう。彼は自分がやることは分かっている。シルクハットを地面に投げつけ、通りのまん中で踊りはじめるだろう。イギリス人たちは何と言うだろうか？　彼らの言うことが彼には分かっている。そこで彼は走る。これはシルクハットの旦那にはあまり得策とは言えない。だが、仕方がない。大切なのは、通りのまん中でマライアなら言いそうな〈スキャンダルを呼び寄せるような人物〉にならないことである。幸い夜のとばりがおりているので、明かりのついた商店の前を通り過ぎるときしか彼の姿を見る者はいない。彼は階段を四段ずつ飛び上がり、ついにシルクハットの上で喜びの踊りを踊ることができる。

「お呼びでしょうか？」小間使いが訊ねる。

「いや。そうだ、待っておくれ。おそらく呼んでいたんだ。いや呼んでいなかった。ありがとう。ありがとうございます」と彼は言う。

呆気にとられた小間使いは部屋から出て、ドアを閉め、壁にもたれかかり、心を落ち着けて、この狂人の奇想天外な誘惑に一挙に驚き、魅了され、笑う。

しかしハーマンは笑う理由など何もないということに不意に気付く。アメリカに向けて船が出港するのはやっと二週間後である。さて、これで彼はロンドンの囚人となる。何かを探しまわるために行かねばならない出版社の巣窟や、議論したり言い争ったりする可能性がある町だと彼が想像している限り、またその町が彼が何かをするのに役立ってくれるかもしれない限り、ロンドンはまだ耐えることができた。しかし、暗くて空虚で騒々しい町となってしまった今では、ロンドンは耐え難いものになっている。いかなる罠のなかに彼ははまりこんでしまったのだろうか？　注意を怠ったりすれば、とんでもない事態が生じるだろうということを彼は完璧に承知している。つまりリマ［ペルーの首都］で勃発した大規模な乱闘は、まさしく今ロンドンで経験しているのと同じような倦怠に端を発している。上海で突飛な仮面舞踏会が開催されたのは、この生姜色の靄のなかでの泥酔がきっかけになっている。彼が滞在している部屋には、煙草の匂いが漂っている。テーブルのマットには古くなったカクテルの匂いが残っており、褐色の革が張られている羽目板は男の強烈な匂いを発散している。彼は底知れぬ恐怖を味わっている。こんなところにいると、船乗り風の男を演じたいという抗いがたい欲求に自分がいつ襲われるかもしれないということを彼は心得ている。自分の考えに従うしかないとすれば、廊下や階段で出会うあのような田舎地主たちと一緒にいるのはとても耐えられない。彼が投宿しているホテルは、英国下院の議論を少しでも間近で見守るためにロンドンにやってきた田舎紳士たちで満ちあふれている。それは小麦やじゃがいもをめぐるパーマストン［外務大臣、一八四六―一八五二］の政策に関する会議である。ハーマンにとって、男という名称にふさわしい男には、自分のポケット［小銭］のために陰謀を企てるなどということよりもっと他にまともなやるべきことがあるはずなのだ。下にある台所では、銅製の皿が動かされている。今夜、彼らは詰め物を施した七面鳥をふたたび食べるのだろう。彼は、今晩は何とか耐えられるだろう。最大二晩まで大丈夫だろう。しかしこれから二週間にわたってここで夜を過ごすとなると、これは確実に難しいことだ。彼はすでに談話室で煙草を吸い、喫煙室で話したく思っており、自分が食堂でどういうことができるだろうかなどと考えながら心のなかで笑い興じている。ポンド紙幣など何の値打ちもないものだと彼らに言いたくて仕方がない。彼がそこにじっとしているのなら、それは分かり切っている。彼がやりたいのは簡単なことだ。彼は白くて大きなシルクハットを買いにいくだろう。突拍子もない帽子がいくつかショーウィンドウのなかに陳列されているのを彼は見たばかりである。ハバナ［キューバの首都］の人たちにはシルクハットがよく似合う。奇想天外な帽子を頭に載せるだけで、通りで行きかう人たちはみんな侮辱されていると感じるだろう。太陽の日差しがさしていても、それがハバナであっても同じことだ。さて、それこそこれから彼がやることである。

そんな帽子をひとつ彼は買うだろう。そしてそれを頭にかぶる。そしてその帽子を頭に載せて、人々のなかを、緑色の霧のなかを彼は散歩するであろう。帽子をかぶったまま彼は食堂に入り、自由の国アメリカの抗議を表現するかのようにその帽子を脱ぐことはないであろう。畜生！　そんなことをしては駄目だよ。

駄目だ。彼は窓から外を眺めている。感じやすい男にとって人生は何と難しいことであろうか。しかし人生は素晴らしい！　ホルボーン［ロンドンの中心街のひとつ］の屋根の向こうの泥のような空に夕陽の残照が、まるで雄鶏の古くなった羽のように、棚引いている。中庭では馬丁たちが三つの大きな角灯を持ち運んできた。彼らは、光と蒸気で金色に輝いている馬たちに櫛をいれている。ハーマンは小さなマニラ葉巻に火をつけてから、その光景を見ようと下におりていく。厩舎の扉は開いている。麦藁の匂いは大規模なもので、そこには街道や通りが充満している。馬の堆肥は偉大な詩人である。ハーマンは両脚を広げ厩舎のまん中に立ちつくした。馬丁たちは馬たちの脚を持ち上げ、それを下ろす。蹄鉄が敷石に当たり音をたてる。場所を移動しないギャロップだ。ハーマンの気持が鎮まるとしたら、それはこのような場所であり、ほかのどこでもない。彼は短い葉巻を馬丁に進呈する。そのおかげで煙草に関して楽しい会話が十分間交わされることになった。馬丁はオランダの煙草が好きなのだ。しかしながら、馬にブラシをかける時に用いる手桶から身体を持ち上げ、煙草を数回ふかしたあと、自分もこれからマニラ煙草に親しんでいくことにしようと彼は明言する。大事なのは彼にマニラ煙草を提供するということだ。

「なるほど」ハーマンは言う。「私は君にちょっと訊ねてみたいことがあるんだ。もしも十日間自由になるとすれば、君はどうするかね？」

「事情によるね」馬丁は答える。「あなたの仮定では、俺は金をもっているんだろうか、それとも一文無しだろうか？」

「君は五ポンド持っているということにしてみよう」ハーマンは言う。

「五ポンド、それは素晴らしい。俺はすぐさまウッドカットに向けて出発するだろう」馬丁は言う。

「ウッドカットとはどういうところなんだ？」

「もちろん、故郷の村だよ」

「どこにあるの？」

「ああ！　バークレイの隣だよ。向こうのブリストルの北にある」

「何故その村なんだい、そこには何かすごいものがあるのかい？」

「ああ！　どこといって変わり映えのしない普通の村だよ」

「それで？」

「そう、その村にはジェニーがいるんだ」

「ジェニーとは誰なの？」

「もちろん、俺の彼女だよ」

「なるほど、そうなんだ」

ハーマンはウッドカットに向けて出発するだろう。

「ジェニーに伝えることが何かあれば、遠慮しなくていいよ」

「申し訳ないけど、言いたいことは自分で伝えるよ。しかし、あんたがあの村に行くのなら、〈オールド・シーフィッシュ亭〉のジョシュエ親父のところに行ってほしいな。ディックと同じようにラム酒をいただけないかと彼に言えばいい。ディックと同じように、と親父に言うんだよ」

以上はまさしくハーマンにとってはひとつの物語である。彼は厩舎の外に出て、港の方に下りていく。今、彼は適当な衣服を着こむことが大事である。正式の折り返し襟付き上着をまとい、洗練されたブーツをはいて、ウェールズ地方の街道をうろついたりしないだろう。自分に必要なものを彼が見つけることができるのは、船渠の裏側である。ライムハウスの骨董屋でそれが見つかるだろう。彼はメルヴィル夫人にこんなことを言ったものだ。私には、労働用の衣類として、最初に見つけたものがぴったり似合うのだと。オーダーメイドで作らねばならないのは式服だが、それでも袖ぐりのところがいつでもいくらか具合が悪い。ところで、彼はすぐさままず申し分のない青い毛織物のズボンを見つける。それはほとんど新品で、ちょうどぴったりの長さで、腹のところがいくらかだぶついているが、ベルトを締めると何とかうまくいった。さらに彼は縞模様のセーターを値切った。それは彼が望んでいる通りの物ではなかったが、手頃なセーターで、ユダヤ人商人が言ったようにまさしくウェールズの良質の毛糸で織られたセーターであった。

「見てみましょう。心配は無用ですよ。私は長年この仕事をやっているんです。そのセーターは確かにウェールズの毛糸を編んだものですよ。もう少し説明しておきましょうか。これを着ていた船乗りは、インドから戻ってきたときに、これを売りにきた。さあ、匂いを嗅いでみてください。この男はベナレスで百年間も日曜気取りでぶらついていたのです。私をかつごうなんてことを考えても駄目ですよ」

頭に帽子はかぶっていないけれども、なるほど、彼は商売人だ。その老人が彼をかつごうとしたら、彼には防ぎようがない。

「私は船乗りだ。それくらい分かるだろう、お前さん。半ポンド渡すよ」

こうして彼はそのセーターを入手した。

「泣いたらいけない。あんたはこれで金が儲かったのだから」

そして彼は、しかし今度は情熱的に、古くて見事な厚地のウールでできた上着を買った。それはゆったりした、熱い、本物の、雨や風や労働ですり切れた、海の夜の色合いの上着である。それを前にするとひざまずきたくなるような代物だった。本物の〈小屋〉であり、本物の〈船乗りの家〉だ。

「ところで、ここにはどた靴はないだろうか？　あるなら、すぐに履いてみたいんだが」

もちろん、老商人はたくさんの靴を揃えている。

「ブーツだよ。このズボンのためのブーツじゃないんだ、爺さんよ。新米と間違われたくないからな。それじゃあ、まるで私が何の役にも立たないことに取り組んでいるようではないか。私があんたに言いたいのは、やはりこのズボンと合う何かだよ。何か柔らかいものが必要だ。このズボンがどういうものかあんたは知っているだろう。スマトラを通り過ぎたあと、中国の沿岸をあがっていくときに身につけるようなズボンだよ。乾燥しており、いくらか涼しいけれど暖かくて、風には黄土が満ちあふれているような時だよ。このズボンをはくと、裸足のままでいいんだよ。だから、きっとブーツはいらないな」

万事が彼の心のなかに戻ってきたし、狭い店の壁に囲まれていたにもかかわらず、大きくて凶暴な翼がふたたび彼に激しく風を送りはじめた。老人はその大きな翼をそれほど怖がっている様子には見えない。そう、彼は必要な品は正確に揃えている。そこで、この紳士が中国のことを話したばかりなので、沢山あるどた靴のなかから、柔らかいという観点から、また中国という観点から、彼が欲しがっているぴったりのものを探し当てればいい。手持ちの品物の一切合財のなかから、私が取り出してくるものをあなたに見ていただくことにしましょう。うまくいくということは分かっています。あれは売ってしまってはいないはずだから。ああ！　いったい誰にあれを売るなんてことができただろうか？　あのゾウの革でできている中国の靴は、まるで手袋のように柔らかく、端っこがチベット方式でいくらか鉤型に持ち上がっている。一度も蠟引きされたことも油脂で磨かれたこともない緑色の革は、表面の全体につぶつぶがある。美術品であると同時に普段用の靴で、じつに突飛な物体だが、どこにいても必要なもので、しかも珍しい品物だ。正真正銘の船乗り用の靴だ。そのような品物の値段は値切ったりしない。それがあまりにも欲しくなってしまうからである。そしてうまくいく。彼が厚手の羊毛の靴下を履きさえすれば、それは彼の足にぴったりと合う。それでよし。セーターと一緒に買えば彼の勝利である。彼はもう値切ったりしない。他にも色々とやることがあるのだ。もっと他にも勝ち取らねばならない勝利がある。勝利が過ぎれば栄光、こうしたものはすべて大きな翼の嵐のような羽ばたきによって転倒させられ、飲み込まれてしまったばかりである。彼はゼロから再出発しようとしているところだ。新たに生じてくるさまざまな大きな戦闘に打ち勝つ必要がある。

「そう、大丈夫だ。まず、早く、服を脱げる場所へ案内してほしい」

何故なら、この老人が私を奥の部屋に連れていってくれないなら、船渠の後ろの薄暗い小路に面しているガラス張りのドアから中が見えてしまうが、店のまん中で服を脱ぐことにしようと彼は考えていた。船乗りである以前にイギリス人であるようなイギリスの船乗りが外を通り過ぎていく「が問題にはならないだろう」。この紳士は気前よく支払ってくれたのだから、奥の部屋に案内するのに問題など何もない。精算するにあたって彼が不満に思うなんてことはありえない。お前さん、子供の無邪気さを装ってかつごうとしても駄目だよ。

ズボンは何とはき心地がいいのだろう！　靴は何とやわらかく、セーターは彼の毛深い胸にぴったり似合っている。そして彼はすぐさま上着のなかに何を見つけるかということが分かっている。

「蠟引きされた布地はないだろうか？」

「ありますとも。三ペンスです」

「では、このベルトは？」

「それは四ペンスです」

「それをいただこう。これをどうするか見るがいい。これは襟付きの上着なんだ」

「紳士ならそれを私に売りますよ」

「いや、そうじゃないさ。紳士は売らないんだ」

ハーマンは冗談を言っている。ああ！　そうじゃなくて、ハーマンは急にメルヴィル夫人のことを考えてしまったのだ。作家の夫が帰ってくるのに著名な作家にふさわしい身なりでなかったりしたら、ドロテはいったい何と言うだろうか？　急に、天使の翼が、緑色の森から立ちのぼる靄のような窒息しそうな風を吹きかけてくる。

「さて、この紅茶入れの箱ももらいたい。容器に入っている小さなマニラ煙草をすべてそこに入れて、そしてその箱は上着のポケットに入れることにしよう」

彼は上着とズボンとブーツを巻き上げ、〈船乗り風に〉蠟引きした布にくるんで小荷物を作り、自分の肩にベルトで繋ぎ止める。そして歩きはじめた。扉を開く前に彼は上着を着たが、少しでも真夜中に近づき誰もいない状態になるのを待った。そこで彼は両肩と両腕を動かしはじめ、その毛織物の熱い忠実さを楽しんだ。大きな上着は昔の所有者の動作の形を忠実に保存していたので、ハーマンは自分自身の動作をそのなかにそっと流しこんでいった。海で着るための中古の外套を買えば、ある人物の生涯を買い取ることになるということを彼は心得ている。彼が値切らなかったのは、そのためである。仲間の亡霊は値切ったりしないものである。左利きの傾向があったと思われる男がこの外套を着用していた。というのは、左右の胸当ての袖との接合部分を同等にすり減らしていたからである。そして彼は喉の痛みを恐れていなかったのか、あるいは鬚を蓄えていたかのいずれかである。大きな襟が閉じるという習慣がなかったらしいことでそれと分かるのだ。右のポケットがピストルの銃身を入れていたため傷めつけられたことがたびたびあったので、好戦的な男だったということも分かる。それほど几帳面ではなかった。あるいは少なくとも、いくらかおざなりの服装によってよりも、世の中をぶらついている時の表情の方が幅を利かせていたらしい。彼は上着の裾を持ち上げて両手をズボンのポケットに入れる癖があった。広大な宇宙のなかの船乗りたちが往来する場所に出かける正当なやり方だが、それは上着をとんでもない形に歪めてしまうものなのである。その結果、上着は少なくともいくらか個性的な物腰を身につけてしまうことになる。そう、この男は気難しいやくざ者だったに違いない。あのおいぼれ野郎は古着という古着のなかにはどこでも樟脳を突っこんでいた。しかしながら、この毛織物の上着には風の思い出が染みこんでいる。樟脳の匂いがするにもかかわらず、そこには風が入りこんでいた。ハーマンはその風で目に塩味をつけられた。無際限の空間で唸りをあげる風の音が彼の頭のなかで聞こえてくる。しかし彼は、パルマーストーンの政治よりも世界の神秘のなかにいる方が如才なくやっていける。酒場の看板は揺れていないし、道の敷石の上の麦藁は飛んでいないし、小路は音を立てていないし、靄は動いていないなどということを彼はすぐさま見てとった。風は彼だけに感じられた特別の風だったのだ。

「それじゃあ、お前は戻ってきたんだ！」彼はこう思った。

天使との闘いがふたたび始まった。休戦が続いているだけなのだろうと彼はいつも考えていた。そんなことを彼は誰にも決して言わなかったが、彼が海から離れて以来、この翼を備えている天使とは何度も人には見えない喧嘩をしてきていたのだった。ひとりで執筆している部屋で、ページの上に身体をかがめていると、相手はしばしば背後から彼の肩の上に飛び乗ってきた。その拳はすぐさま首筋をものすごい力で捩じってきたが、そこには情け容赦というものがなかった。そう、情け容赦など一切なかった。ああ！　確かにそうだ！　何を配慮することもない。疲労も、欲求も、平穏に暮らすという権利も、まったくお構いなしだった。つまり、あちこちでたわいもない法螺を吹きながら平穏に暮らすという、誰もが持っている権利が踏みにじられてしまうのである。つまり生きる権利が蹂躙されてしまうのだった。気高い考え、大決断、犠牲の欲求、自己犠牲、厳しい事柄、実現するのが難しいこと、やり遂げるためにのろのろと進んでいかねばならないこと、夜眠っているときに目覚めさせるようなこと、こうしたことをすべて放棄しなければならなかった。それは教会や現行の権力のすべてが私たちに教えてくれるあの穏やかな利己主義を発揮して、みんなと同じようにおとなしく生きることでもあった。道には印がつけられており、階段や廊下にあるあらゆるドアに入ることが許されている鍵もある。それは誰でも使っているような部屋で、ヘンリー八世［イギリスの国王、在位一五〇九－一五四七］の部屋のようなものではない。妻とともに、自分の家や庭で、ちょっとした仕事をしながら暮らす。ところが、このちょっとした仕事などというものはないということだった！　君はちょっとした仕事などないと私に何回も繰り返し言ったものだ。千回、いや十万回、つまり終始、君はそんなことを言っていた。私にジャガイモつきのビフテキ一枚さえも静かに食べさせてくれなかった。詩人という私のちょっとした仕事。君も私が詩人だと言っているではないか。本を作ることなら私には可能だ。だれもが自分にできることをするのだ。人が私に要求すること、人が私から買ってくれること、それを私は行う。私がそれを首尾よくできるので注文がくる。そしてその仕事を私は気にいっている。人々は私の仕事を買ってくれる。この分野では私は優れた労働者であり、私は自分の仕事を心得ているということを人々が知っているからである。人々が私から得られると期待している、ちょうどそのとおりの品物を私は提供する。何だって？　反対ではないのかだって？　人々が私に期待しているのと反対のものを私が提供しなければならないだって？　お前はいったい何をほざいているんだ！　お前が靴屋を訪れるとき、靴職人が靴ではなくギターを出してきたら、お前は何と言うだろうか？　お前には靴もギターも必要ないということくらい私は承知している。

お前の翼を鳴らすのを止めてくれ。お前が自分勝手に音楽を奏でており、お前が飛べるということを私は知っている。お前が大気のなかを飛んでいくということは分かっている。しかし人間たちは大気のなかを飛んだりしない。彼らには歩くための靴が必要であり、その靴を作る者が暮らしているのは好都合なことである。私は自分の都合のいいように何を説教しているのだろうか？　そう、私は自分の利益のために説教している。誰だって自分の都合のために説教するものだよ。私だってそうする権利くらいはあるだろう。だが、君は「利益」という言葉を使ったが、そのことで私は不愉快な思いをしている。そうなるだろうということを君は知っていたので、わざとその言葉を使ったのだ。君はどうやって私を丸めこんだらいいのかということを誰よりもよく知っている。翼を持っている君は自分が純粋だと随分うぬぼれているようだが、君が先ほど言ったことは正当ではないということが分かっているのだろうか。何故私が説教しているのかという本当の理由を教えてあげようか？　君が私を放っておいてくれるのを期待して私は説教しているのだ！　天使と戦うのは自尊心を満足させるということは私も否定しない。しかしそんなことは私にはどうでもいいことだ！

全生涯にわたり休むことなく君との激しい戦闘を続けるという例外的な運命がいかほど栄光に満ちていようとも、私にとってはそんな栄光などどうでもいいということをはっきりと君に伝えておきたい。例外的な運命など何でもないんだ。こんなことにはもううんざりしている。私は自分が例外的な存在になることに価値を置いてはいない。私が喜ぶだろうと思って君がそんなことを言ってくれる時ほど私がいらだつことはない。栗を口のなかに押しこんでから、君が私を本当に例外的な人間にして、そのことが一目瞭然だと私にも感じられるような時ほど、腹立たしく思うことはない。私のことは放っておいてくれ！　私にしゃべらせてくれ！　私はもう雑役をやらされるのはごめんこうむる。分かるだろう？　だから私は説教しているんだよ。難しいことや苦い飲みもの、そうしたものがいつも私に用意されていることになる。

私がこれまでやってきたことは、そこそこのものだということは君にも分かるだろう。私は五冊か六冊の本を出版した。君はそれを読んだことさえないだろう。読んだって。それなら私が自分にできることを実行に移しただけだということが君にもよく分かるだろう。誰もがそうすればいいんだよ。自分に可能なこと以上のことを行えと言うのかい？　天使の君には、言うことは簡単だよ。人間だってそう言うことはできる。君の馬鹿げた天使の頭では絶対に理解できないのは、人間はそんなことを言うが、そう言うことで人間はすでに何事かを成し遂げているということだよ。彼はそれを実行しようなどという意図を持っていたわけでは全然なかったんだ。やってみたらだって？　私が？　いやだと言っているじゃないか。私が君をもっとも警戒しなければならないのは、君の残酷さが愛情深くなるときなんだ。平手打ちを浴びせながら同時に私のことが好きだなどと君は言ったりするが、君ほど注意しなければならない者はいない。私はいつも君のみかけだおしの優しさにひっかかってしまうんだ。そんなことではいけない。ずっと以前に君をめった打ちにしておくべきだったんだ。君が優位に立っているので、なかなかそうはいかないようだ。まさしく私が言うとおりだよ。君が私を愛してくれているのは私も感じるよ。しかし、それが何だと言うんだい？　何を試みろと言いたいのだね？　君はいつでも表現すると言っているが、私こそ表現してきたんだよ。私は自分が知っていたことのすべてを表現してきた。もう一度言えというのかい？　すべてを表現してきたので、それ以外のことを私は知らない。また知りたくもない。しかし、自然現象である君は、つまるところ、もっとも賢い天使あるいはもっとも愚かな天使でもある君は、自分が知らないことを教えてほしいというのだろうか？　私はみんなのようにスリッパが欲しい。いやいや、私は君の足のことや私の足のことに言及するつもりはないが、天使たちには足がないということくらいは心得ているよ。天使には長い衣服と長い翼しか備わっていないということを私は知っている。ヴァニラやアプサントの匂いがするそうした衣服や翼を使って君はよく私を窒息させたものだ。君がいかほど賢いとしてもまたいかほど愚かであるにしても、君はバリケードの一方の側におり、私はその反対側にいるということを君はまったく理解していない。天使に関わることを人間に要求したりしないがいい。私は人間なんだから、スリッパが欲しい。私は生きたい。そう、食べたいし、飲みたいし、眠りたいのだ。眠るというのはどういうことか、君には分かるかな？　表現することを望む者は表現すればいいんだよ。私は充分に表現してきた。いくらか他人のために、眠る時間も惜しんで全力を投入したものだ。

私は散歩をしたいし、魚釣りにも行きたいし、食堂のテーブルでトランプ占いもやってみたい。世界が回転するのを妨げた男はこれまでひとりもいなかった。ああ！　君は私が言っていることに賛成なんだ！　それで？　私は何冊かの本を書いた。それらは物語だ。読者に気晴らしを提供する本である。この一点、これで充分だ。私は天に感謝している。そのような本を、まるで疲れもしないで小さなパンを作るような具合に、私は何冊でも書こうと思っている。危険なことは何もない！

君はいったい何を言っているんだい？　君の仕事は天なぞと何の関係もないではないか？　天に気の毒だよ。やろうと思えば、私には冒瀆するなんてこともできるんだぞ！　君たちは世界を回転させてみるがいいよ、それこそ君たちの仕事なんだから。私が詩人だからという口実を設けて、私のような哀れな男のところにやってきて執拗に付きまとうのはもう止めてほしいな。君たち自身の宣伝をもっとやればいいじゃないか。私は他の男たちと何ら変わるところのないただの人間だよ。本当だって！　私はただの平凡な男だよ！　さあ、もう私の肩の上からおりて、とっとと立ち去ってくれよ。私がどこに行くか君は知りたいのかい？　私はビストロに行くんだ。向かいにあるあのビストロだよ。

それは船員用のビストロで、その時刻には客はそれほどいなかった。

「何を出しましょうか？」主人は言った。

「何か食べるものをください」さらにハーマンは付け加えた。「それにスタウト［黒ビール］も」

二人の男がカウンターに寄りかかって短いパイプをふかしていた。主人が戻ってきた。腹が大きい男だが、両肩に端を発するその大きな身体は、かなり長い頑丈な両脚に嵌めこまれていた。主人は胸当てのついたエプロンをつけていた。髭はすっかり剃り、口は柘植《つげ》のように艶やかだった。見事にカールした短い髪の毛はほとんど赤と言っていいほどで、顎と鼻孔はまるでブルドッグのようだった。

「もしかしてロイヤル＝ジェイムズ号の乗組員とは出会わなかったかい？」

「いや、ぜんぜん出会わなかった」

「あんたはハッピー＝リターン号の乗組員かい？」

「いや」

「そう見えたんだが。あんたの姿はどこかで見たことがあるように思う。ところで、何を出せばよかったのかな?」

「何でもあるものを出してほしい」

「ワカリマシタ[原文はドイツ語]。ロイヤル号の乗組員が三人、夕方にはここで食事したいと私に言うために午後にやってきたよ。ライスつきの蟹の料理を注文していった。この料理は用意できている。それにお好みなら鱈のスープも出せる」

「じゃあ、それを頼むよ。だけど、彼らの分は残るようにうまくやってくれよ」

「心配無用ですよ。少なくとも十人前は用意できていますよ。ああいう船乗りたちには、お分かりのように、本当のところは何も約束しておかない方がいいんだけどね」

「そういうことなら、親父さん、私には二人前くらい出してほしいな」

後ろ向きになると、主人は前向きのときよりもいっそう大きく見える。心配無用、とハーマンは考える。君が私を手玉に取りたいなら、朝早く起きる必要がある。ロイヤル号の船員たちがいると私に信じさせるためにそんなことを言っても、私には何の効き目もないよ。ロイヤル号の乗組員の顔に出くわさないということに賭けて、君に対して一週間の給料を保証するよ。ロイヤル号の船乗りたちへの打擲、そんなことは世界中の海の上ではどこでも行われている。船員たちが食事をするビストロでも同じことだ。私は打擲のことはよく知っている。何しろ何百回もやられたからな。だけど、もうあっちへ行けよ。君が言ったことだが、心配には及ばない。今晩、私は自分に法螺を吹いている。だから、歩くのが楽しいのだよ。私は君をまるで聖書のように信じているさ。ロイヤル号の船乗りたちのために準備された酒宴に、私もそれなりの協力は惜しまない。

だがライスは途方もなくいい味だ、ああ、本当にそうだ！　口いっぱいに頬張ったハーマンが主人を見つめると、ブルドッグは彼に目配せした。これこそ本物のライス付きの蟹料理だよ！　フィリピン以外で蟹をこんな風に食べるなんてことはできないはずなのに、ここは例外だ。主人は仕事を心得ている。ハーマンはライスを飲みこみ、指を空中に立てる。主人はグラスを拭く手を休める。ハーマンは目配せして、「ミンダナオ」と言う。「そう、湾の奥にあるヴェルガラだよ」と言い、彼もまた目配せする。

ライスのなかから小さな蟹たちを指で引っ張り出すのは素晴らしいことだ。そして蟹をすすり、蟹の関節という関節のすべてから流れ出る汁をなめ、手のひらにまとわりつくソースなど気にもかけずに両手で蟹の甲羅をしっかり開き、そのなかの緑や赤や褐色の内臓を吸いこみ、舌で甲羅をしゃぶり、骨やヨウ素や海の味や汁のある殻全体をくちゃくちゃと噛むのである。何という旨い蟹だ！　そしてそれから指をなめる。しっかりとそうする。それを食べ終わってしまうと、彼はもう鱈料理の方は食べたくなくなってしまっている。それは白い食べ物で北の海が味わえるだろう。いや、カレーや胡椒に対する欲求、蟹の赤く緑で茶色の熱、そしてライス、これらに対する欲求のすべてを彼が満たしてしまったというわけではない。低い海岸。そこにある砂は、風が吹くと、まるで髪の毛のようにばらばらに飛ばされていく。稲田のきらめきによってこなごなに粉砕されているように見える海岸近くの丘に、その砂が襲いかかっていく。

彼は空になったジョッキを持ってカウンターにやってくる。そしてジョッキの底をカウンターにこすりつける。

「やあ、何か新しいものがいるのかい?」パトロンが言う。

「二人前のライスをもう一度欲しいな。ロイヤル号の男たちには気の毒だが。それに(彼は主人に近くにくるよう合図し、空になったジョッキを見せる)スタウトのお代わりをお願いだ。そしてジンをたっぷり加えてくれ。元気が出るからな」

「ジンなど必要でもなさそうに見えるがね」ブルドッグは言う。

「本当のところは誰にも分からんよ」

本当のところは誰にも分からない、と二杯目のライス料理を食べはじめながら彼は考える。最初のものより二杯目はいっそう旨い。彼が大きくふさぎこむなどということはこれまでまったくなかった。つまり、他の男たちのような普通のふさぎの虫だったと彼は言いたいのである。しかし、彼はしばしば彼らと同じくらいに悲しんだし、絶望的にもなった。いっそうひどい絶望におちいることもあったのだ。海の沖合の悲しさである。みんなと同じく彼はそうした悲しさを感じていた。海の仲間たちと同じく、彼も寂しさの一撃を味わったものだ。仲間たち以上の悲しさだったかもしれない。何故ならそれはヴァニラの匂いを前にするとたじろぐような悲しさではなかったからであり、航海している最中に陸地が現われたからでもないのだ。何でもないことだ。すべての陸地が互いに積み重なりあって、塩を持っている人物の方へ跳躍していく羊の群れのように、私に接近してくることもありえたかもしれないが、悲しさはじっとしているであろう。それは私の悲しさなのだ。風があの不潔な豚小屋の匂いを運んできたので、最高に執拗なふさぎの虫が立ち去っていくのを見たことがある。その匂いは歩哨に立つ三時間前に届いた、大陸に接近しているという合図なのだ。しかし私の悲しさは、歩哨についても、執拗にその持ち場に残っていた。物質的な仕掛けがあれば悲しさが感じられると想像する必要はなかった。ああ！　それは完全に個人的な現象だということが私にはよく分かっている。陸地は他の者たちと同様私にも多くのものを提供してくれる。大地は私にはもっと多くのものを与えてくれるかもしれない。しかし、そのたびごとに私は、それでそのあとはどうなるのだろうか、と考える。私は途方に暮れている子供ではない。大地は、大地というショーウインドーの前に立つ人に、そこに飾られているものを馬鹿にして舌を出させるなどということはない。それに、心配は無用だ、私は大地の冗談に唾を吐きかけたりしない。チャンスは私にもたっぷりあった。私は哀れな孤児ではない。父親や母親を、あらゆる街角に私は持っている。私は同情など求めてはいない。私こそ同情を与える方なのだ。私はむしろ富豪だと言えるほどだ。かりに世界がひとつの家だとすると、私はその家の常連なので、そこの大物たちは知っているし、ちょっとした駆け引きなどにも通じている。自家製のジンのことも承知している。バーにあるすべての棚も、地下貯蔵庫も、台所も、寝室も、屋根裏部屋も、庭も、何でも私は知っている。自家製の酩酊、自家製の二日酔いなども心得ている。私はさまよっている子供ではない。夜や昼を過ごすための住居については、もうたくさんだというほどたっぷりとある。私はさまよっている子供なんかではない。私はさまよっている男だ。それとこれとは別の話である。夜に目を覚まして、マストの果てまで走っていき、そこにじっととどまりアザラシのように息を吐いてみればいい。見つめ、待ち、震え、夜の闇の中で思い悩み、いろいろと知恵を絞るがいい。だけど、いったい何故そんなことをするのだろうか？　間もなく陸地が見えるからだろうか？　君たちのために私は満足だ。私のためにはどうだろうか？　いや、私のことは放っておいてくれ。いや、結構だよ。いや、私は怒っているわけじゃない。私がどうしたというんだい？　何もない。何もない、と言っているのだよ。私の悲しさが穏やかになり、そして次第に消えていくのが感じられるようなことが時としてあったものだ。そして私はついに干からびてしまうのだよ。曙光が地震のような物音をたてて海上に現れ、ついで何千万マイル四方もの太平洋に静寂が訪れるとき、さらに船がまるで楢のように海中に根を下ろしているとき、水滴の落下は最後の審判を告げ知らせるトランペットのように鳴り響くであろう。陸地のありとあらゆるところで三か月にわたって風が吹く……。おや、君はそんなところにいるのかね？　君は私とともに入ってきたんだ。君の大きな翼を四方の壁のなかに押しこんで入ってきたわけだ。それじゃあ、よけいな動きをしておが屑を飛ばしたりしないように。君の羽をまくり上げておくがいいよ。仲間たちがパイプをふかしながら唾を吐き散らしているからな。ところで、君にはこんな光景が見えたかな？　私はスタウトのなかにジンを垂らしてもらった。ああ、もちろんのことだが、君に何か気に入らないことがあれば素直に認めるがいいよ。大熊座の下なら暖かいだろう。それでいいのかい？　君の気に入ればいいのだがね。日和見主義者でいればいいんだよ。君が気に入らないとしても、結局は、同じことなんだから。君が入ってきたのはいいことだ。だけど、私の後ろにしっかりくっついているんだ。他の仲間たちには手出しはしないように。彼らは君のことを構うよりもっと他にすることがあるんだ。君にも私と同じ分別があるんだって？　おそらく、そうかもしれない。ここに入ってくる前に、私はみんなと同じような男だということは君に話したはずだよ。君はそんなことは信じたくなかったが、今になって君が同じことを言っている有様だ。それは私がつい先ほど言ったことじゃないか？　いつのことだよ、それは？　私が二度目に〈二人分のライス〉を食べていた時のことなんだけど。君はもっと注意して聴いておく必要があったのだ。個人的なことなんだ。そう、これは個人的なことだ。君は冗談を言う必要などない。これが個人的なことだというのが何かおかしいのかね？　私は同じことを繰り返したりはしない。繰り返し時報を知らせる掛け時計じゃないからね。私は神々の傲慢について話していた。君が知りたいと言うなら、私は脆弱の譫妄と、無能の痛恨について話していたんだよ。人間の孤独、私が話していたのはこのことについてだ。表現する必要があるのならば(あるのならば、と私は言う)、それならば、私が表現しようとしているのはそのことだよ。

　運送会社の中庭が開いていたので、そこを通って彼はホテルに戻った。四方八方に灯されていた角灯の光のなかで、駅馬車の出発の用意が整っていた。それはエクセター［イングランド、デヴォン州の首都］行きの郵便馬車であった。彼はウッドカット行きの馬車の情報を問い合わせた。その馬車は、翌日の午前六時、グレイ・インの後ろにある小さな厩舎から出発するということが分かった。ブリストルへの馬車についても問い合わせる必要があるだろう。その馬車に乗ってまずグリクレイドまで行くことになる。そこでモンマス行きの馬車に乗り、某所まで行く……。いろんな人が彼に説明する話のなかには、街道や分岐点や、近道を通って永久に別れることになる人々、こうしたものが満ちあふれている。

部屋では、暖炉のなかで木材の火が赤々と燃えているので、彼は蝋燭に火をつけない。彼は暖炉の火の躍るような微光のなかで衣服を脱ぐ。彼の動作の影が大きくなって動く。彼は横たわる。部屋のなかには、燃える薪の端で小さく呻く樹液の他に聞こえる物音は何もない。彼は奇妙にも自分が自由だと感じる。行動を制御しているのは彼自身の意志であり、彼には計画がいっぱいある。彼は裸になって横たわるが、それは船乗りの昔からの習慣である。真新しいシーツのなかで彼はヒトデのように目を見開いている。ゆるやかなうねりが彼の身体を持ち上げ、また下げる。「スタウトにジンを入れてもらうべきではなかった。」しかし彼は頑丈なので、彼を酔わせるものは、彼自身を除いて、他には何もない。彼の心のうねりが彼の身体を上下させているのである。いや、もちろんのことだが、どうしたら書いていけるのかが分かっているような小さな本を書き続けようという意欲は今の彼にはない。未知の外海との永遠の戦いが問題になる場合にのみ、作品は興味深いものになってくる。私が自分で私の羅針盤や帆を操作していくことが大切なのだ。賭けは、すべてを失うかそれともすべてを獲得するか、そうした状況のなかに常に出かけていくというところにある。

彼がすでに書き上げておりまもなく出版される本を手に取れば、人々は彼を反逆者と見なすかもしれない。人々が好きなのは分類だ。彼は詩人であるという理由で、反逆者なのである。人々ができるのは、名前で分類することだけである。他の者たちが陸の作家であるという以上に、彼を海の作家だというわけにはいかない。彼はメルヴィル、ハーマン・メルヴィルなのである。彼がその映像を表現している世界、それはメルヴィルの世界である。そのあとは、神の祝福がありますように。彼の作品に連続性があるとすれば、それはただ単に彼の印［名前］が押されているからである。彼が書いた本の題名は、実際には、副題でしかない。彼のすべての本の本当の題名はメルヴィル、メルヴィル、さらにメルヴィル、常にメルヴィルである。「私は私自身を表現する。私以外の人物を表現することは私にはできない。他の人々が私に作り出すよう要求するものを私は作り出す必要はない。私は需要と供給の法則のなかには入っていかない。私は自分が存在しているその在り様を作り出している。そうするのが詩人である。」彼がそうしようと望みさえすれば、文学の商売を他の作家たちと同じくらい巧みにこなせるだろうと彼はじっくり考えていた。しかし、そんなことをすれば、じつにくだらない人生になってしまだろう！　他の作家たちは退屈のあまり死んでしまうに違いない。その反対に、彼は永遠に激動のさなかにあったし、永遠に不安だったし、走りまわり追跡していたので常に喘いでいたし、曲がり角の向こうに何が出現してくるかということが常に不安だったのだ。出口のない凄まじい絶望に打ちのめされ、持ちこたえることができずまるで泥のように崩れていく作品を抱え、お前は役立たずだ、つまらないものでさえ作り出すこともできないではないか、などと彼は考えていた。別の時には、熱情に駆られ、大丈夫だ、やくざな餓鬼どもはいつも食うや食わずの状態だからな、などと彼は考えた。人々は彼のことを金持ちだと考えていたが、彼は貧乏だった。彼は人々の好みを充分に観察することなく、自分の好みに従って仕事をしているなどと言われてきた。彼は次のように答えてきた。「私は有名だ。私の本を読み、これはすごい奴だと言う哀れな野郎がいる。そして彼らはすごい奴が存在すると知って満足する。あなた方はこれ以上のどんなことを要求したいのだろうか。」それはそうだが、彼は自分の商店をあまりにもなおざりにしてきたようだ。そう、彼らは彼の商店と言っていた。彼は、ある本が出版されるとすぐにその本への関心を失い、次に書こうとしている本に全霊を傾けていたのだった。

「少しは宣伝もする必要があるよ」と彼らは彼に言ったものだ。

ああ！　彼にはもっと別のことで宣伝をする必要があった。それは父なる神の店のための宣伝である。それこそが私の仕事なのだ。彼の見通す力は優れており、大きな微笑が彼の髭を湿らせているあいだ、ベッドにひとり横たわって自分自身に向かって彼はこう言うことができたのであった。「私の人生は私の商店を見張るためにあるのではない。神々を見張ることこそ私の人生には肝要なのだ」

さらに、書くこととは関係のないどんな仕事でもこなすことによって、彼は明日の生活費を稼ぐことができたのだ。自分は小銭を稼ぐための文学者ではない。彼はその夜自分が奇妙に自由で、奇妙に決断力があるのを感じていた。彼はそっと呼びかけてみた。君はそこにいるかい？　誰もいないので、暖炉の火は消えそうだった。燠《おき》がはじける音がしていた。それだけのことだった。

「あいつは、勝ちを収めるとすぐに逃げ出してしまうんだ」こう彼は言った。「あいつは勝ったと思ったらすぐに逃げ出す。というのは、お前さん、ちょっと待ちなさい、私がその本を書くということはまだ決まっていないのだよ」

実のところ、彼は自分がそれを書けるような気がしないし、書くためには彼の心が変化しなければならないのである。彼は自分がつい先ほど買った船乗りの服装が向こうの肘掛け椅子の上にあるのを見つめていた。

「奴は何をたくらんでいるのだろう、奴は私に何を仕掛けてくるのだろう、私をどうしようというつもりなのだろうか?」彼はこう考えた。

朝の六時、グレイズ・インの建物の上空の空は透き通っていた。流れこんでくる緑色の夜明けのなかに、白く輝く巨大な翼のような小さな巻雲《けんうん》が広がっていた。一瞬ごとに開いてきた新しい翼は、その翼の下にある少しばかりの薔薇色の大気を沸き立たせていた。

「ああ! 今度は大きな賭けだ」ハーマンは言った。「君はじつに美しい! 君は箪笥にきつい足蹴を一発食らわしたな。こんなに美しい君の姿は見たことがないよ。ただし、あれは婚礼の翼だよ。あの翼は、旅をしようとしている翼にとってはいささか煩わしいんじゃないかなどと君は心配したりしないのかい? あの翼を広げることができるような広い野原がいつでもあるわけではないだろう。私は小さな旅籠に入ろうと考えている。つまり、君には気の毒だが、これは君にはすでに言っておいたことだ。君は外にいてくれ。君は私たちを目立たせてくれるだろうと、すぐさま君に言っておきたいよ」

最初の太陽光線が、雲の綿毛のすべてを金色で膨らませはじめた。

ブリストル行きの馬車の周囲には誰もいなかった。いるのは御者と副御者だけで、彼らは後ろのばねの間にひとつの箱と二つのトランクを積みこんでいるところだった。客席のカーテンは閉められていた。ハーマンは屋上席にあがった。ロンドンをあとにするとすぐさま、四頭の馬たちはイートンへの街道を申し分のないギャロップで走りはじめた。草原は霧氷で覆われていた。孔雀の羽のような無数の虹色の輝きの向こうに、豊かな緑色の草が見えていた。オオカエデの広大な木立が青い霧のなかから姿を現し、無数の枝を直立させてこちらに向かってきて、街道と馬車をかわし、牧草地の向こうに後退していった。御者の鞭が馬たちから散り散りの煙を発散させると、馬たちの蒸気は流れ、街道の路肩に落ちていった。前を走る二頭の馬は、頭を下げ、鼻梁《びりょう》に馬銜《はみ》をつけ、脚を丸くして、まるで羊毛を巻いているような姿で、ギャロップで疾走していた。後ろの二頭は、鼻を空中に向け、たてがみを揺り動かし、いななていた。ロンドンに向かう最初の二輪馬車と出会った時には、太陽はすでに出ていた。まずその二輪馬車が舗装されていない土の街道から出てくるのが見えた。そして、上着をぴったり身にまとった褐色で小柄の男が、二十メートル手前からでも見える三回巻きの狩猟用のネクタイを直立した細い首につけ、馬をギャロップで疾走させようと全力を尽くしていた。それでいながら、彼の動作のいさぎよさやその威厳が損なわれるということはなかった。彼は全速力でハーマンの馬車の横を通り過ぎていった。副御者は自分の太腿を叩いた。その機会に御者は手綱を副御者に渡し、大きな手袋をはめたまま両手を打ち合わせて身体を温めようとしたあと、手綱を受け取り、ふたたび操縦するのは自分であると動物たちにすぐさま説明しはじめた。そのあたりの大地はロンドンより先に目覚めているということが感じられはじめていた。野菜栽培農民の最初の荷車に行き当たった。その荷車は街道のまん中を移動していた。ゆっくり動くその大きな荷車は、前後縦列に繋がれた三頭の馬に引かれていた。副御者はコルネットをつかみ、長いファンファーレを鳴らしてその荷車に場所をあけるよう合図しはじめた。最終的には、馬車がギャロップの全速力で荷車にたどり着くと、副御者は座席で立ち上がり、前かがみになって、目が飛び出るほど頰を力の限りに膨らませてコルネットを鳴り響かせた。農民が先頭の馬の馬銜に飛びつくと、すべてが左側にある畑のなかにゆっくりと引き立てられていった。それは馬車が右側に車体を傾けたまま速度をゆるめることなく通り過ぎたちょうどその瞬間だった。御者は大きな外套にくるまれたまま、彼の手袋と、彼の皮膚を満たしている巨大で赤い脂肪を動かさなかった。彼は口髭のあいだから蒸気を吐き出しただけだった。副御者は、地上では自分の生活を犠牲にしなければならない劇的な事柄があるんだなどと不平を漏らした。ハーマンも含めて乗客のみんなに彼はそのことを説明した。彼の言葉は、鉄の車輪の回転とともに消えていった。しかし馬車は他のいくつかの荷車にも行きあった。荷車は一列になって進んでおり、歩行者たちがそれぞれの荷車に付き添っていた。そこで、副御者は屋上席の手すりにぶらさがって、まるで怒りと絶望がこめられているような響きの角笛を鳴り響かせた。角笛の唸り声の息せき切った尋常ならざる喘ぎに驚いた雲雀たちが、原っぱの向こうの方で群がって飛翔していた。そして、まるで乗り越えがたい波の側面を乗り越えようとしているかのように、もう少しで倒れるほど右側に傾いた馬車は、荷車に向かってギャロップで進み、荷車とすれ違ってしまうと車体を起こし、疾走し続けた。車体に取り付けられたバネでバランスを取りながら、馬車は次第に平衡を取り戻していった。その間、蒸気は次第に御者の髭のあいだから吹き出てこなくなっていった。パッディントンで御者は郵便物の袋を受け取った。その町は、すべての店の正面で軋み音をたてて、目を覚まして伸びをしているところだった。毛織物業者が店の戸口で布きれを鞭で叩いていた。町を通り過ぎると、大地はいっそう田舎風になった。街道の幅が狭くなってきたので、もう速歩で進むしかなかった。覆うものが何もない広大な耕作地は、大地を暗い色に染めていた。吹き流しのような形になったカラスの群れが、牛に引かせて農作業を続けている犂の向こうで重々しく漂っていた。

荷物を持たない騎手にも何人か出会ったが、ある者は原っぱの向こうの方に行き、また別の者は土の道を通って並足で鬱蒼とした森林で覆われている丘の方に登っていった。その丘のあたりから、煙草の煙に似ている純粋な霧でできた数本の細い筋が流れおりてきた。大気は清涼だったが、金色に染まっていた。街道筋にあるすべての農家では、人々は飛び立とうとしている鵞鳥たちの群れを威嚇していた。鵞鳥たちは身体で猛烈に叩いたり翼を羽ばたいたりして、楓の低い枝を穴だらけにしていた。柳の木の枝の剪定はまだ始まっていなかった。柳の木々はハープの赤い弦のようなその長い枝をまだいたるところで直立させていた。柳の茂みのなかには歌があるにちがいなかった。他の木よりもっと赤い柳の木々を透かして、とても青白い空が見えていた。しかし空の歌は聞こえてこなかった。馬車の車輪が唸っていたし、ばねが軋んでいたし、四頭の馬の蹄鉄が街道を歩んでいたからである。馬車が大麦を脱穀している長い納屋沿いに通り過ぎたので、納屋のなかから〈お願いだから、アレクサンドラ、アレクサンドラ〉の節を吹いている口笛が聞こえてきた。イギリス中が〈お願いだから、アレクサンドラ〉を口笛で吹いている。街道に交差点があるたびに、小さな道がそこから二百メートルのところにある村の広場まで延びていた。その広場には、ほとんど葉を落としてしまっている巨大なブナが聳えていた。広場に止まっている二輪馬車や、両手をポケットに入れて立っている数人の男が見えた。青い前掛けをつけた肉屋の少年が立っており、豚たちが鳴いていた。そして、そうした光景が、四頭の馬が轅《ながえ》を引くにつれて、まるで板の上を滑るような具合に、動くこともなく、一連の光景となって回転していった。ブナの木々のあとにはポプラの長い並木が現われてきた。そのポプラの木々もまた後ろの方へと回転していった。黒い麦藁の帽子が詰まっている庇の下から、尖った小さな窓を通して外を見ている数軒の藁ぶきの低い家、そしてブナの枝の茂みのあちこちから突き出ている鼻面のような屋根を備えているブナの林、さらに白くて長い壁などが次々と現われてきた。そして十字架が壁の上に突き出たあと、楢も一本壁から突き出ており、次に二本の楢が見えたが、その二本の楢の向こうでは寺院が上昇するのではなく、下降しはじめていた。楢のねじれた何本もの枝を透かして寺院の石の十字架がまず見えはじめ、ついで亜鉛の鎧戸のある小尖塔が見え、さらにその屋根や薔薇窓が、そして多量の美徳を収納するための荷馬車口が見えてきた。そのあと、馬車が墓地の鉄柵の前を通り過ぎたとき、階段の広い四段の踏み面が大地に降り立った。村に入っていくと家々が道の両側に押し広げられていった。女たちは鵞鳥たちを囲いの中にいれ、前掛けを振って猫たちを追い払った。陳列棚や窓の奥には、釘を叩いている靴職人、テーブルの上に坐っている身体の小さい仕立て屋、刺繍枠に向かって刺繍をしている女、胸に布製の十字架をぶら下げている牧師の世話係りの太った女、こうした人物たちが見えていた。

ああ！　お願いだから、アレクサンドラ、
あなたの心に訊ねてみてよ、
私に対する思いが少しはあるかどうか。

まるで地獄の風で火のような小麦を唐箕にかけているかと思えるほど火花がいっぱいに飛び散っている開放された鍛冶場で働いている鍛冶屋に、副御者と御者が鞭を大きく振って挨拶した。そうすると、鍛冶屋の方は、彼らに応えるために金槌で鉄床《かなとこ》の明るい先端を四、五回叩いた。それじゃ、小川に架かっている橋、君たちはその上を通っていくんだぜ。つまり、そういうことなんだ！　すぐさま馬車は盛りあがった橋の上を通過する。そうすると君たちの腹が口のなかまで上昇してくるってわけだよ。そしてふたたび、耕地に黒くて大きな線が何本もついている野原が、旅する者たちのまわりを静かに回転していく。乾いた泥がこびりついてこわばったスカートをまとった女たちが、赤かぶの畑のなかをゆっくりと家路についている。彼女たちは立ち止まって馬車が通り過ぎていくのを眺める。女たちの疲れ切った長い腕は、細い肩から垂れ下がっている。最後に、遠くの方の家も人も何もない広い空間のなかの、薄暗くなった畑の端で、低木の茂みが[紅葉のために]大きく燃えあがってしまったので、その火で身体が熱くなった少年が狼狽し、ぽつねんとひとり立ちつくしている。

私がこれほど後悔したことは一度もない、とハーマンは考える。そして身体を乗り出して空を見つめた。大きな翼たちは相変わらず頭上にあった。白い太陽に照らされているおかげで、翼はじつに純粋な性質を具えているように見えていた。翼たちは、神々の無関心と強情そのものをあらわしていた。私はこういう人間だろうと自分が考えている通りの人物ではないんだということを私がこれほどまでに後悔したことは一度もない、と彼は繰り返し考えた。ここには、他のどこでも同じことなのだが、人間の運命がある。表現しなければならないのは人間の運命である。しかし、私はこれまでこれほどまでに喉が詰まるような気分を味わったことはなかった。

ひどいのは、と彼はずっとあとになって考えた(午前の遅い時刻になっていた)、こういうことに加えて、喉が詰まるような気分になりたいというような好みを私が持っているわけでは絶対にないということだ。これはかなり自然なことだ。何かが実現できそうだと感じられたら、私は全力を挙げてそれに取り組むだろう。私たちが心から意気揚々と向かうことができるのはいつでも祭りの方向である。祭りという催しを追求するとどんなものが見えてくるか、誰か分かっている者がいるのだろうか！　起伏に富んだ地方を並足で進む馬車は、二つの丘の間を越えていく道に差しかかっている。ブナの森林が街道の四方八方を取り囲んでいる。その葉叢の頂きのあたりは秋という季節のために崩れ落ちてしまっていて、灰色の空が赤褐色になった葉叢の残骸のなかに入りこみ、枝の茂みのなかまで下りてきていた。座席のなかから窓ガラスを叩き、それを開く者があった。

「ジャック」女の声がした。「ダートムアの交差点でしばらく停車してくださいな」

「分かりました、奥様」副御者が言った。

「私の他にはお客はないんでしょう、ジャック？」

「いいえ、奥様、男性のお客様がいらっしゃいます。上の席に坐っておられます」

「失礼いたしました」という女の声。

そしてそのあとで。

「お客様、街道の脇で私を待ってくれているはずの友人たちに一言話してもよろしいでしょうか？」

「どうぞ、ご遠慮なく」ハーマンは言う。

「ありがとうございます」窓ガラスが閉まった。

その地方は寂しく貧弱だった。ダートムアへの道は、森のなかを通る泥だらけの薄暗い通路以外の何物でもない。馬車が停止した。見渡す限り、誰もいなかった。側面の窓ガラスが下ろされた。

「ジャック、ひと吹き鳴らしてくださいよ」という声がした。

彼はコルネットを吹いた。御者は馬たちを制止した。まず枯葉が落ちてから、誰かが応答する声が聞こえてきた。二人の男が道を走ってきた。若い男と年配の男だった。若い方が街道のへりにたどり着き、姿を見せた。おそらく二十数歳と思われるが、極度に痩身で疲れきっていた。その目はまるで殴られて痣《あざ》がついているようで、皮膚が骨にくっついているその顔はまさしく死人の顔そのものだった。

「近づいてください、クリストファー」と女性の声が語りかけた。

しかし彼は動かずに遠慮がちに微笑み、近づいてきた老人に視線を向けた。この老人も青年に劣らず極度に貧相だった。しかし彼は貧相ではあったが、自負と怒りを内に秘めていた。服装は農民風だったが、キマイラ模様の刺繍を施された絹の古いスカーフを首に巻きつけていた。彼はすぐさま馬車に近づいた。非常に青いその目は表情が硬かった。

「それでは、アルダン」女性の声がした。「あなた方はまだ私が望むような状態ではないんですね」

「私は天を呪っています、奥様」姿を見せながら老人はこう言った。「この不幸な運命から逃げ出したいという欲求をもうはねつけられないかもしれません」

彼女は上にいる誰かが聞いているかもしれないという合図をしたようだ。というのも、彼はハーマンを見つめ、そして小さな声で話を続けたからである。彼は嘆いていた。彼が話すのがよく聞こえた。時おり女の声はこう言っていた。

「そう、そうですね、いい人よ、そう、アルダン」

彼は黙った。

「さあ、さあ」女の声は言った。「彼はオブライエン以外の者にはなることはできないのよ。それとも、あなたは彼にフィアガス・オコーナーになってほしいとでも言うのですか？」

「あんな奴は呪われたらいいんです、奥様。こんなことを言ってすみません」

「あなたは誰彼かまわず呪うんですね、アルダン」

「私にはもう世の中で持っているものが何もないからですよ」

「あなたにはクリストファーがついているじゃないですか」

「これからどれくらいのあいだいてくれるのかと心配です、奥様」

「そうですね、アルダン」女性の声が言う。「あなたは癒しを知らない老詩人のようですね。マイケルは期待された通りのことをしてくれたので、万事が予想以上に首尾よく整えられているのです。こうしたことに関してはあれこれ文句をつけられるようなことは何もありません」

「私は自分が不幸だと出鱈目を言っているわけではありません、奥様」

「そんなことを言おうとしたわけではありません。アルダン、いいですか。近寄ってください。さあ、ここへきて、踏み台に乗ってください」

女性の声には愛情がこもっていながらせき立てるような命令の響きがあった。近づくようにと合図している小さな手が現われた。老人は命令に従った。彼は馬車にぴったりと張りついていた。彼が何をしているのか見えなかった。彼は何かを上着の内ポケットに入れているようだった。

「どうしてもこういう風になってしまうのです」彼は言った。しかし友好的な声が話を中断した。

「あなたはおいぼれの狂人ですよ、アルダン」

「その通りです」後退しながら老人は言った。「近いうちにまたあなたにお会いできると期待できるでしょうか、奥様？」

「今度は一か月経たないうちに会いましょう」と彼女は言った。

老人は斜面をあがり、ダートムアの方に歩きはじめた。

「帽子を着なさいよ」彼女は言った。

「ありがとう」老人は振り返ることなくこう言って、帽子をかぶってから森のなかに入っていった。青年は動いていなかった。彼は熱い眼差しで馬車のなかを見つめていた。

「クリストファー、そんなにびくびくしないでいいのよ。私は悪魔じゃないんだから」

しかし彼は動かなかった。彼の口だけが生気を帯び、情熱がみなぎってきた。

「さあ出発しましょう、ジャック」女の声が言った。

ハーマンは、まるで彼女がまだ話しているような感じで、記憶に残っているあの婦人の声が聞こえてきたとき、自分は二か月分の給料を賭けてもいいなと考えはじめていた。馬たちは、しかしながら、今ではふたたび傾斜のある道を速歩で進んでいたが、彼には、馬の足音が響きわたっているにもかかわらず、彼女の声が聞こえていた。彼はその声を注意して聴こうとしはじめた。その声には魂がこもっていた。無謀な行動に出ていながら声に魂をこめることができるのは、私たちが暮らしている時代では、女性に限られる。彼女にとって幸いなのは、彼女が出会うのは十中八九間抜けな人間だということである。しかしながら、ダートムアに行く途中で出会った男たちは間抜けではなかった。土手に突っ立っていた若者を彼は思い出した。彼は視線を一点に凝らし、次第に熱を帯びてきたその唇は、死人のような顔のなかで美しくなっていったのであった。こうした資質の女性にとって耐え難いこと、それは自分が女であるということだ。そのことは、苦痛を心配することなく、快く受け入れられることでもある。苦痛の存在を誰が信じるだろうか？　苦痛がどういうものであるかということを心得ているはずの彼女は除いてのことである。伊達者がすべて間抜けだというわけでない。間抜けだとしても彼らはある種の風采を有している。ヘンリーの店のコートやスーポーの店のブーツのおかげで何とか退屈しないですむようなサロンでは、人間たちの表情が圧倒的に不足している。あの女性の声には高潔な精神がみなぎっていたので、ともかく裁断されているだけのコートや充分な準備もせずにニスを塗った長靴でしかないようなものにまで、魂がこもっていると推測させるのに充分だ。あの女性が具えている素晴らしい特性を、彼はサロンのなかだったらただの単なる退屈なものとしか見ないであろう。ああした特性は手練手管を弄するなどといったことはさせないだろう。彼はそんなことは意にも介さないだろう。それを破壊しようとさえするであろう。彼女の表情に潜んでいる熱烈で率直なものについて、彼は彼女にすぐさまこう言うだろう。

「奥さん、あまりに自然な態度を取らないようにしてください。あなたが考えておられることはすべて分かっています。あなたの心の命ずるままに行動されてはいけません。人々はあなたは百姓娘だと思ってしまいますよ。それにそんなことは無益ですよ。十九世紀以来私たちは大いに進歩してきているので、今では蒸気タービンがあるということをお忘れにならないように」

この間抜けな男が知的な人物なら、そしてまたそういうことは現代ではしばしばあることなのだが、彼は彼女を納得させるだろう。そして彼女は類まれな品性を失ってしまうであろう。その瞬間から彼女は成功を収めるので、彼女はこう考えるだろう。彼の言う通りだわ、と。つまり、彼女が退屈したりしないのはじつに容易なことだった。彼女はコートが好きになったりするであろう。ダートムアに行く必要もなくなるだろう。しかしながら、彼女は自分の魂のすべてをしっかりと喪失してしまうよう注意することが大事であろう。彼女の魂が少しでも残っている限り、彼女は愛している人物をすぐに軽蔑するようになるだろう。この女性はじつに簡単に捕まってしまう獲物になるにちがいないし、彼女は簡単に不幸な女にされてしまうにちがいない。彼女は、彼女をあれほど熱烈な目で見つめていた青年よりかろうじていくらか年齢を重ねているくらいである。青年の口は急にあんなに美しくなった。かりに私にも彼女と同じくらいの魂があるならば、私は人間嫌いで通すだろう。そうするのが難局を切り抜けていくためのたったひとつの対処法であるからだ。いささかの謙虚さと、気難し屋という断固たる名声があれば、私はもっとうまく生きていけるであろう。だがしかし、私は男である。女には男に与えられているような資質は具わっていない。女は、刻一刻、自分の弱さのすべてを果敢に見せざるをえないのである。そして、間抜け男たちが彼女を捕まえ攻撃したくなるのを妨げる方策は存在しないのだ。そして自らの身を防御するのが不可能なことも時としてある。防御したいと望むことさえ不可能なこともある。それは、山査子の香りが原因だったり、風が生温かったからだったり、あるいは神々がすべてのものを疲労させることができたりするからである。彼には彼女を知っているというような気がしていたのだ。彼女は前もってあつらえ向きの表情をしており、その表情が彼に対して何かを隠しているようなことは何もない。花のような声を持つこの魂は、どんな人にもきっと信頼されるに違いない。しかし、大多数の人々にとって、純粋というものはそれ自身が不純なのだということを彼女は知っていただろうか？　最後に、彼は彼女の何かを見たということを記憶している。例えば、老人に近づくようにと合図したあの小さな手を。なめし革の手袋をつけていた手だった、と彼は考える。あれは、あの女性がすでに苦悩を味わったことがあるという確かな兆しが彼に感じ取れた瞬間であった。彼女はすでにものすごく不幸だったことがあるんだ、と彼は考えた。私がつい先ほど書いたことが生じていたに違いない。彼女は非常に悲しいはずだし、そして普段は悲しいに違いない。彼女は自分が愛している人物を軽蔑するという苦痛をすでに味わったに違いないのである。彼女が〈架空の夢〉などと名付けているはずの空想を除けば、彼女の若さにもかかわらず、彼女にはもう希望が残されていないはずだ。そしてその夢でさえ、希望もなく彼女が探し求めているものをこんな風に駆り立てることによって、彼女を猛烈に苦しめているはずだ。彼女が一度は見出したと思ったもの、それはお粗末な間違いだったと彼女は認めるようになったのだ。彼女は今では自分自身が信じられないに違いない。彼女は自分の感情の激動をもう信用できなくなっているので、一刻一刻、彼女の判断はその不信の理由を自分に確認しなければならない。彼女の悲しさは、自分が失ったものを瞬間ごとに自らに説明しなければならないというところにある。何しろ、思い切って行動に出るという喜びを失ってしまっているのだから。彼女は自分が劣った存在だと考えているに違いない。彼女は何日ものあいだずっと肘掛け椅子に坐り、自分がいるらしい場所のことはまったく意識しないでいられるだろう。そうした時期に自分が訪れる場所を彼女はとてもいとおしく思うので、彼女はそうした場所を世界中を相手にしてでも繊細きわまりない精神を働かせて守ろうとする。彼女の欲求がまるで目立つことにあるかと思わせるかのように、彼女はたしかにじつに見事な服装を着こんでいるのだが、彼女のお洒落ぶりが、彼女を他の女性たちと同じように見せることによって、彼女を隠すことになっている。なめし革の手袋の効果は以上の通りである。これ以外の理由はありえない。これほど率直な魂の持ち主が味わっている不幸は、崇高だと形容することはできない。ごく単純に言って、それは身分が低い人たちと暮らすことによって感じる退屈であり、さらに彼らから絶えずいんちきをされるという生活なのである。そうした人たちと一緒だとお洒落な物腰が人を楽しませるということもないので、魂を見せたりしない方がいい。しかもあの女性の声は、感動のあまり我を忘れている心のありとあらゆるニュアンスを表現しているのである。

それから間もなく、馬車の道がふたたびテームズ河に合流する谷間の向こうの方の街道筋に、大きな旅籠《はたご》が見えてきた。中庭には人がいないようだと彼は考えた。食堂で食事するのは彼女と私だけだろう。彼女と面と向き合い、おそらく話しかける必要まであるだろう。ともかく、しかるべき態度を取る必要がある。そんなことなら、旅籠へは入らないことにしよう。裏口から入って台所で何か食べ物を買って、秣《まぐさ》置き場で食べるという可能性はないだろうかと副御者に訊ねてみよう。野外でないと気持が落ち着かないんだと言ってみよう。

しかしながら、馬車が中庭に停車すると、彼女の姿を見ないわけにもいかないだろうと彼は考えた。彼女が左右いずれの方から客席を出るかということを確認するためにしばらく待ってから、彼はその反対側の屋上席から下りた。彼はガラス窓越しに彼女の方に視線を向けた。彼女の姿が見えた。彼女は背を向けていた。彼女は旅籠の入口に向かっていたからである。宿の主人が彼女の方に進みでていた。彼女は主人を知っている様子だった。手袋をつけた手で彼に親しく挨拶した。彼女はじつに優雅だった。魅力的なドレスをまとった彼女の態度は並々ならないほどに自然であった。一歩ごとに大胆さまで漂わせながら彼女が歩いていくにつれて、私たちは彼女がそうして危険なく歩き続けていけるよう彼女を保護するために彼女のそばに近寄りたいと思うほどだった。彼女は背丈がそれほど高いというほどではなかった。ゆったりしたドレスに包まれた彼女はかなり小柄だった。ドレス姿の彼女はまさしくこういう風に、彼女の姿を見る者たちに理由もなく急激な喜びをもたらすのであった。クリノリーヌ［スカートに膨らみをつけるための下着用の腰枠］が膨らんでいるにもかかわらず、そのクリノリーヌはしなやかで、腰にぴったりと合っていたので、その下にある身体の存在が生き生きと感じられた。彼女の髪の毛を、あるいは少なくとも彼女の頭の形を見なければならないところだが、つばの広い絹の婦人帽の下にすべてが隠れてしまっていた。彼女は歩み寄ってきた宿の主人の腕を親しげに取り、彼に寄り添って、鳥のようにふわりと敷居を飛び越えて旅籠に入った。

馬をはずしている副御者に近づいて、ハーマンは何か食べ物を買い求めて外で食べることはできないだろうかと訊ねた。それはじつに簡単なことだった。副御者は彼に海から戻ってきたのかと訊ねたので、ハーマンは、そうだと答えてから、素早く、ほとんど意識することなく、効果的だったと思える話をしはじめた。相手は留め金を持ったまま口をぽかんと開けていた。同時にハーマンはこう考えていた。この話は何だろうか？　まるで私に彼を生涯にわたって繋ぎ止めておきたいとでもいうような具合に、何故こんな話を私は彼に語りはじめたのだろうか？　副御者は台所までハーマンに付き添ってくれた。そして彼自身が、四方を壁で囲まれたところに閉じ込められることに我慢ができない仲間のために食べ物を要求した。ハーマンは豚のすね肉の大きな塊といくらか硬くなっているプディングをこうして安い値段で買った。そして彼は秣置き場に向かった。彼がいる場所から、食堂の大きな窓と部屋のなかの暖炉で高くまで燃え上っている炎が彼には見えていた。彼女のためにテーブルを暖炉の前に設置したに違いなかった。彼女の輪郭が見えた。燃え上がる炎が落下しそのあとに陰を残すたびに、その陰のなかには輝き続けるものが何か残っていた。そして火がふたたび燃え上がると、その斑点は炎のなかでまるでいっそう明るい心臓のようなものになっていった。やっとのことで、それは麦藁色の髪の毛だということが彼には分かった。

急に彼は全身が凍りつくように感じた。おそらく彼女はあそこにとどまるだろう、彼女は旅を続けないだろう、彼女は目的地にたどり着いたのだ、自分が彼女の姿を見ることはもうないだろう、などと考えたところだった。旅籠の主人に対して彼女が親しげな態度をとったということは、彼女をよく知っている主人が彼女の到着を待っていたということを意味していた。ロンドンで積みこまれるのを彼が目撃した彼女の荷物は、馬車の後部ばねに固定されたままだったが、副御者が、食事を終えたら、やって来て大きなトランクと二個のスーツケースを取り出すであろう。あるいは、あれは彼女の荷物ではないかもしれない。彼女がここにやってきたのは、誰かを待つためであろう。彼は一時間以上のあいだ孤独感に苦しんだ。この秣置き場で寝る方策を何とかして見つけたいものだ、と彼は考えた。台所に行って訊ねてみることにしよう。部屋に泊まるのと同じ金額を払うけれども、私は外で寝る方が好ましいのだと言うことにしよう。この家のなかに入り、階段や廊下であの女性に出会い、自分が彼女と同時にドアのそばにやってきてしまったことを弁解したり、階段で手すりがある方を彼女に譲るために、彼女に話しかけねばならないなどということは、彼にはどうしても耐えられないことであった。しかし、秣置き場は世界中でもっとも美しい場所である。午後の間に、もしも彼女が家の外に出れば、彼には彼女の姿が見えるであろう。やっとのことで、副御者が馬車のところまで戻ってきて、荷物に近づいた。彼は紐の結び目を確認した。おそらく荷物をほどく必要があるからであろう。ハーマンはあえて彼には何も訊ねないことにした。彼は小さなマニラ煙草を副御者に提供した。楽しい話を披露することによってこの男の心をしっかりつかみ、彼に何かハーマンの役に立ちたいという気持にさせる必要があるとハーマンは考えた。しかし、ひとつの世界が彼の内部で生まれてきたときに先ほど彼が物語ることができたほど上手に話すことは、今ではもうハーマンにはできなかった。彼女がこの旅籠にとどまるのであろうということが次第に確かになりつつあった。彼はもうそのことしか考えられなかった。ついに副御者はちょっと厩舎に行ってくると言った。彼は失望した様子だった。

二時間のあいだハーマンは食堂の窓の前を行ったり来たりして散歩したが、思い切って中を覗きこむということはしなかった。そのあと副御者は二頭の新しい馬を引き連れてきて、馬車につなぎはじめた。間もなく御者が座席にあがると、若者［副御者］は彼に手綱を投げた。彼女はやってこない。ハーマンは馬車の近くで突っ立っていた。副御者が彼に出発の時だと合図した。彼は明らかに放心状態だったので、副御者は彼の腕に触れた。しかしその時、彼女が開いている戸口に姿を現わし、婦人帽を手に持って進み出てきた。そこで、麦藁のような髪の毛の下にある、少し長くて蒼白い彼女の顔が彼には見えた。彼女の頬はまるで子供の頬のようだった。そして彼女は彼の目を見つめた。形容できないような非常に美しい目の色彩と、悲しげな口の記憶だけが彼には残った。

午後中、馬車がギャロップで走っているあいだ、彼はあの顔を心のなかで思い起こそうとしていた。だが彼女の眼差しはすっかり消えてしまっていた。視線はすべてを消してしまっていた。マーローを越えると夕方になっていた。そして星のない濃厚な闇夜が押し寄せた。漆黒の闇夜にもかかわらず、馬たちは相変わらずギャロップで疾走していた。しばらくして、丸い丘を越えていると思われるとき、下の方に光が、ついでいくつもの大きな火から炎が燃え上がっているのが見えてきた。ハーマンはあれは何だと訊ねた。彼は何が起こっても対処できるという覚悟ができていた。それは〈四つの野原〉と呼ばれているところで、昼間には定期市が開かれていたのだった。駅馬車はその村の旅籠で止まった。ランプがテントの布の下にぶら下がり、人々は物売り台を畳んでいた。家畜を扱う商人たちは野原で燃えている焚火のまわりで身体を温めていた。旅籠は人間でいっぱいだった。開いた窓は煙っていた。副御者は二つのスーツケースを運んでいた。ハーマンはそのあとを歩いていった。しかし、彼女が玄関の広間に入ったとき、玄関は外套掛けに架かっているたくさんの大きな外套で混雑していた。そしてサクランボのように赤くなった召使たちが、積み重ねた皿を持って、気をつけてと叫びながら小走りに通り過ぎていった。彼女が後退の動きを見せたので、ハーマンは本能的に彼女のそばに進み出た。彼女はかろうじて彼の肩の高さに届くほどの背丈だった。彼は自分が頑健で肩幅が広いことに満足だった。だが食堂には本当にもう場所がなかった。唯一可能なのは台所のドアの近くの狭い場所で、そこなら彼ら二人のために小さなテーブルを設置することができるでしょうと、娘さんが言った。そのとき、彼はふたたび身体が凍りつくのを感じた。そして身体が震えるのを止めることができなかった。二列のベンチに坐っている農民たちのあいだに立っていた彼らは、そのとき互いにきわめて接近していた。彼は自分の広い肩を斜めにして彼女に可能な限りの場所をあけたが、それでもやはり彼女の身体に触れてしまうのを防げなかった。そして彼が身体全体を震わせたばかりだということを彼女に隠すことはできなかった。彼は誰かに押されたような動きをした。

「いいわよ、テーブルを設置してください」こう言って、彼女は農民たちの背中に長いドレスで触れながら農民たちの列に沿って前に進んだ。彼女は同じ歩調を保ち、背筋を伸ばして歩いていた。彼は彼女のあとについていった。彼にはそれ以外にやりようがなかったのだ。彼は出発する方がいいのではないか、ここから外に出て街道を立ち去っていく方がいいのではないだろうかなどと自問していた。ついに、彼は彼女の正面に坐ることになってしまった。彼は彼女の顔を見つめることができなかった。両手をどこに置けばよいのか彼には分からなかった。彼の喉はまるで木材のように硬くなってしまっていた。もう唾を飲みこむこともできなかった。彼は自分で水を取って飲もうとしたが、水差しを取るために行った動作は急に途方もなく大胆な動作に思えたので、彼はその動きを途中でやめた。頭はまっ白になり、足の先から頭まで凍りついてしまったので、どうしたらいいのか分からないまま彼の手は空中に漂ったままだった。彼が考えることができたすべては、彼女の身体から芳香が発散しているということだった。彼は水差しを手に取って水を注ごうとやっとのことでぎこちなく決心できた。

彼女から漂ってきた香りは、モミの樹脂の匂いに似ていたが、そこには甘味が感じられ、ヴァニラの匂いもいくらか混じっていた。彼女に料理を勧めるために話そうと二、三度試みたのだが、そのたびごとに彼女の香りがその気力をまるで生温かい風のように解きほぐしてしまった。彼女の顔彼を見る必要がある、と彼は考えた。しかしながら、まだ彼女の顔を見る決心がつかないうちに、彼はついに自分の声だと認められないような声で「すみません、奥さん」と言うことができた。そして彼は彼女を見た。幸いなことに、そのとき彼女の瞼は下げられていたので、その湾曲した長い睫毛は頬に支えられているようだった。眉はこめかみの方にあがっていた。上品な鼻はまるで策略を弄するかのようにずっと下まで下がっていった。しかし彼女が目を上げたので、彼はふたたびその形容しがたい色彩に幻惑された。すぐに別の場所に視線を移したり瞼を下げたりするような機転を持ち合わせていなかった彼が、呆けた状態でいた(おそらく口が開いていたかもしれない)ところ、彼女の方が先に彼を見つめるのを中断した。そのあとすぐに、彼は自分がまるで間抜けのような顔をして口をあけたままだったということに納得した。そこで、もういかなる希望もないということがあまりにも確信できたので、彼は一種安らぎのような感情を味わった。一瞬のあいだ、彼の前には誰もいなかったので、つまり普通の女性もいなかったので、彼は器用に身体を動かすことができた。彼女を見つめるということまでやってのけた。彼女の額はいくらか丸く、鼻の頂上はアーモンドのように膨らんでおり、あふれるような知性の刻印が押されているにもかかわらず、彼女の鼻孔は上品な優しさを湛えているなどといったことを、彼は見てとった。彼女は趣味のよい化粧をうっすらとほどこしており、頬の皮膚はわずかな赤みの下で真珠色の艶やかさを見せていた。ついに、唇は肉付きがよくきらめいているということを大胆にも見てとったとき、彼女の顔の完璧な美しさを彼は認識した。圧倒的な静謐の感覚、精神と肉体の休息、ついに生活が快適なものになったかののような心地よさ、こうしたものを彼は感じ取った。表現するのに言葉は役にたたないと彼は考えてみたが、それは無駄なことだった。言葉は、しかしながら、まさしく正確に快適を意味しているのだった。彼のすぐそばにあるその美の極致は、彼が生きていることを妨げたりしなかった。その反対で、その美貌は彼がそれ以前に一度もそんなことを経験したことがあったなどと思い出せないほど彼に現在を溌剌と生きることを可能にしてくれた。今では彼は自在にそして自然に話すことができるようになっていた。彼女が顔のちょっとした仕草で彼に挨拶しながら立ち上がったとき、彼は腰掛に釘付けになったまま、死者のような声で「さようなら、奥さん」と言った。

彼がひとりになるとすぐさま、あたりにいた人々が接近してきた。集まっている農民たちは食べ、話し、煙草をふかしていた。広間の奥の方で人々は小声で歌っていた。調理場からボールのように飛び出してきた召使いたちは、小走りで調理場に戻っていった。この「さようなら、奥さん」という挨拶以上に美しくて、表現するのが難しい言葉を彼が使ったことはそれまでに一度もなかった。おそらく三十分ものあいだうっとりして彼はその言葉を繰り返していた。彼の目は開いていたが、何も見えていなかった。平凡なアンダースカートをはいたほとんど少女のような召使いが、大きなドアから入ってきて、皿も水差しも持たずに農民たちの群れに近づき、彼らに話しかけていたが、それも彼の目には入っていなかった。彼女が立ち去ろうとしているときになってはじめて、頭巾の下に麦藁色の髪の毛を認めたので彼は急に動転した。しかし彼女はすでに広間から出てしまっていた。彼は彼女のあとを追った。玄関広間にはもう誰もいなかった。

「いや、私は彼女の姿をいたるところで見ているということだ」彼はこう考えた。彼が階段を登ろうとしていると、リネン置き場から出てきた小間使いが彼を追い越して、先に階段を登りはじめた。クリノリーヌの骨の輪を手で持ち運び、彼がよく知っているあのドレスは折り畳まれて腕の上にのっていた。彼が登り続けていると、彼女は二階で立ち止まった。彼女があるドアをそっとノックする音が彼に聞こえてきた。誰でしょうかと声が訊ねた。召使いが「ドレスをお持ちしました」と言うと、ドアが開いた。

この間の事情は説明するのがとても難しい。彼は自分に対して一時間以上にわたりそれをやすやすと説明した。説明はそれぞれ決定的だったが、ふたたびはじめてみると次の説明はいっそう決定的なものになった。ついには、これはすべて説明するのが難しいのだと考えながら、すっ裸でベッドに横たわり目を見開いていた彼には万事がはっきりと見えてきた。彼はきわめて幸福できわめて平穏だった。しかし、あの美しい顔の他は、いったいどうなっているのか正確なことは彼には何も分かっていなかった。夜は更けているに違いなかった。旅籠のなかではもう何の物音も聞こえなかった。外では、二人の男が互いに声を合わせようとして執拗に歌っていた。ハーマンは眠ってはいなかった。勝利感のようなものが自分にとりついていると彼は感じていた。それは、何百万人もの男たちと徹底的に渡り合い、ついには自分の花のように華麗な足で彼らを一蹴したときに味わう春の勝利感のようなものであった。少しずつ彼は眠りこみはじめた。しかし何度も繰り返して、自分の力を放棄して自らを睡眠のなかに解放しそうになったその瞬間に、すべてを消し去ってしまうあの眠りの世界に入りこむことをまるで望んでいないかのように、彼ははっと目覚めるのだった。もう何の物音も聞こえてこなかった。暖炉の火の最後の動悸が赤い小鳥のように飛び跳ねて窓ガラスにぶつかっていた。明日になったら彼女に話す必要がある、と彼は考えた。それはいとも簡単にできることだ。彼女に近づき、話しかけるだけでいい。それはあまりにも簡単なことなので、もう実行したも同然だった。こんなことを考えながら、彼は眠りこんだ。

目が覚めてみると、昨夜、農民たちが坐っていた二列のベンチのあいだに立って、台所のドアの近くに小さなテーブルが設置されるのを彼らが二人とも立って待っていたとき、彼は彼女に接触したことを思い出した。彼が震えたとき、彼女とぴったり身体を寄せ合っていたので、彼の腕は彼女の胸に触れていた。そして彼女が呼吸したとき、彼女の乳房がおそらく私に触れたのであろう、と彼はすっかり取り乱して考えた。彼はコルセットの暗闇のなかの熱くてむき出しで感じやすい乳房を想像した。このあと、彼が彼女に話しかけるのにふさわしいきっかけは本当になかった。しかし、御者たちが馬車に馬たちをつないでいるとき、彼はぶっきらぼうに彼女に近づいてこう言った。

「昨夜、私はあなただと分かりましたよ。あなたは変装などできないでしょう、あなたは……」

ここまで言って、彼は口を閉ざした。彼女はまっ青になった。今にも倒れそうだった。彼女はもう呼吸をしていなかった。彼は彼女の目を見た。それは煙草の色で、緑色に反射していた。しかし彼女は目を閉じ、小さな声で言った。

「あなたもですわ。あなたも変装はお上手じゃありません」

そしてその声は重々しくあまりにも辛そうだったので、彼はすぐさまそれに応えた。ほとんど叫んでいた。

「だけど私は変装などしていませんでしたよ」

誤解が生じているのに違いなかった。彼女は彼の姿を足元から頭の先まで見つめた。彼女は今にも微笑みそうだった。彼は大いに動転していた。

「あれは私がいつも身に着けている衣服です。私は、ここ数年間は航海に出ていませんが、本物の船乗りです。気軽に行動できるように、あのような服装をしていたのです」

彼女が微笑んだので、彼は付け足した。

「だけど、あなたはどこがまずいと思われたのでしょうか？　この服装のどこがまずい変装だとおっしゃるのでしょうか？」

「あなたの葉巻ですわ」彼女はこう言った。

彼は自分の指のあいだで煙を立てている葉巻を見つめた。

「それはシャリュトス社の短い葉巻です」彼女は言った。「あの葉巻のことは知っているんです。私の兄のすることをことごとく真似ていた夫がかつて吸っていたからです。あれは船乗りの葉巻ではありません」

「その通りです」ハーマンは言った。「だけど、あの葉巻が作られているあたりでは船乗りたちもあれを吸うのです。私もあそこで吸って好きになりました」

「それでは、あなたは本当に船乗りなのでしょうか？」その声にはやはり変わることのない不安の響きが混じっていた。

「私は間違いなく船乗りです。曖昧さを払拭するために私の名前をお知らせしましょうか」

彼女は顔の表情でその提案を受け入れた。

「私の名前はメルヴィル、ハーマン・メルヴィルです」

黙ったまま彼女はその名前を反芻し、あなたはアメリカの作家でしょうかと訊ねた。彼はそうですと答えた。微笑が、今では真実の微笑になっていった。口元と解放された視線が、ともに晴れやかになった。

「安心されましたか？」と彼は言った。

「私が落ち着いていないように見えていたということなのでしょうか？」

「蒼白になったあなたは息が切れそうで、今にも倒れるのではないかと私は思いましたよ」彼は言った。

「何とかけなげにも切り抜けられるだろうといった感じだったのです」まるで自分自身に話しかけるような様子で彼女は話した。つまり、彼女は自分の弱さのすべてを、率直にそして下心なしに、激しく総動員して働かせている様子だった。

「あなたは何を恐れていらっしゃるのですか？」彼は言った。

「私はあなたに何も言うことができません。ただ、あなたがハーマン・メルヴィルだということは私にはじつに幸せなことです」彼女は彼の腕に触れた。彼に寄りかかるような具合に、手を彼の腕に載せた。

「昨夜からあなたが怖かったのです」

彼が質問したそうな表情を見せたので、彼女はこう言った。

「説明しましょう。それでは、上にあがりましょう。そうです、私はあなたと一緒に上の席にあがります。今日は客席には客が多すぎますわ」

大柄の農民たちが乗車しているあいだに、二人のあいだでこうした言葉が交わされた。副御者と御者は大小さまざまの荷物を積みこんでいた。

彼らは一番前の座席に坐っていた。それは御者席のすぐ上のベンチ席だった。そうして、馬車の大きな幌で少しだけ覆われた状態で、彼らは二人とも同時に、樹木の茂っている広大な光景と空のなかに正面を向いたまま入っていった。樹木の太い枝とほとんど同じ高さのところを通って森のなかをギャロップで通り抜けていった。二人の農婦が彼らのそばの席に坐っていた。さらに、毛並みが表になっている羊の革でできた長衣を着こんだ羊飼いと思われる男もいた。彼らは互いにぴったり寄り添っていた。坐る瞬間に彼女は手をドレスのなかに入れ、クリノリーヌの輪を抜き取った。彼の近くでこうして輪から見捨てられた布地の下に彼女が坐ったので、彼には彼女の膝の形が浮かび上がっているのが見えるようになった。そして今では彼女は彼の身体に触れていた。彼も腰と脚で彼女と接触していた。ヤナギの緑色の枝が水面を叩くように、朝の光が大地を叩いていた。液体状の光の震えが牧場や森林を突き抜けて広がってきたので、それは草や枝を背景に金色の埃となって噴出していた。車輪がたてる物音が大きかったので話すことはできなかったが、時として、光り輝く新しい丘が霧のなかから現れてくると、彼女と彼は互いの顔を見つめ合った。彼らが入りこんでいった地方は厳しい山地であった。馬たちはすでに何度も並足で歩んでいた。最後に、谷間を越えたところで、馬車は長い坂道に差しかかったので、馬たちの負担を軽くしてやる必要があった。馬車は止まり、乗客全員が街道に下りた。彼は彼女のそばを歩いた。彼女はだらりと垂れる長いドレスを手で持ち上げていた。

「どこへいらっしゃるんですか?」彼女は言った。

「行き先は分かりません」彼は言った。「行き当たりばったりに旅しているものですから」

「そうした事情をお聞きすると、いろんなことが分かってきますわ。もっと早く分かっていれば、怖がらなくてよかったでしょうに」

「私のことをごろつきだとでも思っておられたんでしょうか?」

彼女は微笑んだ。そうすると彼女の表情が子供っぽく純粋になったので、この世から遠く離れたところにいってしまったようだった。

「いいえ、あなたのことはむしろ憲兵さんだと思っていました」

「憲兵がこんな服装をするとは知りませんでした」

「憲兵たちはどんな服装でも着こなします。時には雲の服だって身につけるんですよ。詩人ならそんなことはご存知でしょう。マクベス夫人のことは覚えておられますか？　あなたは何故火曜日に出発されたのでしょうか？」

「出かけようと思いついたのがたまたま火曜日だったからです」

「もちろんどこかに向かっておられたのでしょう？」

「もちろん、そうです。あなたは？」

「私にはいつでも明確な目的地がありますわ」

「それではもっと正確にはどこに行かれるのでしょうか、奥さん？」

「これは賭けです。モンマスに向かっていたということにいたしましょう」

「それは賭けではありませんよ」と彼は言う。「私もちょうどモンマスに行くのです。不思議なことではないでしょうか？」

「不思議に思えるのは、嘘をつくことなく私に話されるということにあなたが同意されるのなら、何故、火曜日に出発しておきながら、グレイズ・インに向かう馬車に乗ったりされたのでしょうか？」彼女はこう言った。

「私たちは問題の核心に触れていると私は感じています」彼は言った。「私が法螺を吹くことは絶対にありませんが、これほど重要なことのために法螺を吹いたりしないのは確かなことです。私がグレイズ・イン行きの馬車に乗ったのは、それが私の方向に向かっていたからです」

「そうじゃありませんよ」彼女は言った。「あなたが行こうとされていた方向には向かわない馬車にあなたは確かに乗られたのでした。火曜日には、ブリストルに直行する馬車はハットン・ガーデンから出発します。この日は、グレイズ・イン行きの馬車は〈四つの田舎〉を遠回りしていきます。こうした事情についてあなたは何とおっしゃいますか?」

「合衆国にそのことを知らせるのを皆さんはお忘れになっていたと私は言わねばなりません、奥さん。哀れなアメリカ人たちに対してヨーロッパはいつも軽蔑混じりの無関心を見せてきました。マサチューセッツにいた私たちはそんなことは何も知りませんでしたよ」

「あなたには才気をひけらかすなんてことは簡単でしょう。だけど、私はどう言ったらいいのでしょうね、私の方は? 私はひとりっきりになるために火曜日にあの馬車に乗りました。そして私は今ではまさしくアメリカ・インディアンにつかまっていますわ! あなたは商人でも、農民でも、常連でもありませんでした。普通の人でもありませんでした。私は昨夜あなたに微笑みました。そうしたところ、あなたはまるで木材のように無表情のままでした」

「いつのことでしょうか?」

「あなたはそのことを訊ねていらっしゃるのでしょうか? 詩人たちはまったく自然な顔をして途方もないことをなさるのですね、そうでしょう」彼女はこう言った。

「あなたもやはり大詩人のような方に違いありません」ハーマンは言った。「だけど、さあ行きましょう。向こうで呼んでいますよ。私たちの止まり木まであがる必要があるようですよ」

彼らは草木が生えていない寂しい高原にたどり着こうというところだった。馬車は旅人たちをあちこちに下ろしはじめていた。村のなかで、農場で、小屋で。さらに誰もいないところで馬車が止まると、男が下車して、ひとりで立ち去っていくこともあった。遠くまで目を凝らしても右にも左にも人の住まいは見えなかった。少しずつ馬車は軽くなっていった。この高地の街道は、悪路だったけれども、通行する者が誰もいなかった。馬車は歓喜に満ちあふれたギャロップで疾走した。地面は柔らかかった。馬車の車輪と馬たちの蹄は、もう鈍い音しかたてていなかった。動くものが何もない遠くの景色のなかに、風変わりな光がハーマンには見えた。辺鄙なところにある森林には霧が漂っていた。縮れ毛のような森林にその光が差しこむと、それは子羊の毛皮に変貌した。錆色の牧草地はまるで羊毛の絨毯のように大地を覆っていた。

そこで、ハーマンは自分たちの前に広がっている世界について語りはじめた。彼は、空がまるで彩色された絹でできているかのような具合に、空を端から端まで巻き取った。そうすると、瞬間的に空はもうなくなってしまった。ギャロップで疾走する馬の蹄が四回聞こえるか聞こえないかのうちに、ハーマンは空をふたたび広げた。しかし、空は今では大きな皮膚に成り代わっており、その皮膚は動脈や静脈さえも覆ってしまっていた。秋の雨嵐が高原のあたり一面にへばりついていた。彼は雪を含んだ雲が二つ重なっている間にある空の切れ目を示した。その切れ目は木の葉の形をしていた。その色は夜に特有の緑色で、その色を通して空間が奥深くまで穿たれている様子が見えていた。

「あなたは月桂樹の葉を手で持った記憶がありますか?」

「ありますよ」

「その葉の色を覚えていますか？」

「覚えているわ」

「それは夜のようにくすんでいた」

「そうです」

「しかしながら、それでも緑色だったでしょう？」

「そうですね」

「その緑色はきわめて遠くからやってきて、薄暗い色彩を突き抜けて登ってくるようだったので、その葉はまるで世界を表わしているようだった」

「そうだわ」

「とんでもない深淵がその葉のなかに口を開けているようだったでしょう？」

「その通りです」

そうすると急に、彼女にはその空の切れ目が手のなかに感じられた。空の深淵が自分の手のなかで深まっていくのを彼女は感じていた。そのことが目のすぐ前で見えた。それは、彼女がとても小さくて空が無際限に大きいという、いつもの世界と同じ世界ではなかった。そこでは、彼女が無際限に大きくて空はごく小さかった。かつて彼女は月桂樹の葉を手に取ったことがあるというだけの理由でそういう風になったのである。その葉の果肉は、夜が薄暗い緑色の砂になり、それが舞い上がってできている広大な埃と似ている。とりわけ、ある声が彼女にそのことを言い、二つのイメージを結びつけ、光を持ち運んできたからでもあった。

彼は森林を近づけた。彼が彼女に見せているような森林を彼女はこれまでに見たことがあるのだろうか？　ないはずだ。彼は彼女のためにそれをひっくり返して見せた。裏、表、東、西、北や南の神秘、苔、茸、匂い、色などを。

「あれは見たことがありましたか？」

「いいえ」

「これはどうでしょうか？」

「見たことがあります」

彼は森林を元の状態に戻していた。森林は後退し、小さくなり、地平線の端に横たわっていた。樹皮が馬の皮膚のような白樺を彼女はしっかり見分けただろうか？

「いいえ」

彼は白樺たちを呼び寄せた。そうすると白樺たちが近づいてきた。彼女は、まるで普通の田園にいるかのように、また自分が樹木にもたれているかのように、白樺を間近に感じることができるだけでなく、自分の心のなかで白樺を実感することができた。彼は蜜や物音や匂いや形や葉や四季などを備えている樹木を自在に操っていた。彼がどうやって樹木を掌握しているのか知る由もなかったが、彼女は樹木を心のなかで感じていた。それと同時に、彼女はその樹皮に触れることができた。

彼女は、実際には何も持っていないのに甘美な感覚を手で感じることができたのであるが、そうした感覚を味わったことはそれまで一度もなかった。その手は、白樺に触れていると思うことができたし、彼が言っていることをその白樺に触れながら感じとっていると認識することができた。

「あの小さな沼地の水を見てください」

そうすると、イグサ、オタマジャクシ、カエル、バン、カモ、カワセミ、ありとあらゆる鳥の羽、花咲いたイグサの綿毛、タール、雨の匂いなどを引き連れて水が彼女に近づいてきた。

「待ってください。雨の匂いを逃がさないようにしましょう。すぐ分かりますから」彼は言った。

彼は残りのすべてをそのままにして、大きなオルガンのペダルをほんの少し緩めるような具合に調子を弱めただけだった。そうすると、鳥たち、魚たち、カエルたち、タールを塗ったような沼地の全体、イグサたち、こうしたものが世界の穹窿の奥底で通奏低音の伴奏として鈍い音を発した。そして彼は雨の匂いをフーガで歌わせた。世界中のあらゆる土地で何世紀にもわたり延々と続いてきた古い雨のすべてが、広大な小麦畑の小麦の茎のように、まっすぐ立ちあがった。彼女は子供時代の雨をふたたび見出した。日曜日の午後、ネズミの匂いが漂う屋根裏部屋で、騎士道物語の古びた本、時刻を刻まなくなってしまった掛け時計のぜんまい、動くことのない古びた自動人形、山羊の皮で覆われた大箱、雨で洗われている屋根の匂い、住民のすべてが神殿に集まっている静かな町に降り注ぐ雨などのことを。もうブリストル行きの馬車の屋上席にひとりの男のそばに坐っている女としてではなく、今では時間の絶対的な所有者として、彼は彼女を存在させていた。彼は彼女に自分自身の領域で生存させていたのであった。彼が彼女に彼自身の世界を与えてくれているということを彼女はまざまざと感じていた。彼が(昨日のように)黙って動かなかったとき、彼が彼女と離れていたとき(例えば昨日、彼女がまだ彼のことを知らずに、彼がこの上で黙っており、彼女がひとりで下の客席にいたとき)、彼が誰とも関係がなかったとき、そうした時でもやはり彼は、彼が今世界を見ており、見ていると言っているような風に、彼は世界を見ていたのだった。こうしたことを彼女ははっきりと理解することができた。彼は自分だけのために雨を呼ぶことができる。今では彼は自分と彼女のために雨に呼びかけたのであった。彼は自分の個人的な世界に彼女を参加させていた。そしてそれはごく自然に彼女の世界になっていった。彼女にとってあまりにも個人的な世界になっていったので、この男が彼女に関して、彼女の秘密の生活に関してさえじつにさまざまなことを知っているように思えたので、彼女はしばしば恥ずかしく感じた。自分の心の境界を一度も越えたことのない少女の大胆さの欠如を彼女は思い起こした。そうしたことを彼女に語っているのは彼——昨日まで未知の人物だった彼——なのだ。外に出なさい。雨の匂いだ。地下に戻りなさい。雨の古い収穫物だ。ご覧なさい。沼地が盛り上がってきた。色付きのガラス越しに見るように、水を通して彼女にはさまざまなものが見えてきた。野原の羊毛が彼女の騎士道精神に満ちあふれている夢に巻き付いた。秋の牧場が、彼女が情熱を持って過ごしていたすべての子供部屋を覆い尽くしていた。森林、林、木立ち、大きな樹木、こうしたものが、鳥たちによって大地から引きちぎられて、まるで肩掛けのように彼女のまわりを飛びまわっていた。それは、祖父の二輪馬車に乗って、真夜中にヴァカンスに出かけていくときに、彼女をくるんでいた肩掛けだった。木の根のなかに残っていた小さな土塊《つちくれ》がいくつか彼女のドレスの上に落ちてきたように思えたので、彼女は手でドレスをはたいた。最後に、彼らが昼の停泊地に到着したとき、足を地面におろすと、彼女はこう言った。

「お願いいたします。腕を貸していただけないでしょうか。酔ってしまいました」

彼らは同じテーブルで黙って食事をとった。

「おやまあ、あなたは急に蒼白になってしまいましたね。髭の下はまるで蝋のようですわ！」彼女はこう言った。

世界中で自分には彼女しかいないと彼は考えたばかりだった。返事することなく彼は彼女を見つめていた。彼女はこんなことを考えていた。彼が蒼白だなどと言ったのはよくなかったわ。彼は発作的に襲いかかる例の東洋の熱におかされているに違いない。彼は旅籠で床に就いた方がよさそうだ。私が介護してあげよう。

彼の方はこんなことを考えていた。彼女は目の前にいる。その通りだ。しかし彼女は立ち去っていくかもしれない。彼女は都合でおそらく今日か明日にでも発つだろう。私はおそらく彼女を失うだろう。何故おそらくと言うのだろうか？　間違いなく私は彼女を失うことになる。彼が彼女を失うことがないような、現実の世界とは別のもうひとつの世界を彼は想像した。大気が透明でありながら頑丈な壁になっていて、その壁のドアのありかを私が知っているという状況が必要であろう。

自分がそのドアを開くと、その向こうにはもうひとつの世界があると彼は想像していた。「奥さん、ここにきてください」と彼は言った。彼女はやってきた。二人がそこに入ったあと、彼はドアを後ろで閉めた。そうすると、彼らは二人だけの国にいるのだった。それは想像も及ばない国で、そこでは彼女を知っているのは彼ひとりで、彼女の方も彼の他には誰も知っている人間がいなかった。二人は互いに離れることができない存在となっている。

夕方、夜の宿のために馬車はヘンリーとクリックレイドの間で停車した。旅籠クイーン・エリザベスを越えていくことはできなかった。旅籠に着いたのは午後四時頃だった。そこからクリックレイドにいたる街道はあまりにも長く、しかも無人の荒れ地であった。繰り返し繰り返し、車軸が折れた話を乗客たちは聞かされた。そんな事態になると、乗客たちは、食事をすることもかなわず、茂みの木材で焚火を燃やして、そのまわりで身体を温めて夜を過ごさざるをえないのである。それにもまして、副御者と御者は、その野宿の様子をいっそう不吉な色合いで潤色することを止めなかった。彼らは「食事をすることもかなわず」という点を強調したし、朝の四時頃になると「焚火に投入するための茂みの材木も尽きてきた」ということにも念を押すのだった。それに、馬たちにとっても遠すぎるということだ。真実は、旅籠クイーン・エリザベスの主人ジェレミアが馬車の責任者に〈何がしかの袖の下〉を与えていたということなのだ。副御者と御者については、鐙《あぶみ》の扱いはもうまっぴらごめんだと彼らは言う。腰掛けに坐る方がありがたいという訳なのだ。つまり、一日が終わり、可能なら無料で静かに一杯やりたいというのである。そして、彼らを満足させるためには、ジェレミアは充分に太っ腹だった。それに彼は乗客全員に対して親切であった。昼間に馬車を止めてしまうのは、必ずしも不愉快なことばかりでもなかった。光に満ちあふれている時間が旅人たちにはまだたっぷり残っていた。いつものことですが、紳士のみなさんには、反対に、脚のしびれを解きほぐす格好の機会を提供してもらったといって私に感謝していただいていますよ、とジェレミアは言った。

その場所はとりたてて雄大だというほどではなかった。その夕べ、たそがれ時になると、剥きだしで平坦な荒れ地は、間近に迫ってきている霧に四方を取り巻かれていた。しかし、地面はあの濃密な秋の草原を思わせる様相を示しており、コルチカムが咲き誇っている褐色の羊毛の絨毯のようだった。地面を足で踏むと、足は弾力的な柔らかい土にめりこんだ。

「さあ、これこそイギリス人の足に馴染みの深い芝生ですよ。いらっしゃい、散歩に出かけましょう」ハーマンは言った。

「ちょっと待ってください。私は見習い水夫ではありません。鐘の合図がしたら、すぐにその命令に従って甲板にあがるなんてことはできないのです。準備が必要ですわ」彼女はこう言った。

彼女はクリノリーヌの輪を見せた。彼女がまとっていたドレスは子供のような身体のまわりにまっすぐ落ちていった。彼女の髪の毛は美しかったが、彼女は若い男の子に間違われたかもしれない。しかし、彼女の女性的な上半身と、地面まで垂れ下がりそこで泡のようになって折れ曲がっているドレスを見ると、彼女は、台の上に乗せて運ばれてくるとても高貴な少年のようであった。

「女性たちにはいつでも準備が必要なんですね」と彼は言った。「それで充分立派ですよ。リマの処女マリアのようです。これ以上にうまくいくことはありませんよ。すでに用意はすっかり整っていますよ。さあ、魔法の散歩に出かけましょう」

そこで彼女は、荷物を持ち運んでくれていた少年に輪を渡してから、両手でドレスを大きくたくし上げた。

「さあ、出かけましょう」彼女は言った。

「それでは」と彼は言った。（百歩進んだところで、早くも彼らは霧のなかで迷ってしまった。）

「ご覧なさい。すべてが消えてしまった。車も、旅籠も、人間も、もう何もなくなりました。前進しましょう！」

「あなたは今ではとてもお元気ですね、船乗りさん」彼女は言った。「私は脚のまわりにからみつく五メートルもあるドレスをまとって歩いていることをお忘れになりませんように。だから前進するのはいいんですが、あまり速く歩きすぎないようにしてください」

「さあ、いくらか頑張ってください」彼は言う。「私はあなたに腕を差し出しません。それはあなたにすっかり迷った気持を味わっていただくためですよ。あなたは充分に迷っていますか？」

「私はすっかり迷ってしまいました」彼女は言った。「私のドレスは、まるで樹皮のように、私にからみついています。ここから五分も歩けば、私は迷子になると同時に野原のまん中で囚人になってしまうでしょう。まるで樹木と同じだわ」

「そういうことなら、万事うまくいきますよ」彼は言う。「まさしくこんな風になる必要があるのです。私の母が二スーを失くしたとき(母はとんでもない人物でした)、彼女が二スーを失ったとき、彼女は言ったものでした(もちろん、何週間にもわたって何度もいたるところを探しまわったあとのことです、そう、何週間にもわたってなのです)、探しまわるのに疲れてしまい、彼女はこう言ったのです。『あの二スーはまだすっかりなくなってしまったわけじゃないからね。』私は小さな男の子でしたが、物事に対するこうした見方は私に大きな影響を与えました。もしもあなたが私の母を知っていたら(あなたには母を知っていてもらいたかったものです)、あなたは、私と同じく、金銭に関して、金銭の動物学や、金銭の解剖学や、金銭の占星学に関して母が完璧に有能だったという確信を抱いたことでしょう。彼女は金銭のカッサンドル[トロイアの滅亡を予言したが、信用されなかった]でした。彼女は大気を通して金銭の未来を見るという才能を具えていたのです。私が久しく不思議に思っていたのは(こんな状況ですが、あなたはまだ数歩進めますか? 霧が必要だというわけではありませんが、霧が出ているのですから、非常に濃い霧の方が何かと都合がいいのです)、久しく不思議に思っていたのは、こんな母でさえ二スーを探し出せなかったのはいったいどのような場所だったのかということでした。しかし、ともかく、そうした場所があったわけなので(彼女がそう言っていたので、疑いようがありません)、それは人々にとっては避難場所のようなところだったのでしょう。人間の力が及ばないような場所に行きたいというような欲求をあなたは感じたことはありませんか? 例えばメロヴィング朝時代の教会がそうであったような、一種の避難場所ですよ。ここからは、私の腕を取ってください。

私はこんなことをこれまでよく考えてきました。『いつの日か、どこかの道を歩いていると、お前には、自分では気づかないうちに、神秘的な障壁を突き抜けてしまうようなことが起こるだろう。』私たちも、まさしく今この瞬間に、大気の薄い膜を二人で押しているような気がします。私たちが前に進んでいったので、その膜は破れてしまったらしい。ああ！　注意してください。ここから先は私たち二人しかいないし、私たちはもう離れられないのです。かすかな音がしたのですが、あなたには聞こえませんでしたか？　聞こえたかどうか、あなたに返事をしていただきたいのですが……。駄目です、私の腕は離さないでください。すみません、あなたが腕を離そうとしていると思ったものですから。そうです。あなたが望むだけ強くもたれてきてください。そして何も言わないでください。ついに私たちは向こう側に渡ってしまったと私は思いますよ。

私はもうこの道には見覚えがありません。道は、私たちが見たこともない丘を迂回していく。その向こうには不可思議な町があります。あなたは山は好きですか？　町があるのはあの山の斜面ですよ。空は文句なく青い。こんなことを言うのは馬鹿げていますが、この通りなのです。空の上の方、月にいたる道のちょうどまん中あたりで、オオカミの歯のように鋭く尖り凍っている山頂が風を受けて鋭い音をたてています。耳を傾けてください！　もちろん、あの音をたてているのが風だと突き止めるのは難しいことです。あの鋭い音を聞いても私たちは何も思い出しません。私たちはあんな風の音はこれまで聞いたことがないのではないでしょうか？　あそこに見えている樹木や垣根や野原の何ひとつとして、私たちがこれまでに見てきた樹木や野原を思い起こさせるものがありません。そうです、すべてが私たちの記憶と何の関わりもないのです。そして私たちの記憶は消え失せていきます。私たち二人に今見えているようなものを、私たちはこれまで何も見たことがありません。そして、私たちがこれまで送ってきた生涯は、ごく当然のことながら、消え去っていくのです。

しかし、私たちが前進するにしたがって、山たちは空を一周してきて、私たちが通ったあとにふたたび閉じこもってしまいました。あれは黒人のかあちゃんたちです(ああ！　プリンストンでまるでボールのように絹で膨れ上がっていた彼女たちの姿を見たことがありますが、あれよりずっと前のことです。白い筒型のひだのついた毛皮を頭に載せ、小さな紳士たちの世話を任されていたものでした)。いや、そうではない。あれはすっ裸の黒人の母ちゃんたちです。あんな風に自分の子供たちをゆっくりと腕のなかに閉じこめるという遊びをしているのです。ああ！　あれは子供たちにとって世界最大の遊びなのです。彼らは〈絶対にそれ以上のことはない〉と意味する名前を持っていて、子供たちは仲間をその名前で呼んでいる。そのことをよく考えてみると、じつにうまくできていることが分かります。人間のあらゆる欲求をたったひとつの欲求のなかで実現するということが巧みに表現されている、あの遊びは時間の奥底から伝えられてきているはずなのです。あれはアダムとイヴが、地上の楽園を追われてから訪問した最初の海岸で演じた最初の悩ましくて大きな遊びだったに違いありません。海岸で波が青くて大きな本のページを飽きもせずにめくり続ける午後に、その海の波がそういうことを黒人の母親たちに教えてきたのだといった考えから、あなたは私を引き離したりしませんか？　黒人の子供は、うずくまっているかあちゃんの前に立っている。かあちゃんは両腕を伸ばし、じっとしているのです。つい先ほど山が不動であるように見えたように、かあちゃんも不動のように見えるのです。しかし、きわめて緩慢に、腕は前に進み、子供のまわりを取り囲みます。子供は、全身を震わせて、待っている。彼は恐れ、そして喜び、そうした状態が彼をくすぐる。彼は、逃げ出したいのと同時に、望んでいる、ああ、それがやってくるのを望んでいるのです。何を？　すべてを。子供にも何が何だかよく分からない。そして彼は動くことなくじっと待っている。彼の皮膚のなかでは大きな心臓が力いっぱい鼓動している。そのとき、そっと、二つの手が彼の背中のうしろで結びつく。ついに！　ああ！　彼はついに幸福の囚人となる。彼はかあちゃんの胸に頭を押しつける。子供は黒い乳房に鼻をこすりつけ、目を閉じて、世界から遠く離れたところへ、じつに遠いところへ立ち去っていく。大きな頭は唸り、重苦しく、陶酔し、途方に暮れ、その他ありとあらゆる状態を経験する！　そして救われるのです！　それほどまでに裸になったことも、それほどまでにひとりになったこともなく、それほどまでに弱くなったこともなく、それほどまでに冷たくなったこともなく、つまりそれほどまでにいろんなことを味わったことは、あの子供は一度もなかったのです。この陶酔的な幸福は除いて！　山々が私たちの背後で合流したのは、これと同じことなのです。それ以上になったことは絶対に一度もない。私たちが今ここから出発することを望むなら、氷の壁に沿って進むということになるのですが、あらゆるところで命賭けの危険が待ち構えているのです。

さて、町ですね。あなたが子供だった頃、サイコロ遊びをしたことはありませんか？　そうです、家々は、あなたが遊んでいたサイコロのようなものです。そうした家は山の上に階段状に重なり合っている。そこでは壮麗な沈黙が支配しています。ごくまれなことですが、氷河から流れ出てくる黒い水が、雲母でできている二つの岩のあいだで小さな泉を形成することがあります。それ以外のときは、長いあいだにわたって聞こえてくる音は何もありません。それから、ずっと遠くの高いところあるいは低いところで、誰かがドアを開いて、太陽で身体を温めるために、フェルト状の草が生えている敷居のところまで出てくる。これがその町なのです！　ああ！　私がこういうことを知っているのは、このような町を長いあいだ望んできたからです。世界中の男たちや女たちが、ひとつずつ石を積みあげひとつずつ花を咲かせて、彼らの心のなかに少しずつこの町を築き上げてきたのです。そして彼らはこの活気にあふれた山を築き上げたのです。この山は〈驚くべき幸福〉という古くからのゲームをできるし、〈絶対にそれ以上のことはない〉というゲームをすることもできます。しかし、全世界は黒人女性よりも造詣が深いので〈誰がこんなことを知っているでしょうか、おそらく誰も知りません。世界中の欲求の方が黒人女性よりも強いので、と言う方が適切でしょう〉、腕を差し出す代わりに、彼らはこの想像もできないような氷河のなかで私たちを締め付けるのです。そしてこれこそ本当に〈絶対にそれ以上のことはない〉のです。何故なら、幸福は一目瞭然でなければならないと誰もが本能的に知っているからです。そうでないのなら、私たちは幸福をいとも巧みに失ってしまうことでしょう。乗り越えることができない山の威力のようなものを伴って幸福が一目瞭然に感じられるということがないとしたら、私たちは、まるで水のように、もっとも低い谷間や、もっとも薄暗い洞穴や、もっとも臭いタヌキの穴などを通って、いつでもそこから逃れ出ようとするでしょう。そしてそれは私たちの生気のない重量をそこに滑りこませ、傾斜を利用して自動的に流れて消えていくためなのです。しかし、今、幸福は私たちをびっくりさせ、そして私たちを狼のような歯を備えている山々によって閉じこめてしまったのです。何千年にもわたる世界の欲求、それは奇妙にも大したものを作り上げてきました。だがしかし、あなたもご存知のように、それはそれで上々の出来栄えなのですよ。

以上が心(心臓)に関することです。さて今度は頭のことですが、これはまた別物です。頭は話しますからね。心臓は、このことには注目してほしいのですが、何も言いません。心臓は、小さな木底靴のように、ここに、胸のなかに収まっている。心臓が無言で進む街道で、私はお前[心臓]を叩く、何度も何度もお前を叩くことになる。一方、頭はどこにも行かない。頭はそこに立ちつくして、止めどもなく議論をする。頭は質問を投げかける。しかし、頭に対して仕掛けることのできる最悪のいたずらが何なのか、あなたは知っていますか? それは頭に驚異的なものを見せてまごつかせることです。バハマから帰ってきたときに、私たちがある男を扱ったように対応する必要があります。船倉には獲物をいっぱい詰めこみ、私たちの船は満艦飾で戻っていました。船全体がまるでソファーのようでした。私たちは飲み、食い、歌い、やりたい放題にしていました。その男の気分を高揚させたのは暇だったからに違いありません。その男は、どういう分野だったか私はもう覚えていないのですが自分が医者だったということ、あるいは彼には医者の仲間がいたということ、あるいは医者の学校で彼は召使いとして働いていたということ、こうした類のことを思い出したのです。ともかく彼は私たちに鼻を高くし、威張り、もったいぶっていました。そして策略を考えたのはまたしても黒人でした。ほんの少しでも関心があれば、いくらでも海から引き上げることができる美しいがらくたのひとつを彼のところへ持っていったのです。世界中で最高に美しいと同時に最高にきたないというような代物です。柔らかく、濡れており、透明で、形がない物体を想像してください。この形がない物体の中央には二つの目、二つのじつに美しい目がついているのです。瞼や、長くて柔らかい睫毛や、金色の虹彩や、貴族の白目のようにいくらか青みがかった美しい白目なども備わっている、完璧に人間の目なのです。『おいおい、お前さん、そんなことをしていると、時間の無駄だぞ』などと非難の眼差しを向けるときに、父親が時として見せるような目なのです。ところで、黒人はその男の膝にそれをべったりと貼り付け(例の男は高い帆柱の足元に坐っていました)、何も言わずに(あるいは、少なくとも黒人の言葉を話したかもしれませんが)、身体をこわばらせて、いくらか新鮮な風が吹いていたので揺れ動きながら遠ざかったのです。それがあらかじめ決められたことだとでもいうように、彼は決定的に立ち去りました。そしてそれはあらかじめ決められていたことだったのです。男はその美しい目を見つめました。それは、もちろん、詩人の、しかし巨大な詩人の目のようなものだったのです(その目は何フィートもある海の深みから引き上げられてきたのです）。子牛のゼラチンのなかにあるこのきわめて美しい目を彼は見つめた、と私は言っているのです。そのあと彼は黙りこんでしまいました。神秘というものはいつでも神秘的なものなのです。

山の上にある町を眺めたあとで、『こうしたものはすべてとても美しいが、食事をしに行くことにしよう』と私たちが話し合っていたことを想像してください。頭はこんなことが言えるのです。というのも、氷河の下の広大な平原の沈黙を楽しむのは心なのです。そして私たちは旅籠に到着します。

『人々は何だか奇妙だとあなたは思いませんか』あなたは私にこう言うのです。『なるほど、変ですね、先ほどは気がつきませんでした。待っていてください』私はあなたにこう言います。

私たちのテーブルはどこにあり、今晩は何を食べることができるでしょうか、と私は彼らに訊ねてみます。さらに、私に可能な限りの自然な振舞いでそうしたことを訊ねてみます。例えば、陽気な表情をしたり、念入りに揉み手をしながら、あるいは彼らの長い口髭が見えないふりをしながら。あの髭は地面まで届き、邪魔にならないように彼らは髭を結んでみたり輪を作ったりしています。そのような工夫をしているにもかかわらず、彼らは頭から足まで髭のせいで身動きがとれなくなっているのです。しかし私が彼らに話しても何の役にも立ちません。彼らは私を見つめ、あなたを見つめ、彼ら同士で見つめ合うだけで、返事をするということがないのです。それから彼らは私に返事をするのですが、私には何も理解できない。それは誰も理解することができない髭の言葉なのです。あなたは私に言います。いや、あなたは何も言わないのです。あなたは疲れ果てた両腕を下におろします。旅籠、テーブル、食事について何とか彼らに分かってもらおうと私はいろいろとやってみるんです。ところがうまくいかない。私は両手を使って、食べるということを伝えようとするのです。駄目なんです。そうして彼らはどんぐり眼《まなこ》で私たちを見つめはじめ、私たちをじろじろ見ながら口髭を噛んでいるだけです。彼らは乱暴にも口髭を噛んでいるのです。

『立ち去ることにしましょう。向こうに行けば町があるはずです。行きましょう』私はあなたにこう言います。

そして私たちは立ち去ることにする。その町に行くための道がいかほど美しいかということを通りすがりにあなたに気付かせるために、私はしばらく立ち止まることになる。あなたは英語を話すし、私も英語を話しますが、この世界では英語を話してもただそれだけのことです。私たちはお互いにもう別れることができないのです。きわめて美しい道です。しかし、町にたどり着いてみると、やはり同じことです。長い髭の人たちがいっぱいいます。私たちが入りこんだところは、とんでもない場所なんです！　さて、よく見ると、先ほどはこんな風ではありませんでした。私たちはブリストル行きの馬車から下りたのです。私たちはイギリス人の足にはじつに気持のよい牧草地に着地したのですが、今では！……　そう、空気の薄皮が、私たちがそこを通過したとき、破裂してしまったのです！　いったいどうしたらいいのでしょうか？　今晩のことだけを話しているわけではなくて、私たちの全生涯が問題なのです。というのは、もうおしまいなのです、私たちは生涯にわたってずっとここにいることになるでしょうから。それにこの町もまた非常に美しい。だが私たちはこれからも生きていく必要があることでしょう。私は航海する術は心得ているが、航海するとなると、あなたをひとりっきりに置き去りにしてしまうかもしれない。しかし今、そんなことが問題になっているわけではありません。それに、ここの人たちには海などといったものがあるのでしょうか? あなたはどう思われますか?」

「私もあなたと同じですわ」と彼女は言う。「どうやっていけばいいのか考えはじめているところです」

「ああ、お分かりのように、冗談を言っている場合じゃありませんね」

「おおよそのことは分かっています」彼女は言う。「大きな不幸には大きな打開策があるはずです。オスマン・トルコ帝国の君主を探しに行きましょう。この国にも君主はいるでしょう?」

「何ですって! トルコ君主がいるかですって! 君主でいっぱいですよ。みんなが君主ですよ」

「そうじゃなくって、私が言っているのはもっとも偉大で唯一の王です。お望みなら、唯一のトルコ王です」

「分かりました。その大王に対してあなたはどうしようという訳ですか?」

「女たちはトルコの君主たちの対処の仕方を心得ています。私は大王の前で踊るつもりです。彼が私の行動を理解してくれるのを期待しています」

「彼に目がついていれば、理解するでしょうよ。しかし、そうすれば私たちにどのような恩恵があるのでしょうか？」

「お金ですよ」

「だけど、リマの処女よ、大王の御前で踊るという考えは私には一向にいただけませんね」

「何故、そんなことをおっしゃるんですか、船乗りさん？」

「そうですね、そういうことはねえ。もっと別のことを考えなさいよ」

「そういうことなら、私は自分を後宮に売りこみますわ」

夕闇が押し寄せた。

彼女はハーマンの腕に自分の腕をいくらか強くもたせかけた。

「あなたの霧の町をもう少し歩きましょうよ」彼女は言った。「旅籠に着けばみなさんきちんと英語を話しますよ。私には分かっています！」

翌日、八時の馬車に彼らは乗り、正午にはクリックレイドに着いた。彼らがそこを出発したのは、やっとその翌日になって午前六時のことだった。町は冷たく暗かった。彼らは野原に出かけていった。背丈の高いエニシダが生い茂っている大きな林を見つけた。

「ご覧なさい、これもまた通りや広場を備えた町のようなものです」とハーマンは言った。「子供の頃、このような林のなかで迷っている人間のふりをして遊んだものです。中に入ってみましょう」

彼らは枝を乗り越えて廊下のようなところに入りこみ、たしかに、林の中央にたどり着いた。そこは小さな緑色の部屋のようになっており、地面はじつに柔らかな草で覆われていたので、凍結するような夕べの寒気はまだそこまで届いてはいなかった。

「ここにいましょう。私のそばで横になり、私の言うことを聞いてください」彼女は言った。

「私はアデリーナ・ホワイトと言います。私は自分のことを話しますから、お役に立ててください。これは昨日一日中考えていたことです。鉛筆を取って私の住所を書き留めてください。私たちが別れてからお便りをいただけたらとても嬉しいですわ」

「霧の地方や山の上の町を一緒に体験しましたが、私たちが別れるというのは事実ですね」と彼は言った。

「霧の地方や山の上の町を一緒に体験したにもかかわらずです、そうです。書き留めてください。アデリーナ・ホワイト、十六番地、シージング通り、リーズです。その鉛筆を貸してください。あなたの住所を教えてください」

「ハーマン・メルヴィル、百八十四番地、マシュピー大通り、マサチューセッツ」

「了解しました。つまり私の名前はアデリーナ・ホワイトです。昨年イギリスで起こった騒動のことはご存知でしょうか?」

「どういう領域で?」

「これから話します。四六年の飢饉のことは記憶されていますか?」

「しっかり覚えていますよ。移民たちの船が何艘もわが国にやってくるのを目撃しました。私自身もスープの入った鍋を何杯か持っていったものです」

「何も変わっていないのです」

「私もそう思っていました。国民の全体が飢えで死ぬことを急に止めるなんてことはできませんからね」

「できません。アダム・スミスやリカルドが提供する教えについて議論することに時間を無駄につぶしたりしないで、もしもみんなが空っぽの口のことを考えて、人々に食糧を提供するよう努力すれば、飢え死には減少するはずです。田舎の藁ぶきの家のなかで何が起こっているか知っている数百万人のイギリス人が苦しんでいたということを、私は承知しております。あなたは移民たちの船をご覧になった。私たちは何台もの荷車で運ばれてきた死体が穴のなかに投げこまれるのを見ました。しかし、二年にもわたってイギリスの船が、何があろうとも、外国の市場で小麦を売るために、小麦の豊かな収穫物を国外に持ち運ぶのを中断したことはありません。じゃがいもの病気が蔓延しているまっ最中に、不幸な農民たちが、腐りきった畑の柵の上にへたりこんで、飢えのため泣いているにもかかわらず、そんなことが平気で行われていたのです。大臣たちは経済主義者たちの抗議を恐れていたのです。国家の介入は、こうした紳士たちが彼らの知性から引き出してきた法律に相反するものだったようです。人々が何かを考えても、イギリスの小麦はすでに遠くに運ばれてしまっており、外国の人々の口がその小麦を食べていたのです。国家はインドから小麦を取り寄せたのですが、その食料の配布を普通の商人たちに任せたところ、商人たちはそれを投機の対象にして財産を作ったのです。人間は世界中でもっともか弱い生き物です。何故なら、人間たちは知性を具えているからです。知性とはまさしく問題の核心を見失う芸術なのです。悪を取り除こうと望むなら、悪を見失ってはなりません。ここでは、私にとっては今にも死にそうな二十歳の若者が問題なのです（あなたの本性に従ってあなたもひとり選んでください）。彼は生きて愛するために生まれてきたのです。飢えのために死んでいく人間にもまして自然な死に方はありません。彼は話さず呻きもせずに、地面に横たわってごく自然に死んでいくのです。そして大抵の場合、まるで恥じているように彼は顔を隠しているのです。こうした人間を私たちはやすやすと見失ってしまいます。しかし、その頭を持ち上げその顔を見つめ、この男は食べなければならないと言うだけの勇気（お望みとあらば、感覚）を持ちたいものです。彼はすぐさま食べる必要があるのです。あなたは何かを売ろうなどと考えることなく、食べ物を彼に与えることを考えてください。経済的な法則を否定するもの、それはまったく知的なものではありませんが、私はあなたにそれを認めたいのです。それは同情する感覚です」

「私は何も言っていませんが、それはあなたのおっしゃることを情熱的に聴いているからです」

ハーマンはこう言った。

「これですべてです。お分かりのように、私には政治のことは何も分かりません。昨年、チャーチスト運動［労働者たちの地位向上を唱えた急進的な活動］支持者たちの集会がケンジントン・コモンでありました。ファーガス・オコーナーあるいはスミス・マイケル・オブライエンのうちどちらが正しいのか私には分かりません。私が知っていることのすべては、オブライエンがキャベツ畑で囚人になり死刑を言い渡されたということです。私の夫は彼を擁護しました。私が今あなたに言っていることは弁護士に売りこもうとするためではないということは了解しております。この件に関して弁護士に非難すべきところは何もありません。彼は自分にできることのすべてを行いました。それは大したことではありませんでしたが、彼はやれることはやったのです。それに死刑は減刑されました。それがどの程度まで彼の個人的な成功によるものなのか私には分かりません。彼は冷たい人間でした」

「あなたは今何を考えているのですか?」しばらくの沈黙のあとハーマンは言った。

「あなたが話された昨日の夕べの氷河のことを考えています」彼女は言った。「あの氷河は山のなかの町を両腕で締め付けていました。避難小屋のない氷河を私は知っています。オブライエンの父親はダートムアにいるんです」

「あんなに熱心にあなたを見つめていたあの青年は?」

「あれは彼のもうひとり別の息子のクリストファーです。私は飢餓で死んでいくアイルランドのために小麦の密輸入を行っています」と彼女は言った。「せいぜい仲介者くらいにはなっていることでしょう。私には島の雰囲気があるので、障害があってもその上を飛び越えていけると、クリストファーは言ったものです。セヴァーンの河口近くの波止場まで荷馬車を引いていく男と、〈四つの野原〉の定期市で出会うことになっていました。そして彼に出会いました。明日の夜、あなたとはお別れすることになります」

じつに長い沈黙が続いた。

「私は農民です」と彼女は言った。

「それは分かっていました」と彼は言った。

「そう見えるのでしょうか?」

「そうじゃありませんが、そのように感じられました。あなたの姿を見る前から、あなたが老オブライエンに話しておられるのを聞いたあとで、分かっていました。私は自然界の四大要素のうち少なくとも三つと個人的ないざこざを経験してきた人間です。その場合、たったひとつのことが耐え抜くことを可能にしてくれます。それが魂なのです。他のものはなくても何とかやっていけるのですが、魂についてはそういう訳にはいかないのです。あなたの声には大地が感じられました。そういうことがサロンとどうしたら調和できるのだろうかと私は自問していました(手袋をつけたあなたの手が見えたのです)。そのあと、そうした質問は考えないことにしました」

「あなたが私の生まれた家をご覧になれば、私のドレスや手袋にびっくりされることでしょうよ」

「私はそう簡単に驚いたりしません」と彼は言った。「とりわけ、明白で簡単に理解できるような物事が見えている場合には」

「私の村を描いている古い版画では、丘の斜面にある私の家が見えています」彼女は言った。「家の壁や私が暮らしていた田園のまわりに私はハートの形を描いてみました。そのハートを描いたのはそんなに昔のことではありません。他の夜ととりわけ変わったこともないようなある夕べ、私が今暮らしている家で、私は不意にハートの形を描き入れたくなったのでした。私の指がペンを持って、下から出発し、ふくれつつ上昇し、優しくへこみ、下降し、そして膨らみながら下の先端に合流する輪郭を描くのを見たくなったのです。いつもの夕べ、夫はお決まりの場所、肘掛け椅子に坐り、子供(四歳の息子なのですが)は上の部屋で寝ており、柱時計が時を刻み、暖炉の火は燃え、あたりは静寂が支配している……。こうした状況で私はハートを描きたいと思ったのです。私たちは時として何かの物体が確かに存在するということを確認する必要があるのです。自分の部屋に入るとすぐに、私は古い版画が収められている引き出しを開き、その版画のなかの私がかつて暮らしていた家のまわりにハートを描いたのでした。それは貧弱な土地に作られた農家でした。しかしホワイト一家(これは私の娘時代の名前で、先ほどお知らせしました)は、そこに素晴らしい住居を作り上げてしまいました。私が軟弱で傷つきやすかったなどということをここで言いたいのだろうと思ったりしないでください。私にはそれなりの厳しさが具わっていましたし、家は厳格だったのです。私たち子供は五人でした。三人の兄弟とひとりの姉がいました。一番上の兄ハロルドは、あなたが何度もお使いになる言葉を利用させていただくなら、面白い人間ではありません。あなたにこんなことを言うのは、肘掛け椅子に坐っている夫のことをつい先ほど話題にしたからです。

朝になると、父は馬に乗り、農作業を行う二人の召使いとともに出かけました。三頭の馬が高地を耕すために並足で歩んでいきました。小さな娘たちにまだ女っぽくしてはいけないなどと要求するのは難しいことです。子供のなかで一番の末っ子はピットで、あなたの気にいっただろうと思われるような少年でした。今でもあなたは気にいることでしょう。ハロルドは子供たちがとても好きでした。彼は子供たちを、厳しくそして奥深さが感じられる眼差しで見つめていましたが、同時に彼の表情にはきわめて平穏な様子がうかがえたので、子供たちは彼に近づきその手に触れるのでした。姉とピットと私は『ハロルドはお医者さんだ』と言っていたものでした。こうしたことを子供たち(私は七歳で姉は九歳でした)は本能的に理解しており、ハロルドは家族の願い通りに本当に医者になったのです。このことは、私たち家族はみんな同じことを考えていたということを、何にもましてあなたにお伝えすることでしょう。毎日一言も言わずに遠く離れた畑に出かけておりながら、すべてを見通していた父のことも類推していただけることでしょう。私は〈博士〉(昨夜のあなたの博士ぶりのことを考えています)という言葉は使いませんでした。ハロルドにあっては、博学[衒学的]なところはまったくありませんでしたし、今でもそうではありません(彼はバーミンガムの郊外に子供用の診療所を開いています)。しかしごく単純に、彼の厳格で寡黙な物腰で彼は医者なのです。彼は医術を施します。彼のまわりにはハートの形が描かれているのが見えるのです。そして子供たちには大人たちよりももっとよくそのハートの形が見えるのです。彼は自分がもっとも効果的に治療できるのは子供たちだということを理解していました。神秘的なことを望みながらまだそういうものを一度も見たことがないような貧しい子供たちならもっとうまくいきました。そういう場合には、子供たちがこの医者のなかに潜んでいる子供を見ることになり、彼らは回復していくのでした。ともかく、子供たちは回復する用意ができているのです。ピットが彼の助手になりました。ピットは魅力的です。私はピットが好きです。二人とも好きなのですが、やはりピットは特別です。彼には急に倒れこんできたりするというような珍妙なところがあります。太っており無邪気な彼はあなた「私たち」が痛かったのではないかと訊ねにやってくるのです。それは冗談のようでしたが、今では、彼があなたの手や、あなたの足や、あなたのわき腹や、あなたの棘のついた冠のことを心配するのは、自分がひどい状況に置かれているからなんです。『注意してください。酢をたっぷり含んだスポンジを持っていきますよ』こんなことを彼は叫ぶことでしょう。誰かが自分を仲介してあなたのところへ何か厄介なことを持ちこむのではないかとピットはいつも心配しているのです。私より三歳年下の彼は、私に似ています。私は彼が好きです。もうひとりの兄のことを私はそれほどよく知らないのです。それに、それ以外の誰のことも私は知りません。その地方ではホワイト一家の沈黙などと言われているのですが、この兄はそうした特徴の完璧な体現者なのです。ホワイト一家の男にふさわしい沈黙です。今日、ここではホワイト一家の女の代表例が話しています。しかしながら、この兄は本当に寡黙な人物でした。

家の近くには巨大な楢が生えていました。そこにはリスやフクロウやムナジロテンや小さなトカゲなどがたくさん住み着いていていました。私には二人の痩せたおばがいましたが、私が笑うと彼女たちはいつも『どうして笑ったりできるんだい？』と言っていました。身体をこわばらせて素っ気ない表情で彼女たちは野原に出かけていくのでした。何をするために彼女たちが外出しているのか誰にも分かりませんでしたが、彼女たちのひとりが親しみをこめて〈トム〉と呼んでいた地主と話すためだということの他には、彼女たちがいったい何故出かけていくのか誰も知りませんでした。今こそ〈トム〉に対して彼女たちが愛情を抱いていたということをこの小柄なおばたちに教えてあげる潮時のようですわ。〈愛情〉に姉と私は大いに心を奪われたものです。姉はシーツの下で吹き出しました。この言葉のあとでは私たちはなかなか眠りに落ちることができませんでした。愛情という言葉は決して口にしませんでした。私たちのあいだではそれを〈トム〉と呼ぶ習慣になっていたのです。結局のところ、私たちはごく自然に、愛情と神は同じ言葉で表わすという本来の伝統のなかで暮らしていました。

辛くもありながら大喜びで、私は姉の幸福に立ち会いました。彼女は結婚したのです。家は解体していきました。家を再建するためにそうなっているのだということは私には分かっていましたが、再建するのは別の場所だったし、またこのことも感じていましたが、別の目的のためでもあったのです。私たちは、その時まで、父の幸福に安住していたのであって、私たち自身の幸福が確立されていたわけではないということも、私は感じていました。楢の大木、遠くにある畑、母親、おばさんたち、穏やかで大きな馬たち、これらは父がまず自分のかたわらに配置したものでした。子供である私たちは、そのあとでやってきたのでした。私たちは、すでにそこにあったものを利用していたのです。父親の沈黙はホワイト一家の沈黙になり、父の幸福が私たちの幸福になっていたのです。

そのとき、父の幸福が私たちには心地よいものであったうちに、私たちは自分たちの幸福を構築しなければならなかったのです。事実は、これよりももっと奇妙に錯綜していました。たしかに私は父と同じ喜びを享受していました。楢の大木には鳥たちが住み着いていたし、ムナジロテンはやはり楢の根のあいだに巣穴を掘り進んでいました。毎朝、大きな馬に乗って、以前よりいくらかゆるやかな歩調で父は出かけていきました。しかし、おばが〈トム〉のことを話題にすると、私は私たちの〈トム〉、つまり私と姉の〈トム〉のことに思いを馳せるのでした。人生の道中でひとりっきりでいるのはとても辛いことでした。私は結婚を望んでいました。これから恐ろしいことを話します。しかし真実はしばしば恐ろしいことのなかに潜んでいるのです。私は自分の幸福を作ろうと望んでいました。しかし、もしも天罰[天の火]が、私の兄弟のひとりだけを残して、私の家のなかにいる私のまわりの者すべてを殺してしまったとしても、そうだとしても、私が愛していたその場所で、私のまわりには私が最高に欲求を抱いていた人間的品性が満ちあふれていたので、私は本当に私の幸福を実現することができたことでしょう。そしてこの夢は凶悪でもなかったし不品行なものでもありませんでした。それはごく単純に自然な夢なのでした。姉が結婚してしまって以来、私は道の途上にたったひとりでいる十九歳の少女でした。そして私のまわりには、私が好きな幸福を備えている父の家がありました。今では、私はとりわけおバカさんだったということが分かっています。それに世間知らずでした。家族を除くと、誠実な関わりを持っていたのは、私の部屋の窓を星で覆い尽くしてくれる夜だけだったのです。

私は自然の成り行きで長兄の友人と結婚することになりました。寛大な男性たちは時として人を狼狽させるようなところがあります。彼らの友情を何が決定づけているのか私にはまったく理解できません。時として、自然の理由に反しているような理由が幅を利かせることがあるようです。ハロルドは私たちの家に何度もこの男性を案内してきました。ついには、彼が兄に似ているということに私は気づきました。表情が似ているという訳ではないのですが、物腰が似ていたのです。ある日、外を眺めていた彼が、煙草入れを取り出すハロルドの身振りを模倣して、それを開き、それを半開きにして、そこに息を吹きかけるところを目撃してしまいました。肩の動きのいくつかも似ていました。夜になると、肘掛け椅子に坐っていたハロルドは、両脚を伸ばし、肘を背もたれに置き、しばらくしてから額を手で支えるんです。ある夜、ダニーは坐り、両脚を伸ばし、肘を背もたれに置き、正確に短時間の間をおいて額を手で支えました。このことが私に彼を愛するように仕向けたのかどうか私には分かりません。あらゆる策略を知りたいものだとあなたならおっしゃるでしょうか？」

「そんなことは望みません。もうこれで話は止めにしましょう。そして帰りましょう」

翌日の午後四時頃、アデリーナとハーマンはセヴァーン河の河口を見下ろす広大な荒れ地にいた。ヒース以外の植物は皆無で、人影もなく、起伏があり、ヒースだけに覆われている大地は、視線の届く限り周囲に広がっていた。唯一例外の西の方角には、ブリストル運河の青白い緑が震えていた。ホルンとトランペットのファンファーレが、不意に、右の方で炸裂した。

「キツネ狩りの人たちだわ。彼らが出かけてしまうまで、待つことにしましょう」アデリーナは言った。

馬たちのギャロップや、人間たちの叫び声や、馬銜《はみ》のかちゃかちゃと鳴る音まで聞こえてきた。

「しかし、あなたには彼らの姿は見えないでしょう」とアデリーナは言った。「彼らはまるで影のように通り過ぎていきます。ここから見ると、向こうには小さな起伏があるように見えますが、実際には、深い谷間まで傾斜していき、その谷間が互いに交差しあうような斜面になっているのです。この広大な大地は平らに見えますが、秘密の道が縦横に張り巡らされているのです。私の二輪馬車は、夕闇のせいでヒースが見えなくなりそうなあの方角からやってくるはずです」

彼らは手を取り合ってそこまで歩いていった。樹木のようにまっすぐ立っているひとりの男に彼らはまず出会った。男は何かを待っている様子だった。男は彼らに挨拶し、引き返した。

「私の手を取ってください」そこでアデリーナは言った。「私たちは間もなく別れることになります」

それから彼らは黙って歩いていった。

「ホルンとトランペットの音には仰天しました。何故だか分からないのですが」とハーマンは言った。

「彼らはヘンデルの協奏曲の冒頭の数小節を演奏したのです」

「普段音楽はそれほど聞かないものですから」

「あなたは風と海の音を聞いてこられたのです」彼女は言った。「世界の物音を聞いた人は、充分に音楽を聞いたことになります。ピットはハーモニウムの演奏ができます。彼がまさしくヘンデルの作品(『テオドラ』の合唱音楽〈空の上から笑うヴィーナス〉)を演奏した夕べ、私たちとともに聞いていていたビルを呼んで(私たちとともに遅くまで起きていた召使いに彼はときどき語りかけました)、父はこう言ったのです。

『ワースレイの斜面を下っていく畑のことを思いついたよ。風に種を吹き飛ばされたくなければ、西風が吹いているときに種をまくのがいいだろう』

『私もまったく同じことを考えていました』とビルは答えましたわ」

「その結果、彼らは二人とも同じ場所に出かけたわけですね」

「そうです。私がそれとは別の場所に行っているあいだでした」

「私にはよく分かります。ヘンデルが音楽を作曲していたとき、おそらくワースレイの斜面とは別のことを考えていたのと同じことです。あなたが言いたいのはそういうことでしょうか?」

「まさにその通りです」彼女は言った。「それに、先ほどホルンを吹き鳴らしたのはおそらく太っている田舎地主だったかもしれません。それに、これは本当のことですが、ホルンを吹きながら音を鳴らす以外の何かをしようというつもりだったのだろうかなどと、彼は言っていたかもしれませんわ。だけど、彼はバークレイあるいはその周辺の管弦楽団のホルン奏者だという可能性もありますそしてその栄《は》えある楽団は最近ヘンデルの協奏曲を演奏したのに違いありませんわ。ビール醸造所の大きな牝馬に乗り、キツネを追いながら音を出したいと思ったとき、あのフレーズを思い出したのでしょう。ヒースの花が咲き誇っているこの広大な空間もそうした欲求をかきたてたかもしれません。そして他の奏者たちもホルンやトランペットをユニゾンで吹き始めたのです。そこで、ヘンデルがあなたの心の琴線に触れたのです。キツネは恐怖で頭がおかしくなったにちがいありませんわ」

「キツネの状態がどういうものだったか私には分かりません」ハーマンは言った。「トランペットと一緒に演奏するようにここにホルンを登場させたとき、ヘンデルが何を考えていたのかも私には分かりません。だけど、急にあの音が私に語りかけてきました。まるで私に向かって音が鳴らされたように感じられたし、また私があの音を待つためにこれまで人生を送ってきたような気がしました」

「こうして私も小麦を運ぶ幼い少女ですわ」彼女は言った。「申し訳ありませんが、あまり注意しすぎないでください。私が言うことは何の脈絡もありません。しかし、あなたもお分かりのように、私は今、それぞれの間には首尾一貫した論理的な脈絡が何もないような壮大な想念に満ちあふれています。だけど、そうした想念のすべては、私たちが今歩いているこの法外な荒れ地に似ているのです。あまりにも強大な力を伴って拡大していく、このような広い空間の中央にとどまっていると、かならず、たちどころに、私は自分のもっとも壮大な夢に自由に思いを馳せてしまうのです。私の手を取っていただいて、ありがとう。（お分かりのように、私は自分で言っていることが分かっていないのです。）さらに、あなたが話したかったことを存分に話すこともなく、私のかたわらを歩いていただいて、ありがとうございます」

「私は効率よく時間を使おうと試みていますが、事実は情けない状態です」ハーマンは言った。「あなたは自分が小麦を運ぶ幼い少女でしかないとおっしゃるのは間違いです。小麦を運ぶのはとても重要なことですよ。小麦が運ばれてくるのを待っている人たちも私の考えに賛成するに違いありません。私たちが毎日食べるパンを提供してほしいものです」

「だけど、私たちが毎日見ている山のなかの町も提供してほしいものですね。さらにヘンデルのホルンも。毎日、私たちの自由な空間も提供していただきたいわ。だから、あなたは、あなたは詩人ですよ……」

「そうしたことはあまり話しあいたくありませんね」彼は言った。「もしよかったら、ピットのことを話しましょうよ。親しげにピットと呼んでしまいました。申し訳ありません」

「あなたはあれ以上の喜びを私に体験させてくださることはできませんでした。しかし不安は無用です。あなたの髪の毛はブロンドですとか褐色ですなどと言うように、あなたは詩人だと言っているだけのことです。これは単純な確認事項ですわ。ロイド保険会社の職員だと言うのと同じことです」

「ロイド保険会社の職員なら私は進んで受け入れますよ」

「大地や海原の広大な空間のなかで生活するという習慣を持つと、人生が私たちに突きつけてくる諸問題に対して私たちは大規模な解決策を思い描くようになっていきます。例えば、あなた方のような船乗りたちはそうです。だけど、いつも家のなかで、さらにいよいよ人口密度が高くなってくる町にある家の周囲で暮らしている人たちのことを考えてください。そうした町は雨に覆われているのです。ここでは、もちろんのことですが、あなたの精神は、私たちの前のあそこに見える、向こうの霧から出発し海の靄のなかに突き刺さっていくあの大きな輪郭線に夢中になっています。あの輪郭線が進んでいく様子を見てください。あの線は自信のようなものを持ち運んでいるし、永遠を掌中にしているという確信まで感じられます。あのような線を私たちはどうして忘れることができるのでしょうか？　そして、私たちが自分の精神を使う必要があるなら、精神があの線のように振る舞うことをどうして妨げられるでしょうか？　絨毯や暖炉や四人の召使いや秘書や蔵書や一件書類や分類済みの情報カードなどとともにあなたが家の中にいるとしたら……。ところで、この前の冬、夫は私に歓迎会を開催するよう要求しました。彼には政治的な野心があるのです。そのあたりにいる人間で、さらに、どうかこのことは信じていただきたいのですが、私の周辺で気取っているような人間が、自分たちが俗悪な密売人の女ときわめて単純に交渉しているということを知ったなら（私がこの孤立した荒れ地にやってきたのは二輪馬車の物音を待ち構えるためであり、私が小麦の袋とともに渡し舟に乗っていくと彼らが知っていたなら）、彼らはすべて打ちのめされ、私にそのようなことができるとは考えていなかった俗悪性に心苦しく思ってしまったことでしょう。彼らはみな支配するやり方に対しては明確な考えを持っていました。ジョン・ラッセル［イギリスの政治家、一七九二―一八四九〕でさえ、彼らと比べれば乳飲み子のような存在なのです。しかしながら、もちろんのことですが、陽気な女だという評判の高い私に対して(それに、肩をむき出しにしたご婦人の前では輝く必要もあります)、彼らは詩情や、詩編や、人生の詩情や、冗談めかしたことなどを言いはじめました。ああ! あなたが彼らの唇をご覧になっていれば、さぞかし面白かったでしょうね。それに片眼鏡が見ものなのです。彼らが片眼鏡をずり落とし、押し上げ、顎を上げる様子といったら。そして彼らは顔を私の方に向け、『そうじゃないでしょうか、親しい友よ?』などと言うんですよ。みなさん、いくらか悪者で、その結果聡明で、そしてつまるところテーマに支配されているのです(彼らは詩人について話していました)。自分が個人的に行っている企画が人間たちの運命を導いていると思いこんでいるひとりの小柄な男性が、『運命に抗う者に不幸あれ』と言いました」

「彼の言う通りですよ」ハーマンは言った(彼の声は溌剌としていた)。「それはラ・パリス〔フランスの元帥、一四七〇頃―一五二五〕の真実でさえありますね。運命に抗うのはそれ自体不幸なことです。私がそのような不幸をこうむらなくていいのなら、二ペンスでも絶対に提供しないなどということは大いにありそうですね」

「彼が言おうとしたのは、純粋に個人的なことだったと了解してください」彼女は言った。「あれはそういうことだったのです。誰も、私だって、そこで間違っていたわけではないことをよく考えてみてください。『私が人間たちに準備している運命をたどらないような詩人は不幸にしてやりたいものだ。それは私の意見に与《くみ》しないような詩人のことですよ』お分かりでしょうか？　『私の役に立たない人物ですよ。そうですとも』ああ！　とても重要な人々を私は迎え入れているのです。ある程度まで、こうした人物はそれを自分の仕事にすることができたのです」

「そうではありませんよ」ハーマンは言った。「詩人に不幸を、これはその通りですね！　（私はそういう風にはなりたくはないですね。）だが、その小柄な男性はそんなことを言っても何もできるわけじゃありません。詩人であるということは、アデリーナ、いいですか、それは人間たちの運命の前を歩むということなんですよ。詩人は人のあとをついていったりはしません。詩人は敵対したりしません。前を行くのです。そして詩人は役に立ちません。詩人という存在のこうした必然性のなかには、不幸を招くための充分な理由が含まれています」

夕闇が押し寄せてきていた。二輪馬車の物音と鞭で打つ音が聞こえてきた。

「もう少し待ってください」彼は言った。「ご覧なさい」

彼らは彼らの後ろの倒れた草を示した。

「私たちの後ろで誰か巨大な人物がいた跡じゃないでしょうか？」

「そうですね」と彼女は言った。「つまり、この跡はあなたが話しておられたあいだにつけられたようですね」

素晴らしい雲が滑空する鳥の翼のように広がっていた。

「あれは何でしょうか？」彼女は言った。

彼は声を潜めた。

「天使です」

「あの天使は誰のためにいるのでしょうか?」

「私のためです」

「番人ですか?」彼女は訊ねた。

「そうです、監獄の番人です」

彼は抵抗する仕草をした。

「彼はあなたを叩くのですか?」

「ああ! そうじゃありません」彼は言った。「まったく違うんです。私たちは殴り合うのです」

「さようなら」彼女は言った。

彼の手にはまだ彼女の手の温みが残っていた。しかしながら、夜のとばりがすでに下りていた。微光が残っているのは海の上だけだった。狭くなった湾口を通って渡し船はすでにずっと遠くの沖合まで進んでいた。


合衆国に戻ると、彼は言った。

「もう一刻も無駄に過ごすことはできない。私は昔からひとつの夢を抱いていた。ずっと機会をうかがっていた。これからあの夢を実現していこう」

彼はバークシャーの丘に居を構えるであろう。彼は古い農場を買い取る。そこを〈アロウ・ヘッド〉、つまり矢の頭と名付ける。家の周囲には、広大な草原の眺望が上昇し、下降し、波打ち、目がくらむほど鮮やかな楡と白樺の葉叢の方に流れていく。樹木の茂みの向こうで、いくつかの丘が大地を持ち上げたり下ろしたりしている。彼は家を整え、暖炉を作り、正面の壁にペンキを塗り、ツタを絡ませ、風見を立て、蝶番に油を差し、新たな窓を穿つ。

「ハーマン、あなたの頭から芳香が漂ってくるわ」とメルヴィル夫人が彼に言う。

その地方は素晴らしい。おびただしい群れの鳥たちが、絶えず木々の葉叢を泡立てている。万事が歌っている。万事がいつも花咲いている。夜の静寂のなかで、ロッシニョル[夜鳴きウグイス]がさえずりを止めると、野生の雌鹿たちが園亭のブドウの若芽を食べながら穏やかな鳴き声をあげる。

「そうだよ」と彼は言う。「私にはやりたいことがあった。すぐさまいろんなことをやってのける必要がある。こういう風にしていくつかの欲求を片付けてしまわねばならないのだ」

彼は説明しない。しかし事実、彼がそうして多くの夢に向かって突進しているのがよく見てとれる。彼は素早く自分の夢をその足で立たせ、まるで新生児のようにその身体を叩きその夢に生命を吹きこんでいく。だが、そのすぐあとで、彼はそうした夢を放棄してしまう。その一日は素晴らしかった、その夕べも素晴らしい、夜も素晴らしいだろう、こうしたことを誰も彼に言わないとしたら、そういうことに彼が気づかないような夕べがあるのだ。
隣りに住んでいる友人のナサニエル・ホーソンは、彼が激賞する作家である。彼らは一緒に通りに出かけたり、牧草地を横切ったりする。

「こうしたことが長く続くはずがない」ハーマンはホーソンに言う。「私はいろいろな欲望の並々ならない衝突に取りつかれています。万事がうまく進んでいます。もちろん、これこそまさしく万人の運命なのです。しかし、ご存知の通り、私たちは自分の心のなかに何があるのか正確に把握することは絶対にできません。私の場合も、私自身に対するちょっとした偽善だというような可能性も大きいような気がします。

私は仕事するつもりです。最近かなり考えてみたのですが、クジラの奇妙な話を記憶しているのです。一八一〇年頃、チリの沿岸にあるモカ島の風下にクジラがいたのです。人々は百回以上このクジラを攻撃したのですが、百回以上このクジラは勝利を収めたのです。そのクジラは蹴散らした(これこそ正確な言葉です)と言えるのです。英国の三隻の捕鯨船が退却しているときに、クジラは捕鯨船の上に襲いかかって捕鯨船を蹴散らしたのです。そして事実、捕鯨船に襲いかかっていったとき、クジラは船のデッキの手すりの高さまで海から飛びあがってきたものでした。クジラはたちまち有名になりました。捕鯨船がホーン岬をまわるたびに、そのクジラを攻撃したいという欲求が湧き起こってくるのです。年齢を重ねているせいか、それとも自然の変異によるものなのか、そのクジラは雪のようにまっ白でした。遠くから見ると、それはクジラなのか、それとも水平線に横たわる雲なのか、まったく分からなかったものです。沖合で誰かに出会うと、かならず『モカ・ディックの消息は何か知らないかい？』と叫んだものでした。ところで、理由は分からないのですが、そうしたことが私のところに舞い戻ってきたのです。そんな風になった事情は理解できませんよ、あなたもお分かりのように」

数か月後、「そうです、私はあのことに取り組んでいます」とハーマンは彼に言うだろう。同じく彼はアデリーナにもそのことは手紙に書いたであろう。その仕事を開始したばかりの陶酔感のなかで手紙は書かれたに違いない。彼は新しい物語に陶酔していた。彼女は叙事詩のような便りを受け取り、返事を書いた。

「私がお見受けするところ、巨人にふさわしい頑丈さを掌中にしておられるあなたは、戦いと勝利のイメージそのものでいらっしゃいます」

後ほど彼女は彼に言うだろう。

「私は今ではあなたのことを非常に繊細に理解していますので、こんなに遠くで暮らしているにもかかわらず、いただいたお手紙や、そのリズムや、その構成や、あなたの筆跡を拝見するだけで、あなたが仕事のまっただ中にいて奮闘されているのか、それともしばらくのあいだ仕事から離れておられるのかどうか、私には推測することができます」

離れているとは、今では、ひとりで丘を全速力で越えていく散歩のことである。ポケットに紙と鉛筆を詰めこみ、周囲の景色には目もくれず、彼が見ているのはひたすら海、海、そして海である。

そして谷の下の方から彼の家が姿を現わす。その家に向かってすぐさま彼は駆けつける。家に戻った彼は、急いで書きはじめる。

「どうしても実現できないことがあって、お分かりでしょうか、それが人生の前に立ちはだかってくるんですよ」彼は、ある日、ホーソンにこう言う。

「それはいったい何の話でしょうか？」ホーソンは言う。

「あの白いクジラ以外のことを何かあなたに話したいなどと私が言ったことがあったでしょうか？」

「なるほど、そんなことはなかったですね」ホーソンは言う。「しかし、あなたが話すたびに、あなたの言葉には内面的な響きが感じられますよ。あなたは個人的な情熱に支配されておられるようだ」

「そうではありません」しばらくしてハーマンは言った。「反対に、私は一般的な情熱に取り組んでいるということにしてみましょう。打ち破るべき相手は、例えば神々の妨害だけということになるでしょうか？　ホーソン、あなたはどう思いますか？」微笑みを浮かべてハーマンは言う。「ついに剣あるいは銛を持って神そのものに対する戦いを開始する人物を想像してくださいよ！」

「信じない方がいいだろう」

「誰を？」

「神ですよ」

「反対ですよ。というのも、神を信じないとすれば、どこに長所があるんですか?」

「それとも狂気かもしれない」

「お望みとあれば、狂気でもけっこうです。いいえ、私はそれとは反対に、顔のまん中にある鼻がはっきりと見えるように、海面に姿を現わしている白いクジラのようにはっきりと、神が見えているような人物を考えているのです。この人物は、あらゆる栄光に包まれた神の姿を目撃し、ありとあらゆる神秘に包まれている神を認識し、神の力の妄想がどこまで広がっているかということも心得ており、しかしながらこの神が彼を切り裂いてつくる傷を絶対に忘れることもなく、それでもやはり、その神に飛びかかり、銛を投げつけることでしょう」

「あなたは素晴らしい本をお書きになると私は思います」沈黙のあと、ホーソンは言った。

一八五一年のはじめに完成した『モービィ・ディック』は、同じ年に出版された。「ダブリン・ユニヴァーシティ・マガジン」は「これは比類のない本である」と評価している。ウィリアム・P・トレントは『アメリカ文学史』のなかでこう書いている。

「これはメルヴィルの傑作である。私たちは書物のなかでこれほどまでに海の呼吸、風の情熱、深淵の吸引を感じたことは一度もなかった。最高に冷静な読者でも、エイハブ船長の悪魔的な追跡のなかに引きこまれてしまうだろうし、不死身のクジラは、偉大な詩人が創造した最高に素晴らしい被造物のひとつである」

ジョン・マンスフィールドはこう言っている。

「ここには海の秘密が表現されている。この本は、私が知っているすべての本の中央に単独で聳え立っている。いかなる本もそこに近づくことはできない」

「ハーパーズ・ニュー・マンスリー・マガジン」の一八五一年十二月号は、十頁にわたる記事のなかで、次のように書いている。

「これは血の文字で綴られている……。私たちは海洋の大きさ……、海のマクベスと形容できるような壮大な野生に触れることができる。沖合の風にあおられるように、読者は著者の詩的天才に興奮させられるであろう」

ジョン・フリーマンはこう書いている。

「これは『失楽園』［ミルトン作、一六六七年］と同じほど純粋な作品である」

「友よ、いったいどうしたのですか」とホーソンは彼に言う。「少なくとも一か月ものあいだ、あなたは心配そうです。もっとはっきり言うなら、不幸に見えます。あなたの表情は不幸な人間そのものです。毎日のように、私はあなたが明るい表情を取り戻すのを待ち望んできました。その反対に、あなたの気がかりは日に日にいっそう悲惨なものになっていくようです。そんなに深刻なのでしょうか？　原因は何でしょうか？　私に何か手助けすることはできないでしょうか？　批評家たちはじつに好意的な見解を述べています。「ジェントルマンズ・マガジン」におけるソールトによる最近の記事をお読みになったでしょうか？　あなたの本は、押しも押されもしない傑作なのです。話していただけないでしょうか。そうすればきっと気持が楽になるでしょう」

「そうです、私は不安なのです」とハーマンは言う。間もなく二月になります。そして私はイギリスの友人からの便りを待っているのです。彼［アデリーナのことをわざと彼と言っている］が一か月以上手紙を寄こさないなんてことはこれまでなかったことです。彼から便りが途絶えてから、もうこれで四か月になります」

彼が彼女から受け取った最後の手紙は、一八五一年十月のものだった。

「私は病気です」と彼女は書いていた。「私はベッドに魅力的に伏せっております。くしゃみや咳をし、樟脳交じりのアルコールやミカンの匂いを発散させています。だから私の手紙はこんなに短くて取りとめがないのです。ああ！　だけど、やはり送ることにいたします！」

「彼女はあれを読んだのだろうか？」彼はある日小声で言った。

「何ですって？」ホーソンは訊ねる。

「あの友人が私の本を読んだかどうか自問していたのです」ハーマンは言った。

「ああ、ご存知のように」とホーソンは言った。「ハーパー社の宣伝によって、傑作の名前はものすごい勢いで知名度が高まっていったわけですから、あなたの『モービィ・ディック』は「タイムズ」と同じほど広く知られているはずです。あなたの友人があの本をまだ読んでいないなどということは不可能です」

「そうです」とハーマンは言う。「そういう事情であるだけにいっそう、私は本当に呪われているに違いありません……」

「いったい何をあなたは考えておられるのでしょうか?」ホーソンは訊ねる。

「私はこの人物がちょうどその前に[『モービィ・ディック』出版の前に]死んだのではないかと考えているのです」とハーマンは言った。

この一年後、彼はホーソンとの散歩をほとんど止めてしまった。外出もめったにしなくなった。しかしながら時として垣根の片隅でこの友人に出くわすことがあった。

「少なくとも仕事はしておられるでしょう?」とホーソンは言う。

「はい。しかしそうするしか仕方がないからです」

「イギリスの友人から便りは届きましたか?」

「いいえ。もう一切届きません」

彼が取り組んでいる本は『ピエール』という題名である。本は出版されたが、ホーソンは彼にその本のことを話そうとすると何だか途方に暮れてしまう。

ついにホーソンは彼に言う。

「これは本ですね」

「いいえ」とハーマンは言う。

「ああ、私はありとあらゆる試みをしてみました」四年後、彼はこう言った。「いいですか、ホーソン、私は『イスラエル・ポッター』を書き上げたところですが、今回でこれが最後の本になります。もうこれ以上書くことはないでしょう。これは『ピエール』よりいくらかうまく書けていますが、これが今私にできることのすべてなのです。毎回、私は自分に無理を強いて、やむなく働いているのです。仕事は鞭をふるって行われているのです。ああ！　明らかなことでしょうが、あなたが私の本を嫌悪感に対抗して意志力が成し遂げた力技の産物だと思われるなら、この本は確かにそうしたものでしょうし、そうした意味でこの本はそれなりに有意義なものでしょう。しかし、本としては、創造されたものとしては、これに存在価値はありません。『モービィ・ディック』を書いたあと、嫌気がさしてしまいました。私が正面切って、全霊をこめて、一挙に取り組んだこの本は、しかし遅ればせにやってきたのです」

「どうしてそんなことが言えるのですか？」とホーソンは言う。「傑作が遅れてやってくるなんてことは絶対にありません。人々の方がいつでも傑作のあとで生まれるものなのです」

「そうです」とハーマンは言う。「だがもうお分かりのように、私は自分本位に私のことを話しているのですが、誰かがこの本よりも先に死なないということが必要不可欠だったのですよ」

そのあと程なくして、ハーマンはアローヘッドの屋敷を売り、バークシャーから立ち去り、ニューヨークに移り住むことになる。ついで彼は税関の検査官の職を要望したと伝えられている。私たちは今、一八五七年にいることになる。

彼は完全な沈黙を三十四年間続けたあと死亡することになる。一八九一年九月二十八日の朝、昼間に彼の面倒を見ることになっている看護婦がやってくると、夜間の当直を務めていた女性が彼女に言った。

「靴は脱がなくて結構ですよ、フォークさん、つい先ほどあの人は亡くなりました」

「これでひとつのことが完了しました、アンディロンさん」彼女は言った。「もう一人の老人も見ているのですが、あの人も午前中に亡くなるでしょう。二人とも私がいないあいだにあの世に旅立ってしまうと大変なので、急いで駆け付けることにするわ」

「何か食べてくださいよ、フォークさん。この人の身づくろいはしましたし、大工にも連絡しました。しばらくの間、静かですよ、さあ」

「この人はどういう風に旅立っていきましたか?」

「六時頃に気づきました。彼はひとりごとを言っていました。『何を言っているのでしょうか?』と私は彼に訊ねました。イギリスからの便りを何か受け取らなかったかと彼は訊ねました。私は彼にこう言いました。

『いいえ、メルヴィルさん。私たちは何も受け取っていませんよ。心配しないでください。静かにお眠りください』」

私たちはジョーン・スミス嬢に感謝しなければならない。彼女の援助は『モービィ・ディック』

の翻訳に際してとても貴重だった。アメリカ人のキャサリン・アラン・クラーク嬢にも感謝する。彼女は絶えず私たちのそばにいて『モービィ・ディック』を読んでくださった。私たちは彼女を手放すことはできなかった。手紙と忠告と色んな土地や船や古い版画などの写真を提供していただいたクラーク・マレン夫人にも感謝する。彼女のおかげで、ナンタケットの光景と雰囲気が私たちのまわりで再現されていった。

私個人としてはウーナ・スティーヴン・ボロウ夫人に感謝の意をここで表明しておきたい。彼女から種々の未刊の書類を伝えていただいたおかげで、私はメルヴィルに挨拶することができた。

逃亡者

これから問題にするのは、一見したところ、ヴィクトル・ユゴー風の人物である。フランスの国境から出ていくというよりも、この人物は『レ・ミゼラーブル』という物語ができる以前にすでに『レ・ミゼラーブル』から抜け出てきたような人物である。彼の手は白い[彼は罪を犯していない]。そして彼は庶民を相手にしている。彼は恐らく司教なのであろう。そして彼は人々の施しに身を任せようとする。彼は、何だかよく分からないが何らかの罪を犯したに違いない。ともかく、それは無政府主義などという罪かもしれない。彼の過去のなかには、何だかよく分からないが、何かが激しく燃え上がっている。大風呂敷を拡げたりするが、彼には飾り気がない。彼は、まるで子供のように、神について話す。彼は同時に昼間であり夜である。黒であると同時に白であり、善であると同時に悪でもある。つまりすべてが彼のなかにあるのだ。

自分の後ろに神秘をひきずらないような人物がいるだろうか？　とりわけ外国人の場合には神秘的なものを引きずっているものだ。件《くだん》の人物は、当惑したような様子で、森林から出てきた。彼はいったいどこからやってきたのであろうか？　一般に考えられているように、モルジャン峠を越えて彼がスイスに入ってきていたとしたら、彼はアボンダンスを通ってきたことになる。アボンダンスの前にはどこにいたのだろうか？　彼の訛《なま》りから判断すると、北の方にいたようだ。そうだとすると、ジュネーヴ湖［レマン湖］の嘴《くちばし》状の部分を延々と迂回してきたに違いない。警察やカルボナリ党員や重い過去や悔恨などというような何らかの危険から彼が逃れようとしていたのであれば、そしてまた、自由な土地に避難場所を彼が求めていたのであれば、その向こう側に避難場所があるはずの国境に沿って苦労して彷徨《さまよ》い、最終的にモルジャン峠（この峠は、その上、それほど知られているわけでもないし、それほど通りやすいところでもない）を通り抜けてきたのは、あまり賢明な判断ではなかったと想像できる。彼が北の方からやってきたのなら、ジュラ山地にあるたくさんの通路（それらを通行するのは簡単である）のいずれかを通ってヴォー地域にいつでも入ってくることができたはずである。一八五〇年当時（今、私たちが直面している時代である）、ヴォリオンの針峰の周辺からスイスに潜入してくるフランス人やドイツ人の無法者は結構たくさんいた。それは、あらかじめ用意されており推薦されているような通路でさえあった。監視の目はほとんどないのも同然だった。ブレストの監獄を脱獄したマジョール・ナドーは、ベルギーのアルデンヌやベルフォールやサラン地方で放縦な生活をし、トラヴェール渓谷からスイスに入国しようと試たが、犬たちに撃退された。最終的には、彼が〈ジュラの歓待〉と呼んでいるありとあらゆる情報を、マルビュイッソンの旅籠で、提供してもらうことができた。彼はジュ湖の低地を問題なく通過したのであった。〈美男子〉と呼ばれていたカルレは、いったんカルロス十世の警察によって逮捕されたが、オルブ川の水源へと下降していく小径を通って難なく逃走することができた。ラ・フォシーユからデルに行くには、警備されていない国境越えの山道が四十三ある。軍人が警備している山道も九本あるが、そこでは簡単に賄賂《わいろ》で買収することができる。これは周知の事実である。〈裏の事情を心得ている〉人間なら（パリにおいてでさえ）簡単に入手できるそうした山道のリストが存在する。裏の事情を知らない者でも、耳を大きく開けて情報を集めれば充分である。それは、私たちが逃亡する時、誰でも本能的に行うことだ。だから、私たちが話題にしている〈逃亡者〉が、北の方から、例えば（その訛りゆえに）アルザス地方からやってくるとするならば、モルジャン峠から国境を越えるために、何故《なにゆえ》にわざわざ湖を一周するのかということを疑問に思わざるをえない。というのは、ひと飛びに例えばポン＝ドゥ＝ロワドまでくればすぐさま彼は安全地帯に到達できるからである。まさしく一八三九年に、（重い瞼のせいで）オークキケール［視線が上に向けられた目という意味で、内容と必ずしも合致していない］と綽名されていたエザンベックは、カールスバードの憲兵たちの手を易々とかいくぐることができたのであった。

だから、彼が北の方からやってきたと想像するのは困難が伴う。そうだからといって、彼が北からやってきたのではないという訳でもない。それでは、彼は南からきたのであろうか？　アルザスの訛りを持っている人間が、南からやってくることだってありうる。南からやってくる場合は、彼はどういう道をたどってきたのだろうか？　彼は、少しずつジュネーヴ、エヴィアン、モントルーといった袋小路に、つまり簗《やな》の底の形を完璧に作っている湖の沿岸へと押しやられてきたことであろう。グルノーブルから彼の足跡を素直に辿ってみることにしよう。世の中から身を隠してスイスに向かう一人の人間を想像すると、彼はごく自然にアルヴァールを目指す小さな街道（それが一八五〇年にはどのような状態だったか想像しなければならないが、ギュスターヴ・ドレが〈絵入り雑誌〉に発表している版画を見ると身の毛がよだつ思いをするほどの状態である）を辿り、ついでアヌシー湖の後方を通過しムジェーヴ（ここもまた一八五〇年当時は地獄であった）を経由していくことになる。彼はモン・ブランは避けるであろう。モン・ブランは、当時、庶民にとっては、ネス湖の怪物のような存在であった。彼はクリューズ、タナンジュ、レ・ジェットとまっすぐの道に沿って歩を進めるであろう。彼は、レ・ジェットからトノンに下るようなことはしないであろう。レマン湖の沿岸は警備されているということは、彼には分かっているからである。彼は、右手の細い山道を辿っていき、アボンダンスの谷間に入りこむだろう。それはまっすぐの道である。あるいは少なくともそれは、南から接近する場合、スイスに素早く到達するためには、自分の姿を発見されることがないので捕まえられる恐れのない、もっともまっすぐでもっとも論理的な道である。

解明しておくべき点がもうひとつある。彼はナンダス（当時その地方の人々はナンドと発音していた）で絵を描いた。彼はナンダスより以前には絵を描いたことはないのだろうか？　描いた可能性はある。彼がいきなり突発的に即興で絵を描いている姿は想像できないからである。だから充分に想像することができる。だが、ナンダスより以前に絵を描いているとしたら、その絵はどこにあるのだろうか。彼の何枚かの絵がナンダスに保存されているのは、それらの絵画が人々の心の好みに合ったからである。他の場所においても同様の理由で彼の絵画は保存されているはずである。彼が逃走している間に、彼は静かな色彩［絵画］を描き残したということは認めるにしても、その前に、彼はどこかに居住していたのである。彼は、暮らしていた場所で、いったい何をしていたのだろうか？　絵を描いていたのではないだろうか？　その絵はどこにあるのだろう？　ナンダスに残されている絵に似ているような絵に作者が署名したのは、いかなる場所であろうか？　そうした絵画が何の痕跡も残さずに完全に消え去ってしまうなどということはありえないことである。

北の方のはるか彼方に位置するエピナルで、逃亡者の芸術と一見したところ似通っている芸術がある。仔細に見てみると、それは根本的に異なったものであった。エピナルの版画は、木材に彫られたあと型染め版画で彩色されている。逃亡者は絵を描くが彫りはしない。逃亡者の技法にもっと似通っているのは、今世紀初頭にヌフシャトーの近くのリフォル＝ル＝グランに教会の奉納画として存在していた職人仕事であろう。ラングル高原のルセにもこの類の職人の工房が知られている。さらに、トロワの近くのヴォドゥーヴルにも同じような工房がある。アルザス地方のコルマールの近くにも何か所かこの種の工房があると私に教えてくれた人もいる。同じく、巡回していく奉納絵画の画家たちも恐らくいたようだ。それを流派と言えば言い過ぎになるであろう。リフォル＝ル＝グランの工房やヴォドゥーヴルの工房で制作された奉納画は、ナンダスの絵画と多くの共通点を持っている。さらにこれ以上に注目すべきこともある。「とても美しい版画入りの愉快な文学雑誌」である〈パリ連載小説〉の一八四八年三月十五日号には、何種類もの奉納画が掲載されている

（残念ながら、それらの原画については明記されていないが、それらの版画の由来を説明している記事は、リフォル＝ル＝グランやヴォドゥーヴルについて語っている）。火事から救出された三人の子供のことを感謝するために描かれたある奉納画に、私たちは、逃亡者の綴りと同じ綴りで書かれている「バビロンの娼婦」（Prostituée de Babÿlonne）という文字を読むことができる。トレマのついたyとふたつのnである［通常はBabyloneと綴るが、ここではBabÿlonneと綴られていることに注意が向けられている］。何らかの核心に触れているような気がする。しかしながら、それは大したことではない。のちほど詳しく検討することになるが、トレマのついたyとふたつのnでバビロン（Babÿlonne）を表現するやり方は、奉納画における古典的な綴りなのである。

はるか南の方のニースの伯爵領において、奉納画の画家たちのいくつもの工房で制作された作品が見つかっている。みんなに知られている有名な工房について、私は語るつもりはない。そうした工房から教えられることは何もない。私がまず特記したいのはブイユの教会に属していた工房のことであり、その作品のなかにはバビロンを記すための特別の綴り字が見られる。さらにアントルヴォーにある二つの工房にも注意を向けたい。同じく聖ジョルジュの描写にはナンダスの聖ジョルジュの背景の緑がかった青色が認められる。私は、さらに、四枚目のカラーの奉納画の複製を受け取ったが、それはコルシカ南部のオルメトで撮影された作品である。それは、まさしく逃亡者の『この人を見よ』の色調で描かれているという独自の特徴を持っている。その絵は、鼻疽《びそ》から救済された羊飼いをあらわしている（それは極めて致命的な病気なので、羊飼いがかかっていたのは鼻疽ではなかったはずである、何しろ彼は生き延びることができたのだから)。その羊飼いは緑色の冠を戴冠しており、手にはキリストと同じ葦を持っている。羊飼いの厚手の毛織物のコルセットや、外套や、鬚や、口や、目などの色彩は、ナンダスの『この人を見よ』の絵のそれぞれ相当する部分に正確に似通っている。羊飼いの頭は同じ方向にいくらかかしいでいるし、彼がかぶっているベレー帽は見間違えるほどそっくりキリストの後光を模倣している。類似性は完璧である。小さな絵[羊飼いの絵]には、上部に、つまり頭の左右に、赤黒黄の八個の点から成る二つの星が描かれている。オルメトの羊飼いに不足しているのは、ある種の優雅さだけである。

こうした事情からとりわけひとつのことが証明される。この紋切り型という言葉が担っているあらゆる意味における、ともかく紋切り型の主題が当時あったらしい。その結果、あちこちで奉納画の人物たちは伝統的なやり方に従って描かれたが、逃亡者もまたこの伝統を心得ていたのであった。大いに探索したあげく、私はこの貧弱な結果にたどり着いた。まるで鹿を思わせるように森林から出てきた男が北から来たのかそれとも南から来たのか、このことについて私たちは依然として何も知らないのである。

彼が何をしていたのかということに関しても一切が不明である。彼の罪はどのようなものだったのだろうか(仮に彼が何か罪を犯していたとすればの話ではあるが!)。政治的なものなのか、痴情によるものなのか、それとも普通法に違反するようなものだったのだろうか？　陰謀を企てたのだろうか、女を殺したのだろうか、手に武器を持って金品を奪ったのだろうか？　彼は罪を犯していない［彼の手は白い］。彼の手が白いということは、ヴァレー地方の農民たちによってただちに確認された。だから彼は紳士なのだ。そこからすぐさま、政治的な思想あるいは陰謀などが思い浮かんでくる。しかし、どのような陰謀を企んだのであろうか？　一八五〇年のことだったのか、そして場所はどこだったのか？　将来のバダンゲ［ナポレオン三世の綽名、アム監獄から脱獄する際、バダンゲという名の石工の服を借りたことに由来する］のまわりは、今のところ万事が静かである。相手はベリー伯爵夫人、あるいはラマルク将軍だろうか。いずれも遠いところの話である。キュニエ・ド・モンタルロとなれば、もっと遠くの話題だ。秘密結社としては、デヴォラン・エ・イルカニアンや、ル・グラン・トリアンや、ミュスタファ・ル・ペルサンや、ボナパルチストたちの小さな島や、共和主義者たちの水溜りや池や、ラ・グランド・マリアンヌや、レ・キャットル・セゾン（四季）や、ル・ボネ・フリジアンや、ラ・タント・オロール（オロール小母さん）や、レ・フィス・ドゥ・ボベッシュや、ル・フィル・アン・キャットルや、ル・リオン・ドルマン等々がある。大きな団体もあれば小さな団体もある、こうした秘密結社のどれかに彼は所属していたのだろうか？　所属していたとしてもそれは大したことではない（さしあたり、今のところは）。そうした結社は、数多くの密偵を使って監視されていたことであろう。必要とあらば、おとり捜査に踏み切ることもあったに違いない。こうした教唆の結果、彼は狙い打ちされたり、危険にさらされたりしたのだろうか？　彼は、そうした企ての対象になるような〈有力者〉あるいは〈首領〉であったに違いない。だがしかし、彼がスイスまで逃亡したのは、そこで絵を描くためだったとはとても思えない。有力者が、しかも共和党の有力者が一文なしだなんてことがあるだろうか？ しかも、ガリシア地方［スペイン北西部］の聖ヤコブの繊細な色彩を心の中に秘めて有力者が持ち運ぶなんてこともそう簡単には信じられない。

奉納画の職人画家たちは自分たちの職業を〈敬虔な画家〉と称していた。彼らは一般的には合法的な存在で、〈煙草入れの兄弟たち〉と名乗る同業組合の組織のもとに集結していた。恐怖時代のもとでギロチンが入れられている籠の中で頭がくしゃみをしたと言われているように、〈糠のなかでくしゃみをする〉［ギロチンで処刑される］という意味での〈煙草入れ〉のことである。その分類やその過度の映像から判断すると、宗教画を描くこうした画家たちは、明らかに、弱者であり、非職業的画家であり、平和主義者であり、要するに人に危害を及ぼすようなことのない人間であった。つまり、彼らは誰をも欺かないし、ましてや警察を欺いたりするようなこととは縁のない人たちであった。

私たちが追究しなければならないのは、だから、この方向ではない。さらに、逃亡者に接近し彼を知っていた人々が私たちに伝えているような逃亡者のイメージは、肉体的にも心理的にも、陰謀を企てる人物のイメージではない。ましてや、単なる政治家のイメージでもない。

痴情による犯罪だろうか？ 今私たちが関わっている時代において、痴情による犯罪はその痕跡が残るようになっていた。新聞で何か月にもわたってその犯罪は話題として取り上げられたからである。中心地として先ずリヨンを、ついでコルマールを（逃亡者のアルザス風の訛りを考慮して）、さらにアヴィニョンを、また〈裁判所雑誌〉の研究報告や著名な訴訟などについての記事などを半径百キロに限定して綿密に調べてみた結果、犯人が逃亡し逮捕されていないような痴情事件は六件だけしかないことが明らかになってきた。

実は、コルマールの近くのオルベに犯罪者がひとりいる。しかし、それは密猟者である。彼は、同居していた洗濯女を洗濯場のなかに押し込んで溺れさせてしまった。すぐさま男は逃げ出した。彼はスイスに入ったと考えられている。「金髪、中肉中背、三十歳」という人相書は逃亡者の人相とは相いれない。リヨンの町には痴情による犯罪が三件ある。三人の犯人は逃走している。そのうちの一人はポワン＝デュ＝ジュール［リヨンの街のなかのある地区の名前］の娘さんを絞め殺した絹織物工員で、五十歳にして脚が悪い。彼はスイスに逃げてはおらず、フォレ地区に隠れていると考えられている。もうひとりは公証人見習いで、親方の女客を殺した。動機は金。「小柄で、太っており、極度の近視」である。この男はスイスに逃亡したが、この場合も人相が合致しない。バリトンの美声を持っており、会議で美声をひびかせるのが得意だった。三人目のリヨンの男は、一目見るとすぐに人を不安にさせるような男だった。働き盛りの男で、「きちんとしており、育ちが良いので、普通は人目につかない男である。」さらに、彼は絹織物工場のペンキ塗りである。それまで人を殺したことはなかった。この男は女主人のもとで働いていたのだが、急激な怒りの発作に襲われ、その女主人のオーレリー・パンシュに甚大な打撲傷を与えてしまった。取り乱した男は、逃走した。男はうまく逃げおおせた。一時の難を逃れたオーレリーは、激しい怒りにとりつかれて、警察に男を追跡するよう激しく要求した。男はスイスに逃げこんだのだろうか、それとも他の場所にいるのだろうか？　それは誰にも分からない。私たちに分かっているのは、この男は私たちが問題にしている逃亡者ではありえないということである。何故なら、男には妻と子供があり、警察は男を捕まえることができないにしても、妻は、男が遠くにいるわけではなくどこかで働いており、金を家族に送ってくるという確信を、素早く得ているからである。男は、恐らくリヨンから離れていないのであろう。

アヴィニョン近郊の痴情犯罪の二つの場合でも、私たちの逃亡者に呼応するものは何もない。それはいずれも浅黒く無教養な男による犯罪である。

逃亡者は、だから、痴情犯罪の犯人ではない。彼はカルトゥッシュ［パリに出没した盗賊］でもないしマンドラン［ローヌ地方の山賊］でもない。それは残念なことだ。ボイラーマンやリヨンの郵便配達人として生涯を過ごした男が、ナンダスの倉庫で、手に持った絵筆の先で薔薇をたどりながら、聖母マリアを描いているのが見つかるなんて話は実に素晴らしい。誰もが逃亡者に早変わりできるわけではない。瞑想者の生涯に一挙に飛びこむなんてことは誰にもできない。とりわけ、極貧の生活を受け入れる男になり変わるなどということは、そう簡単にできるものではない。

極貧の暮らしを受け入れるという態度が、すべてを物語っている。ナンダスの画家は犯罪者ではない。彼は極貧者なのだ。本当の極貧者がすべてそうであるように、たまたまそうなったのではなくて、運命的にそうなっているのである。身分証明書を持っていないので、また間違いを犯してしまったことを自覚しているので、彼は警察を避けている。彼がくつろぐことができるのは、世の中から隠れて、庶民とともにいるときであり、彼を理解しようとして精神的な修養をしようなどとは考えないような人々とともにいるときなのである。都会（一八五〇年の都会）や有産階級（やはり同じ時代の有産階級）は、極貧者たちには向いていない。極貧者たちは牢獄に入れられるか、牢獄よりもひどい養護施設に入れられるかであろう。いずれにしても、彼らは追い払われてしまうのである。逃亡者はモルジャンの峠を通過する。彼は、ヴァレー地方の北側の斜面の森林から、まるで雄鹿のように、驚いて出てくるであろう。モルジャンの峠からナンダスの墓地の墓穴にいたるまで彼のあとを追跡する前に、彼は最終的にはヴァレーの人々に素晴らしい呼び名で呼ばれていたということを確認しておこう。彼はごく簡単に〈逃亡者〉と呼ばれていた。彼は社会のある種の形態を放棄し、別の種類の形態のなかで生きることを選んだからである。

★

一八五〇年当時の山の状態を思い描いていただきたい。今日では、スキー場、高速道路、飛行場、ヘリコプター、スキーの椅子型リフト、尻当てリフト、ケーブルカー、バスによる団体旅行、さらには二十五個も星がついているホテル等々、こうしたものがあちこちにある。しかし、当時の山はまったく異なっていた。いくら英雄的精神を発揮したとしても、みすぼらしいものでしかなかった。

夏でさえ、山に出かける者はいなかった。そして、冬になっても山で暮らしている者は、まさしくマルモットのような生活を強いられていた。当時の森林には熊が生息していた。最後の集落の最後の家の向こう［の森の中］へ、荷車用の道が通じていくということはなかった。秋から春の終わりにいたるまで、荷車の道は泥と牛糞の流れでしかなかった。［最後の家の］納屋を境にしてその向こうには、人の足跡がほとんどなく、誰も通行することのない小径があるだけだった。それはヨーロッパの真中にありながらチベットも同然であった。アルプス山脈を語るのは、ダンテを呼び起こすのと同じことだった。当時の版画を見ればそうした事情がよく分かる。ノートル＝ダム大聖堂の鐘楼より高いところに登ったことなど一度もないのに、伝説的な山の肖像画を描いた画家たちは、勘を頼りにしてそのような版画を描いたのであった。旅行者は、乗合馬車の客席から外に出たことがないにもかかわらず（座席にいるだけでも、絶壁の上を通過するときには相当の勇気が必要であった）、旅から戻ってくると、おー、あー、畜生！、何と言うことだ！　という風に感嘆符をたっぷり使って、大袈裟に旅の体験談を語ったものである。アルプス山脈を通過するということは、向こう側に行くことを意味していた。道筋には追剝がいた。旅籠では喉を切られることもあったし、ともかく財布の中身がなくなるのはたびたびのことであった。錯綜して流れ落ちる滝、激しい風を受けて唸り声を発する岩壁、木精《こだま》の低い声、さらに地上の砂漠で常に炸裂して止まない神秘的な冷笑、こうしたものが余所者を唖然とさせ、現地人さえ茫然自失の状態にしてしまう。喉の瘤をふくらせている甲状腺腫患者が、ありとあらゆる泉の水を飲んでいる。サヴォア地方では、化学的にヨウ素が含まれている赤い塩が売られていた。その地方では、薬品の知識がありながら滑稽な療法も横行していた。薬用植物が採集されていたし、住人たちは単純素朴であった。処女マリアが羊飼いたちの前に姿をあらわしたりした。六か月経ったパンを斧で砕いて食べたりしていた。冬の間は死者たちを埋葬することができないので、その死体を屋根の上の雪のなかで夏が来るまで保存することもあった。

アボンダンス[Abondance は豊かさという意味である]という地名はあまりいい命名ではない。それは豊かなものは何も所有することのない痩せ果てた黒い村であった。トノンから延びてきている街道は、ほとんど誰も通らないし、かろうじてラバが通れるだけの細い道である。そしてそれがその村に接近するための唯一の街道であった。やっとの思いでたどり着いた村には、五本の狭い通りがあるだけだった。主として麻糸を売っている食料品店の他には商店もなく、いざという場合には靴を修繕することができる革細工職人の他には職人もいない、修道士のためのサン＝モーリス＝ダゴーヌ修道院もあるが、そこで暮らしている修道士たちはひょうきん者で愉快な人物であるとは見なされていなかった。(アゴーヌ――このアゴーヌ[Agaune]に相当するケルト語[Acaunum]は石を意味する――は悪臭を発する沼に通じる隘路であった。そこでは、先ず水銀が崇拝されていた。水銀は泥棒たちが神と崇める物質である。)アボンダンスとモルジャン峠のあいだは、密輸人が横行する小径があるだけだ。夏には、堆肥のものすごい悪臭が万事に浸透していた。冬になると、凍結のおかげで悪臭はなくなったが、日中の光は地下室の微光以上のものではなかった。

私たちはアボンダンスに逃亡者の足跡を探し求めてきた。しかしそれは見当たらなかった。〈人間と石による神に対する永遠の賞讃〉を意味する修道院でも手がかりは何もなかった。絵を買ったり注文してくれたりする顧客が見つかるかもしれないし、あるいは何かいい霊感が思い浮かぶのではないかなどと期待して、彼は修道院で休憩したかもしれないのではあるが。そしてまた、個人の家でも彼の足跡は見当たらなかった。当時は、しかしながら、すでに指摘してきたように、こうした精神の持ち主にとって、修道院は理想的な避難場所であった。憲兵たちがそうした方面を巡回することはあまりなかった。憲兵たちは、修道士からはもちろん、みんなからあまりよく思われていなかった。というのは、当時、密売は些細な罪でしかなかったからである。人々は聖ジョルジュや聖モーリスや、あるいは誰かのイコン［聖人などを描いた画像］に出会えることを期待することができた。しかし、いかなる絵画も残されていない。それに、仮に彼がその道を通り過ぎたとすれば、国境を越える前に何がしかの休憩をとることができたに違いない。彼は恐らく物乞いをしたことであろう。しかし、彼はその芸術を活用して働きはしなかった。彼はアルプス山地のこちら側［フランス側］の生活環境が自分にとって好都合だとは思っていなかったようである。

モルジーヌにも、サモンにも、シクストにも、またシャモニにも、さらにサン゠ジャンゴルフやモンテにも彼の足跡は認められない。彼はローヌ渓谷を通ってヴァレー地方にやってきたのかもしれない。そのように考える者もいる。しかし、ローヌ渓谷にも彼の足跡は見当たらない。彼がシオンに行かなかったのは確かであろう。こうしたことを考えていくと、彼の足跡がどこにも見当たらないのは驚くべきことである。さて、この男は、ナンダス地方にたどり着くとすぐに類まれな熟練ぶりで絵を描きはじめた。そうして、ナンダス以外の場所では彼の足跡はどこにもないのである。彼が絵を描いたのは、ヴァレーの山の中のこの村だけで、それ以外の場所で彼は絵を描かなかった。しかしながら、スイスに入ってきたとき、彼は三十六歳である。つまり人生の盛りであった。三十六歳にいたるまで彼が絵筆を持ったことはなかったなどと主張するつもりは私にはない。さて、彼には足跡がない。彼は無から出てきたのである。彼はアルプス山地の向こう側［フランス側］ではゼロである。モルジャン峠を越えてこちら側［スイス側］に来ると、彼はナンダスの画家なのだ！　彼はもちろん荷物袋のなかには絵具を持っていた。あるいは、彼が袋を持っていない場合（彼の資質が並外れているので、そうしたこともありうるであろう）には、ポケットのなかに持っていたはずである。彼がそれらの絵具を入手できたのはアボンダンスにおいてではない。そのあとで訪れたヴァル＝ディリエでもサルヴァンでもシャンペでもない。それでは、彼はいったいどこで絵具を手に入れたのだろうか？　何故なら、彼は渓谷には降りてこないし、絵具を売っているような商人もいなかった。山の斜面には薬品を売る商人さえ見当たらないのだ！　彼は犯罪を犯したりはしなかったであろう（貧困が原因になって単純な犯罪を行うなどということもなかったはずである）。こうしたことはもうこれでいいとしよう。世界のどこかには、政治的な犯罪であろうとも、ともかくどのような犯罪も犯したことがないような人物が何人かいる。しかし、彼が自然発生のようにいきなり森林から出てきたり、彼がそんな風に虚無から出てきたりすること、それは私たちには耐えがたいことである。小さな絵画や、その上で彼が絵筆を拭ったと思われるような小さな石などがどこかで見つかるのは楽しいことであろう。しかし、ここでは無であり、虚無であり、絶対的な暗黒なのである。彼の姿を見た者は誰もいないし、彼は一度も存在したことがない。モルジャンの上にある森林の林縁から彼が出てくる以前には、彼は生まれてさえいなかったのと同然の状態である。

彼の生涯の歴史のさまざまな地点で、私たちはこの〈フランスの虚無〉[フランス国内のいかなる場所にも彼の足跡が見当たらないということ]に立ち戻る必要があるであろう。そこから、今、彼が出てくるのが私たちに見えているこのゼロ地点に。事態があまりにも簡単に理解できそうに、またあまりにも単純でいささか素朴すぎるように思えるような時、ありのままの彼の姿を思い描くためには、彼がいかほど入念に自分の足跡を消してしまったのかということを思い起こす必要があるであろう。あるいは神々による運搬[神々のおかげで彼が場所を移動できたということ]を認めることが必要であろう。両者の場合はいずれも、彼の生活の素朴さがいっそう強調されることになる。彼の彩色の無邪気さの下に、彼の心のときめきの新鮮さの下に、彼がそこから出てきた暗黒の世界が張り巡らされているということは絶対に忘れてはならない。その暗闇が長い間彼をかくまってくれていたのである。

モルジャンでは、彼はローヌ河の霧の上にいる。乳白色の水蒸気が発散しているその下から、マルチニへと続いていく街道をいろどっているイタリアの丈の高いポプラの先端が現れてくるのを彼は見ている。そしてその向こうには、渓谷が曲がりシオンや高い氷河の方に向かっていくことを示すピラミッド状の山が聳えている。渓谷の反対側には、彼には〈アンオ地方〉が見えているし、綿のように積み重なっている雲の様子も見えている。そしてその雲の中には湿った岩壁が輝いている。彼が歩んでいく前方には、絶え間のない崩落を繰り返しながらキツネのように吠えている山、つまりダン・デュ・ミディ［スイスとフランスの国境にあるサヴォア・アルプスの最高峰］が聳えている。一方、石目に沿って割れている岩石の中では、解氷が進んで裂け目がいよいよ膨れあがっていく。

秋の夕べのことである。気温は低い。午後三時で、太陽はすでに沈んでおり、光は美しく、微風が渓谷をさかのぼってくる。モルジャンでは、高地の夏季牧場の終了を人々は準備している。少なくとも二週間前から、人々は中継牧草地［夏季牧場より下にある牧草地］から降りてきている。すでに村人たちは胡桃を割りはじめている。そして、次第に延びていく長い夕べのあいだずっと胡桃を割れるよう準備が整えられている。

私たちが興味を持っている男は、一日の残りを無駄にせず、次の土地へと移動していく。彼は堂々とした風貌だし、この当時は、頑健でもあった。彼はトネリコで自分の杖を新調したばかりだ。小川を流れる赤い水に彼はいくらか驚いている。その地域には鉄分を含んだ泉があるということを彼は知らない。この奇怪な赤は、ひとつの地方から別の地方へ入りこんでいったということを如実に示すことになる印でもある。彼は山の斜面をたどりイリエの渓谷へと進んでいく。

牧草地は寒い冬用の毛並みはまだまとっていない。牧草はまだなめされておらず、丈の高い牧草の上を歩けば足が疲れる。胡桃の木はほとんどすべての葉を落としてしまっており、弱いが刺々しさを含んだ風は最後まで枝の先に残っている葉を揺らしている。栗の木はかさかさ音をたてている褐色の葉叢で猫かぶりをしている。そこでは冬の火がすでに燃え盛っている「冬の寒さがいよいよ厳しくなっている」。楓は血のように赤く染まっている。夕方の灰色のなかで、楓の赤紫色が光彩を放っているので、茂みになっている垣根のなかで、水が入っている大きなランプの光が複雑に反射するように、楓は輝きわたっている。

イリエの集落は傾斜地の上に散在している。家々の窓に明かりが次々と灯されていく。標高の高いところはすでに沈黙に包まれてしまったが、レ・ゼヴエットの方に下りていく荷車が走行する鈍い音が谷間から聞こえてくる。犬たちが、遠く下の方で、遠く上の方で、前方のモルジャンの底の方で、吠えている。モルジャンは家々に灯火を輝かせはじめる。

私たちの男は食事をしたのだろうか？　私たちには分からない。この種の画家が食事をするのかどうかということも不明である。それはともかくとして、プラビスの中継牧草地で、ある朝、彼が人々にもてなされたということは判明している。彼はラ・ヴィエーズの近くにある小麦用の小屋の秣の中で夜を過ごしたのであろう。その地の水の流れはもう轟いたりしてはいなかった。もっと標高の高いところでは、すでに寒気のせいで流れは凍りついてしまっていたからである。

髭を生やした男とともに、彼はパンとチーズを食べた。しかしワインは拒絶した。彼は体調が良かった。彼は、どこかに自分の故国のような場所「居心地よく過ごせる場所」があるはずだと考えはじめていた。レ・プラビスの農民と彼は長く話し合った。彼は自分の考えをとても巧みに、あるいはあまりにも巧みに表現した。自分たちの牧草地に牛よりも大きな家畜を、しかも、目に見えない家畜を連れてくることができる者たちが持っている、聞く者に常に不安を感じさせるような言葉を彼は使った。しかし、イリエの渓谷に住んでいる山人をやりこめるためにはそれ以上のものが必要だった。反対に、その土地から向こうは、伝説の大蛇の地方ということになる。守護神、妖精、妖怪、さらには処刑用の籠や短剣あるいは幽霊などが群がっている土地である。田園の世界は、安全確実というわけにはいかない。瞑想的な生活をしていても、ものすごい絶壁の下に私たちは突きおとされることもある。動物たちや草たちと共に暮らしていくためには、たくさんの〈ほとんど悪魔的な神〉とつき合っていくことが必要になってくる。とても乗り越えることができないような柵の向こうに、誰が羊の群れを追い落とすことができるだろうか？　雌牛たちを夜中に動揺させ、動転した雌牛たちを傾斜に向かって誰が投げ入れられるだろうか？　誰がキリスト教徒たちを狼に変身させられるだろうか？　そういう場面を人々は実際に目撃してきたのである！　それでは、どうすればいいのであろうか？　これに対する回答は、この〈花が咲き乱れている〉ような言葉の中に潜んでいると言うことができるだろう。その会話においては、それぞれの言葉に何か意味があるというよりも、言葉が口にされる語調の方が重要なのだ。四方を霧で閉ざされていた十月の朝、逃亡者と農民はこんな風に自分の考えを互いに語り合ったのであった。

さて、事態は進んでいく。この山の斜面をもう少し歩いていく必要がある。視界のきかないこんな日に、牛飼いとしては、自分の神話をこの通行人の神話に対決させる必要がある。しかしながら、逃亡者は、しかるべき道筋を歩んでいくために、何とか有利な情報を集めたい。

逃亡者はどこに行くのだろうか？　彼には何も分からない。ただ、自分の前に向かってまっすぐ進んでいくだけのことである。霧の中に包みこまれているその日、前に進むということは、失敗を覚悟してともかくやってみるということだ。何らかのいい方策があれば別の話ではあるが。もちろん方策はひとつくらいはある。いつでもどこかに何らかの解決がひとつ潜んでいる。シャンベリに向かって登っていくべきであろう。シャンベリの向こうには、クリュザンフという名前の峠があり、その峠を越えていくとレ・グランジュに、そしてサルヴァンへとたどり着く。

かくして、私たちの主人公はシャンベリに登り、さらにクリュザンフに登り、そして今、彼はレ・グランジュにたどり着いている（こうした地名は何の意味も持たないが、彼はもともと何も必要としていないのである）。ついで彼はサルヴァンの近くまできている（しかし、この濃霧の中で、彼には自分の悲惨な状態の半分も見えていない）。それは一歩進むために七回後ろを振り向く必要があるような地方である。耳を澄まして物音を探っていると、ほとんどどこにでも絶壁が潜んでいるように感じられるであろう。

霧の中から現れた老婦人が道案内してくれたので、彼は窮状から抜け出すことができた。彼らが歩いている間に、彼女とも、〈花が咲き乱れている〉ような言葉を彼は交わす。彼女は自分のエプロンの片隅をつかまえるよう彼にうながした。

午後になってはじめて、彼はその地方の一部分を見ることができた。葉叢の半ばを落葉させてしまって、すでに赤茶色になっている落葉松、青白い氷河の一部分、闇夜のように暗くて深い谷間などが見えてきた。

彼をサルヴァンまで案内してくれた老農婦は、ファンオの方へ登っていかない方がよいと彼に忠告した。その時の天候と、彼がそれほど山に慣れている人間ではないということなどを考慮して、マルチニに下りていくことを彼に勧めたのであった。しかしマルチニは渓谷[にある町]である。郵便馬車が通行するところであるし、郵便馬車が中継されるたびに憲兵隊が現れる。憲兵隊は通行人を取り調べる。彼は下に向かうが、谷底までは下りていかないことにする。レ・ラップで一夜を過ごす。そこは、どんな人物に出会うか分からないし、どうしたら首尾よく身を隠し食事ができるか未知数であるような場所である。神秘的な現象が増えるかもしれないし減るかもしれないが、そんなことで私たちの男が不安がるようなことはない。彼は幾重にも積み重なっている神秘で包まれている。

だから、レ・ラップにおける彼の情報は何もない。私たちに分かっているのは、濃い霧が漂っていた日の正午頃、チーズを製造する老婦人のエプロンの端っこを持って彼がサルヴァンにたどり着いたということである。霧雨が降っているにもかかわらず、立ち止まることなく彼は〈居酒屋〉の側を通り過ぎ、渓谷への道をたどって下りていった。彼がマルチニには行かなかったというのは、推測でしかない。しかし、往来が激しい道を彼が通過するということは想像できない。彼はこっそりとスイスに入ったのだ。彼は不正入国したのである。しかし、彼が行《おこな》ったことは理にかなっている。

人々が日常的に通行する場所から遠く離れているよう心がけていたので、ごく自然に不正入国しただけのことである。

レ・ラップに滞在しなかったというのも仮設である。当日、彼はそれほど遠くまで進めなかったはずである。老婦人と会話したことが、彼を慎重にさせた。天候はむしろ悪化してきていた。彼を取り囲んでいるありとあらゆる岩壁は霧雨を吐き出している。午後三時になると、早くも夕闇が訪れてきた。上流の方にはたくさんの不安な要素があるということを彼は心得ている。霧の切れ目から、氷河と針峰の気難しい表情が彼には見えている。そして、［老農婦の］エプロンの端っこがいつでも彼の道案内をしてくれるわけではないであろう。下流の方も、バラ色ばかりだというわけではない。人間たちが彼をつけ狙い、脅かすであろう。最初の恐怖［上流の恐怖］より二番目の恐怖［下流の恐怖］を彼はいっそう怖れていたことであろう。だからこそ、彼がこの二つの危険のあいだで立ち止まったと想像するのはもっともなことなのである。彼はどこかで納屋を見つけ、そこで休息したはずである。彼は疲れてもいた。二日半のあいだに彼は十里も歩いたのだから（アボンダンスにいたるまでの行程とアボンダンスからの行程のすべてを勘定にいれなくても、十里になる）。

彼がナンダスまでたどり着くことになるこの道筋のところで私たちが愚図ついているのは、この逃亡者がこの旅のあいだに自分の魂を作り上げていったような気配を見せているからである。何故なら、いかなる理由があって彼がアルプス山地の向こう側［フランス側］に絵を残してこなかったかということを私たちは常に説明しなければならないからである。きわめて少ない情報、人間との最少の出会い、景色、その時々の天候、彼が耳にする物音、彼が感じる恐怖、彼が垣間見る未来、こうしたものすべてが、この時期には、大切な意味を持っていた。私たちがこのような要素をもとに彼の生活を記録することができないのは、それを説明してくれる情報が何もないからである。

レ・ラップで夜のあいだ休憩したあと、その土地を離れたところで、逃亡者はある出来事を体験した。その出来事を、彼は後ほどバス＝ナンダスのジュール・デイヤンに語ることになった。レ・ラップから、サンブランシェに通じる街道を、ごく自然の成り行きで彼は下っていった。しかしそれは、サン＝ベルナールを経由してアオスタ渓谷につながっている大きな街道である。その街道は、縦横無尽に馬車や騎手や荷馬車や歩行者たちが絶え間なく通行している。さらに、その日は水曜日だったので、イタリアに向かう郵便馬車が通行する日だった。私たちの逃亡者は、三人の憲兵に護衛された郵便馬車に追い抜かれた。その馬車は、厳しく吹きつける北風よりもいっそう冷たく彼の耳を凍らせた。寒風は、まず、その地方から霧をすっかり剥ぎとってしまった。空は濃紺になったし、その肌を刺すような寒さにもかかわらず、秋の美しい昼間が現われてきた。杏のような金色の日差しが美しかった。

レ・ヴァレットを横切っているとき、右前方に進んでいく道が見えてきた。すぐさま彼はその脇道をたどることにする。憲兵隊が往来しているその幹線街道から彼は急いで遠ざかった。そんな風にして、彼はフェレ渓谷に入ってきた。その渓谷について彼はきわめて鮮やかな、ほとんど脅迫的とも形容できるような思い出を持つことになった。そのこともまた彼はのちほどジュール・デイヤンに語っている。あの世に旅立つ一年か二年前にも、その時の思い出を彼はシオンのマリ・アスペルランに話したことがある。

彼が渓谷の割れ目に入るとすぐに、寒風が彼をさいなむということはもうなくなる。その寒風が上空で吹き荒れている様子は相変わらず聞こえてくるが、彼に正面から吹きつけることはもうないし、彼が身につけている毛織物の上着の中に吹きこんでくることもない。彼は落葉松の森に保護されている。

彼の左手には草が刈り取られてしまっている牧草地の丸い丘が見える。それは、いく分黄色くなっているが、きわめて威勢のいい光景であり、肩のように出っ張りテラス状になっている地形にあっては、穏やかさと優しさに満ちあふれている。しかし右手には、一八五〇年当時には地獄と呼ばれていた光景が広がっていた。それは岩壁であり、水晶と花崗岩の混じり合った岩また岩の壁である。空高く聳えている鉱物による、尖った角《かど》や銃眼模様や尖塔などを備えた幻想的な城館である。そこから数々の流れや滝が空中に漂い流れ落ちていた。昼間の光は、イタリアで戯れている光線と似ている。すべてが明白で、すべてが清潔で、すべてがきらめいている。それぞれの物体が独自の輝きを放っている。最高に小さな草の葉の先端にも、アルジャンチエールやトリアンの山塊の山頂からほとばしり落ちてくる水の流れの上と同じような、金色の刃が流れている。冷気でさえ、軽やかで楽しそうである。

それは貧弱な土地だった。しかし逃亡者は、普通の人とは反対で、豊かさを必要としていない。

豊かな人たちの声は辛辣でその身振りはぶっきらぼうだ。逃亡者はそうした人たちと一緒になるのを怖れている。彼らの周囲にはいつでも二角帽[憲兵]がいるからである。彼はこのような場所でしかくつろぎを感じることができない。穀物やじゃがいもの畑はじつに小さい。牧草は短く、二番草は望めない。小麦用倉庫は木製で、杭の上に組み立てられている。牧草を乾燥させるための長い竿を備えている。ありとあらゆる手を尽くしてそれなりの成果をあげているように感じられる。

落葉松の森林を出ると、逃亡者は小麦の切り株ほどの丈の低い小さな果樹園を横切った。この〈小さな〉農地が彼を喜ばせた。そのあとには、ふたたび落葉松の森林が待ち構えていた。道は急激な登りにさしかかった。落葉松の均一な葉叢を通して、目が眩みそうな針峰の構造物や氷河の蒼白い軍旗が時おり現われてくる。彼の近くでデュルナン山が唸っている。森林を出ると牧草地が広がっているが、登り坂がゆるやかになるということはない。ついに彼はデュルナン山を置き去りにする。デュルナン山は右後方に退いていく。小さな急登を乗り越えたあと、不意の沈黙に陶酔した彼は、シャンペックスの谷間への穏やかな下り坂へと足を運んでいく。

その村で彼は立ち止まらなかった。ずっと前から、彼は空になった胃のうごめきは無視する習慣になっていた。彼もまた小さく生きることができるようになっていたのである。チーズの切れ端と一昨日レ・プラビスの中継牧草地で求めたパンの大きな一切れがまだポケットのなかにあった。彼は身を潜める避難場所を探し、小さな湖を美しく眺めることができる、人目につかない一画に身を落ちつけた。サルヴァンの断崖から逃れるために、エプロンの片隅をつかませてくれたあの老婦人のことを彼は思い出す。彼女は伝説の大蛇が隠れている湖のことを彼に話したが、これがその湖だろうと彼は考えた。それはともかくとして、湖はグラン＝コンバン山を映している。そして、高く聳えている岩山の偉容が水に映っている影は、水面に、反対向きの城館を築いている。そこでは、ダイアモンドの尾を備えた大蛇が、領主権を行使することが可能なのであろう。その隠れ場所においては彼はパンとチーズを食べたが、小さな湖の湖面に触れている寒風は、大蛇の城館の壁を震わせ、褐色と青と白とさらに黒にいたるまで色彩を混ぜ合わせることになる（誰が何と言おうと、そのような色が見えている）。

この光り輝く天候をしばらく利用して、この逃亡者が何に似ているかを考えてみることにしよう。彼は三十六歳から四十歳くらいの年齢の男盛りの人間であり、同業組合のなかで相当の地位を担っている職人に見られるような堂々とした風貌を備えた、いくらか悲嘆の趣が感じられる人物である。それなりの地位を与えられるには、庶民的な美徳を所有していれば充分である。ところで、その美徳に関しては、この逃亡者は、生まれつきの美徳の生産者であるような様子を見せている。人が近視であるのが分かるような具合に、彼は美徳の持主であることが容易に推定される。汗を流すような具合に美徳を作り出す男である。それがまったくごく自然にそうなのだ。だから彼は、彼が見つめるすべてのものに、さらにとりわけ神々にかかわることに通じている。神々はここでは複数形で表現した。この逃亡者はキリストとその周辺の素材しか描かなかったとはいえ、ケルトの伝説の装置を使って原始的なシャンソンを本能的に作ったりしたし、運命の呪いを払いのけ、幸運を呼び寄せるような呪文を書き、薬品に関心を抱いていた。徳のある人は誰でもそうだが、彼は天真爛漫である。彼の目は栗色である。最後に、彼は鬚を生やしている(鬚は栗色である)。ところで、一八五〇年に鬚を生やしているということは、今日(一九六六年)ではパイプで煙草をふかすようなものである。このことは彼が頑健で穏やかな男らしさの持ち主であるということを示している。しかしこれは間違いである――やはり間違いである――、何故なら、彼は頑健でもないし穏やかでもない。彼が所有しているのは美徳の男らしさだけである。しかしながら、この鬚には大きな長所がある。鬚のおかげで彼の表情には親しみが感じられる。彼は山人たちの国を遍歴していたが、その山人たちは十人のうち九人まで鬚を生やしている。しかもその鬚は九割の確率で栗色である。彼の存在は地元の住民たちに特別に注目されることはない。あるいは、彼が注目されるとすれば、彼がこの土地の者だと考えるだけのことである。彼が余所者のように見えるのは、彼が話すときだけである。先ず、もちろんみんなはその意味はよく分かっているが、あまり使うことがないような言葉を使って彼は文章を組み立てる。それに強い訛りのあるような話し方をすることもあるだろう。その話し方を聞くと、人々はたちどころにアルザス訛りだと思うであろう。あるいはサヴォア訛りだと見なされるかもしれない。クリューズ、ボンヌヴィル、パッシーのあたりの農民の方言は、二重母音を有するドイツ語風の緩慢さ、口調、発音を有する。それは、人々がアルザスの訛りと呼ぶ(すぐにそう判断する)ような話し方の特徴である。アルザス訛りを実際に聞くという習慣を持っていない人々の耳にとっては、まさしくそういう風に感じられる。一八五〇年当時のヴァレーにおける事情はこのようなものであった。私たちの逃亡者は体格が良いということを付け加えておこう。しかし、その背中はいくらか曲がっていた。そのため、彼は手仕事をしている労働者だと考えられるであろう。ところがである。彼の手を見れば、どう考えたらよいのかもう分からなくなってしまう。彼の手は白くて繊細なのだ。

私たちが彼の状況を調べているこの時期、彼は若くて元気溌剌としている。彼は空腹になったからといっていつでも食事をしていたわけではないであろう。しかし、彼の場合のように放浪生活をしていた仲間は何人もいたのである。能力があり立派な職人でも、二回の食事のうち一回を抜くようなこともある。彼もそうやっていた。時には二回連続して食事しないこともあった。彼はそれで死んだわけではない。そのような事情で人間が死ぬにはもっと大変なことがあるはずだ。彼は痩せてはいるが、疲労と空腹には抵抗力を持っている。自分の胃の働きから極度に解放されている彼は、ほとんどどのような場合でも、自分の精神を巧みに使う。つまり、夢を見る者は食事をする「夢のなかで食事をすることができる」。眠っている者が夢のなかで食事をするように。こうした節制をしていると、確かに、肥満を招くようなことはない。しかしながら、仮に彼の腹が出ていれば、彼は兎のように走ったりすることはできないであろう。逃走できるよう彼の身体はできている。いかなるものからであろうと、彼の身体つきはすぐに逃げ出すのに便利なようにできているのだ。彼がスイスに入りこんでいくのに特別な動機を探し求める必要はなかった。彼は立ち去っていく男なのだから。彼がどこかで立ち止まるとしても、彼はいつでもその場から逃亡する必要をひそかに感じているのである。

このフェレ渓谷でそうした場所を発見したと彼は心から思う。シャンペックスの露台がすっかりお気に入りというわけではなかったであろう。そこは、あまりにも目立ちすぎたし、陽光が当たりすぎていた。しかしながら、あの小さい湖の湖畔で休憩したあと、その周辺の高みを目指して彼は歩いていく。彼はドランス川の流れをさかのぼっていく。そして先ず、すべての状況が、ついに目的地に到達したと彼に確証する。一日の終わりにいたるまで、自分が地上の小さな天国を歩いていると彼が少しずつ確信を深めていったあと、夕闇がレ・ザルラシュの白樺林のなかで彼を包みこんでしまう。そこで彼は人の良い男に迎えられた。その男に伴われて、彼はちょうど村の入口まで数百メートル歩いていった。その人物は彼に脂肉の入ったスープと夜を過ごすための毛布を提供してくれた。夕闇が次第に濃くなっていくとともに、太陽の最後の光線が彼の天国をいっそう美しく飾りたてているとき、寒気がいっそう激しくなっていくのが彼には感じられなかった。ライムギの大きなパンを切り取っている彼の鼻の下で脂肉入りのスープが湯気をたてている今、彼はこの家族に対する感謝の気持で胸がいっぱいになっていた。その家族は彼を保護しようと申し出てくれたのであった。木造の家の板壁を寒風が打ちつけていた。家のなかは暖かかったが、外では地獄の喧噪が荒れ狂っていた。暗闇が咆哮《ほうこう》し、山々がありとあらゆる木精《こだま》を響かせて吠えていた。

この夕べと夜は彼には忘れがたいものになった。我らの逃亡者が誰かの客人になりその家庭の集いに加わることに同意するのは、これが最初で最後のことである。主人は彼のために暖炉の傍らに古い袋を使って寝床を用意してくれた。寝心地はとてもよく、そこは暖かかったが、彼は眠らなかった。外で走りまわっている旋風に彼は耳をすましていた。彼は保護してもらっていることを喜んだことであろう。しかし彼は居心地がよかったわけではなかった。風が遠ざかると、男と女の規則正しい呼吸が聞こえてくる。男の子は揺り籠のなかで寝返りを打ち、つぶやいている。社会の装置のなかで自分が異質の物体であるという残念な印象を彼は感じている。その装置は正常に回転するために自分を必要としていないし、正常に作動するためには自分が立ち去ることを必要としているのである。彼は余計な存在なのだ。自分が余計者であるというこうした印象をすでに感じたがゆえに彼はフランスを立ち去ったのであった。こうした判断が最初はいかほど逆説的なものに思われようとも、それでも、彼は戸外の風や寒さのまん中の自分のあるべき場所にいる方がやはりいいのだろうと考えるのであった。自然の構成要素は、たとえ荒れ狂っているとしても、それらは人間のために作られているように思える(そして事実人間のために存在する)という独自のものがある。それがどのような人間であっても同じことである。自然の構成要素は人間を恐怖に陥れるし、人間を震え上がらせる(そして人間を愛撫する)。しかし、この恐怖やこの寒さは、まさしく、それらをこうむる人間との関わりのなかでのみ存在する。人間は、自分が忘れられているわけではないということ、自分は必要不可欠なのだということを自覚している。あらゆる場所は、宇宙のなかで確保されている。とりわけ、暖炉のかたわらのこの場所はしっかり確保されている。ところが、寒風のさなかの場所は自由である[誰のものでもない]。

翌日、天候はぐずついており、風が厳しくなってきた。このフェレ渓谷の谷底まで下りてきた風は、大地を削り取ろうとする。風は白樺をたわめ、ドランス川のミルクのような水をすくいあげ泡のように吹き飛ばす。風は剃刀のように鋭く、顔や手に傷をつける。光は濁っており、空は雲がないのに暗い。空の青色は、光沢のない煤《すす》のようなものに覆われている。落葉松はざわざわと鳴り、白樺は軋み、楓は唸る。

こうした憂鬱な喧噪のまっただ中、逃亡者はフェレ渓谷のなかの道をたどっていく。彼はすぐさま寒くなり、すぐさま空腹になったが、やっと居心地がよくなってきた。つまり我が家にいるような気持になってきている。しかし、彼がドランス川に沿って登っていくにつれて、景観はいよいよ鉱物的になっていき、自然の構成要素は、人間に対していっそう敵意をむき出しにしていく環境のなかで自分の役割を果たしている。プレイヨンが近づいてくると、逃亡者はためらう。自分にとって居心地のよい場所を求めるこの探究は、この方向にこれ以上に追究していくと、それは死を求めての純粋で単純な追究になるのではないだろうか？　さて、彼は今、ラ・ヌーヴァのカール［氷河の浸蝕作用によってできる半円形の窪地］の前に立っている。氷河が、彼の頭の上にぶら下がっている。彼の膝を叩く風、山頂まで登りたいという地獄的な誘惑を自分の精神から遠ざけ生きていこうとする本能、この両者に対して同時に彼は闘いを挑まざるをえない。彼はフェレまで行くであろう（ジュール・デイヤンに後ほど彼はそう語るであろう）。しかしその地で、礼拝堂の庇の下に避難する彼は、空腹のまま、精神を猛烈に働かせた状態で、長い間そこにとどまることになるであろう。

寒風をまともに受ける場所を好む人はほとんどいない。彼は今ではその理由が分かっている。そのような場所にでも彼は身を落ちつけることはできないと感じている。彼は寒さも空腹も恐れてはいないが、しかし、絶望には抵抗することができないであろうということを学んだばかりである。この土地の人々は、家族と職人仕事の手助けがなければ生きていけないのである。

夜が明けると、彼は来た道を引き返した。このフェレ渓谷を彼はうつらうつらしながら下っていった。理解しがたい世界が彼を取り囲んでいた。ふたたびアルラッシュに戻ってくると、彼は、前日の夕方に招き入れてもらった家を避けるために、大きく迂回して牧草地を通っていった。三日後にサルヴァンの上に位置しているル・トレチアンにどうやってふたたび戻ってきたのか、ジュール・デイヤンにもシオンのマリ・アスペルランにも説明することができなかった。事実は、フェレ渓谷を出ると、自己保存本能が、まるで道を間違った者が引き返すような具合に、かつてたどった道を戻るよう彼を前に押し進めただけのことであった。彼はフランスに向かう道を無意識にふたたび歩いていたのであった。

彼は自分が疲労と空腹で死にそうだったということをかろうじて記憶している。その三日のあいだ、彼が何かを食べたようには思えない。どのような天候だったのであろうか？　彼は記憶していない。彼には、天候などもう存在しないのも同然だった。彼はル・トレチアンの教会に入った。彼は自分が進んでその礼拝堂に入ったのかどうかしっかり記憶しているわけではない。礼拝堂は小麦用倉庫とかろうじて同じくらいの大きさだったし、それに似ていた。彼が秣を探しあてる習慣があった構造物とよく似ている建物のなかに入っていったらしい。彼は、ただ単純にそこに引きこもりそしておそらくそこで死ぬ必要があったのである。その建物は教会であるということが分かった。それは午後三時頃のことだった。香の匂いが彼の心を和らげた。彼は香の匂いを記憶している。フェレの氷の匂いのあと、彼が世界の概念をはじめて受け取ったのがこの匂いを通じてであった。当時、ル・トレチアンの教会は、サルヴァンの司祭が受け持っていた。この司祭は週に二回ル・トレチアンに登ってきていた。それはまさしく彼の当番の日にあたっていた。あるいは当番の日の最後の数刻であった。彼は間もなくサルヴァンに戻ろうというところだった。出発する前に、彼は教会を簡単に見まわった。そして疲労困憊している男を発見した。武骨な山の男たちとともに暮らすことに慣れているこの山のなかの司祭は、すぐさまこの男が生きる力を使い果たしてしまっているということを理解した。筋肉で生に抵抗している力と、魂で生に抵抗している力はもう限界に達していた。それは、だから、司祭のなすべき仕事であった。

そして、その仕事を司祭は最後まで着実に成し遂げた。腹のなかには何も入っていなかったにもかかわらず、逃亡者は、可能性の限りを越えて祈りを捧げてもらったおかげで、パン切れを食べることができた。それに対して、年老いた司祭が彼に伝えようとしたことすべてを彼は素晴らしい食欲を示して(このそそっかしい司祭の存在に力の限り夢中になって)聴き入れた。熱心に聴いたというだけではなく、彼は理解したのである。しかもただ単に理解しただけではなく、理解の領域をはるかに超えるような理解の仕方を彼は示した。司祭が言わなかったこと、決して言わなかったであろうようなこと、言わないよう注意したはずのことまで、彼はすべて理解してしまった。その時、言葉が二つの意味を担いはじめていた。ひとつは普通の人間の誰もが使っているような意味、もうひとつは逃亡者だけが自分を生きている状態に保つために使っていた独自の語彙に属するような意味である。

私たちはある小さな問題を解明することの必要性に迫られている。背嚢あるいは肩にかける袋など、何らかの袋を逃亡者が持っていたのかどうか、このことはもっと早く問題にしておくべきだった。どのような形のものでもいいが、何らかの袋のことを私は言っているのである。一方の手に杖を持ち、他方の手はポケットに入れて、彼はヴァレー地方を散歩していたのだろうか？　あるいは、放浪者が普通身につけるような制服をまとっていたのであろうか？　放浪者に恒例の制服、肩掛け袋、四隅を結び合ったハンカチのなかに包まれたいくつかの品物、こうしたものが彼の持物であった。逃亡者の最初の絵画はル・トレチアンで見つかったのである。そこで彼は絵を描くのに必要なもの、つまり絵筆と絵具を持っていたことになる（モルジャンの峠の森林から現われてくる彼の姿を私たちが認めて以来、彼は絵筆や絵具を入手できなかったはずである）。ここから彼の横顔が明確な形を取りはじめる。

この最初の絵画には聖モーリスが描かれている。それは、このあと彼がナンダスで描く〈殉教者、アゴーヌの聖モーリス〉ではない。それは小学生用ノート型の小さな紙に描かれた絵である。聖モーリスは、ヴァレー地方の一八五〇年当時の普通の男の顔つきをしている。豊かなあご鬚、濃い口髭、小さくて陽気な目、がっしりした肩幅。彼は馬に乗っていない(彼が後に描く聖モーリスは馬に乗っている)。これは古典的で善良な農民の肖像画である。

このような聖モーリスが何故にまたどのようにして描かれたかということは、容易に想像することができる。逃亡者は司教につき従って司祭館まで行くことを拒絶した。この神に仕える男に、自分はこれ以上のことはできない、人間の家庭のもてなしを受け入れることはもうできない、そんなことをすると自分の暮らしが危険にさらされる、巡回司教が週に二回暮らしている粗末な司祭館でさえそこで暮らせば自分にとっては致命的な危険になってしまう、こうしたことを彼は理解してもらった。フェレ渓谷から逃げ出して以来、彼がここでやっと平穏を取り戻せているのは、ひとえに神の施設の人間味の欠如や香の匂いのおかげなのである。彼が要求しているのは、物置、小麦置き場、山積みの秣だけであり、そうした場所でこそ、礼拝所の人間性の欠如や大地に生えていた牧草の甘美な匂いがまさしく見いだせるのである。そして司教(彼は三分の二は農民である)は逃亡者の立場を根本から理解することができた。それは司教が彼にじつに簡単に提供できるものであった。教会から外に出てわずか五、六歩歩くだけで、小麦用倉庫に関しては、それよりよくできた恰好の倉庫を、それに加えて素晴らしい匂いの秣の山を見つけることができる。司教は、秣が夜を過ごすための良き相棒だということと、この方面に関しては逃亡者は放り出されているわけではないということをよく理解した。さて、精神の問題がまだ残っていることになる。しかし、精神に関しても、数日後、ル・トレチアンに戻ってきた司祭が指摘したことだが、事態はうまく調整することができた。彼は礼拝堂を開け放し、逃亡者に昼間そこに避難してくるように勧めた。司教は神の恩寵を頼りにしたわけである。彼の考えはもっともだった。恩寵は働いた。逃亡者は絵筆を執った。そして聖モーリスの像を描いた。

逃亡者の芸術のこの最初の出現は、この時期としては生活するための手段でしかなかった。しかしこの芸術は、彼が自分の〈住居〉を見つけてしまうとすぐさま、発展していくことになるであろう。この絵画は、根本的には、常に生きるための手段にとどまるであろう。しかし絵画は、大気の後ろに潜んでいる力が勢力を発揮してくれるおかげで、この遍歴を続ける人物を助けることにもなるだろう。彼は、それ故に、部分的には落ちついている。ここから、彼はもう後ろに逃げることはないだろう。そして、あらゆる方法を用いて、前に進んでいくであろう。

彼がル・トレチアンに滞在したのは一週間ほどだった。彼は元気を取り戻した。とりわけ彼の魂と身体が激しく傷つけられるということはなかった。彼は健康な大男だった。絶食がいくらか長引いたからといって彼が死んだりすることはない。彼の魂については、それほど肯定的なことは言えなかったであろう。極貧の生活が最もすり減らすのは魂であるが、その魂は、教会が風を弱め、秋の優しい影しか感じなくていいようにしてくれたおかげで、教会のなかで七、八日休息すると、遍歴の生活を続けていくようにふたたび意欲を持ちなおすことができた。いろんなことがあったにもかかわらず、山々に背を向ける必要がある。針のような山々、歯のような山々、グラン＝コルバン山、さらに白く青くバラ色の山々を地平線の奥底に押しやる必要があるのだ。山々には近づかない方がよい。サクソンやシオンの方角でローヌ河を見下ろしている露台について、司祭は語る。彼が行かねばならないのはそこである。

この祝福された場所に行くために、まず(もしも山を避けたいのであれば)谷間を下ってマルチニの周辺まで行く必要がある。逃亡者は司教に、自分は逃亡者である、つまり書類を持っていないと打ち明けた。今日よりもいっそう、一八五〇年当時は〈証明書〉が必要な時代であった。遠くまで旅する者は、書類を装備しておく必要があった。あらゆる種類の、そしてあらゆる色の書類が必要だった。あらゆる形の検印が要求されていた。さらに、中産階級の人がそうした書類を要求されるということは先ず絶対になかった。擦り切れた上着や、継ぎはぎだらけのズボンや、髯剃りがなおざりになっている頬や、手入れされていない鬚などの場合(そしてこれが我らの逃亡者の場合に相当する)、ありとあらゆる角度から問い詰められた。書類がまったくないということは、牢獄に入れられることを意味した。ところで、マルチニの近くまで行くということは、憲兵隊の壁に触れることを意味していた。

サルヴァンの司祭は善良な男だった。書類をまったく所有していない迷える羊は、何はともあれ、寛容な心にすがるよう推奨されていた。「私はあなたに同行しましょう」と司祭は言った。「私はこの地方ではよく知られています。私が手に杖を持ってあなたと一緒に歩いているのを見ても、人々は私が充分なパスポートだと思い、あなたに何かを求めたりすることはないでしょう」

こうして、この二人はル・トレチアンからサルヴァンへ、さらにヴェルネイヤス、マルチニ＝

ヴィル、マルチニ＝ブールへと一緒に歩いていった。そしてマルチニ＝ブールで、司祭はル・ランの峠にいたる道を彼の同行者にたどるように勧めた。「ここをまっすぐ行けば」と彼は言った。「露台のような場所がありますから、そこは頼りにできます。峠を越え、道なりに進んでいけば、峠があるたびに心の救いが感じられるでしょう。あなたの心のなか以外の場所に救済を求めてはいけません。万事分かっているあなたに余計な説教をしていることになりますが。」こうして、司教は彼を前に進ませ、自分は司祭区へと戻っていった。

司教は救済について語ったが、憲兵のことは話さなかった。救済は、普通考えられているより容易に得られるものである。神は寛大だからである。「どんなことにでも言いがかりをつけてくる」のは憲兵たちである。

秋はひと休みしていた。空をフェレ渓谷の上までまき上げていた突風は、今では穏やかになっていた。とても静かな朝だったので、飛翔する鳥たちの翼の音が聞こえてきた。逃亡者は落葉松の森林を突き抜けて登った。森林の地面は、鮮紅色を保っている繊細な草で覆いつくされていた。寒かったが、太陽は燃えるような光線を小刻みに射しこんできていた。逃亡者の心のなかで、事態は万事穏やかに収まりはじめていた。

サクソンから延びてきている小径から抜け出てきた憲兵と鉢合わせるような具合に、彼はル・ランの峠にたどり着いた。逃亡者は憲兵に遭遇したが、彼が大きな被害をこうむることはなかった。二人の男は一里ものあいだ一緒に歩いた。法の代理人はル・ヴィヤールに向かっていた。逃亡者は気をきかせて、まるで親戚の者の噂をするような具合に、サルヴァンの司教のことを話した。憲兵と言えども、一緒に歩いている人物に不審尋問したりすることはない。しかし、二角帽が左の方に立ち去り、スレートに覆われている山小屋の方へ下っていったとき、逃亡者は、茫然として、土手の背後で坐りこんでしまったことであろう。

神を満足させるのはやさしいが、人間は扱いが難しい！　彼は絶えず窮地に追い詰められるであろう！　このときのような偶然の出会いがあるだけで、彼は、生きたまま、地獄のなかに投げこまれてしまう可能性がある。それは正真正銘の地獄である、つまり法の地獄である。彼には、隠れられるかあるいは逃げることができるような村を、可能な限り早く、見つける必要があったのである。

ここから、彼の足跡はまるで怯えているキツネの足跡のようになっていく。イゼラーブルでは彼は納屋で夜を過ごす。長々と迂回したので、自分が今、ル・ヴィヤールのちょうど真下に来ているということを彼は知らない。ル・ヴィヤールは先ほどの憲兵が眠っている場所である。その翌日、彼はナンダスの周辺を通過するが、彼は相変らず自分の道をたどっていく。ラヴァンチエに、そしてチヨンに到達する。夜はマッシュで人目を避けて引きこもる。さらに翌日、彼はエレマンスの上を通行する。村まで下りていこうという誘惑にかられる。その日は日曜日だった。いくつかの教会の鐘が鳴っているのが聞こえてくる。しかし、人々で一杯になっている教会を彼は想像する。機嫌の悪いブルジョワがいるだけで充分［に危険］であろう……。彼はレ・ザジェットまで足を延ばす。そこから、谷間の底とシオンの煙が見えている。この文明化された土地を前にして、彼は不快感をあらわす。彼は左の脇道に入る。その夜はシオンの中継牧草地で過ごす。その翌日、バス＝ナンダスへの道を慎重に探して前に進む。明るくて良い天候にもかかわらず、彼は身を隠している。彼はもう歩もうとしない。道が曲がり角に差しかかりどこに進んでいくのかはっきりしないたびに、そこを前に進んでしまうことによって、治安軍人とばったり出会ってしまうのではないかと彼は怖れる。サクソンの小径の十字路における遭遇の想い出が、彼を麻痺させてしまっている。夕方になったので、彼は隠れ家から思い切って外に出てみる。垣根に沿って身を隠しながら、彼は牧草地にあがっていく。その日、初雪が降った。しかしまだ重い雪にはなることはなかった。並外れて静かなその夕べ、雪は埃のようにひらひらと舞っている。微風さえ吹いていない。それほど静かなので、雪は粉のように落下してくる、この触れることのできない雪の軽い物音まで聞こえてくるほどであった。

ついに、隠れていた男が、姿を現わさねばならない時がやってきた。逃げてきた男が人と向き合おうとし、沈黙を保ってきた男が急に話しはじめ、怖れてきた男が世間に直面する時が訪れた。逃亡者にとって、こうした時がついに到来したのである。憲兵と遭遇してしまった時に味わった恐怖のせいでまるで狂ったように彷徨を続けるようになったことが原因なのだろうか？　それとも、はじめて降った雪のせいだろうか？　そうではない。彼は寒さも暗闇［憲兵との遭遇］も今では恐れてはいないからである。雪とともに訪れたこの圧倒的な静けさが、彼にそう決心させたようだ。彼には自分の足音が聞こえるし、自分の衣服に降りかかる白い雪は彼の身体の輪郭をはっきりと際立たせている。急激に、彼は逃走するのはもう終わりにしようと決心した。彼は決然としてオート＝ナンダスの灯火に照らされた家々の窓辺に接近していった。

ここで起こっていることは、今、偶然の出来事なのだろうか？　あるいは、彼が自ら進んで選んだことだろうか？　彼はまだ完全にオート＝ナンダスに来ているわけではない。彼がいるのはプラ＝サヴィヨである。彼が出し抜けに話しかけるのは、その地方の長官である。仮にこれが偶然だとすると、この偶然は事態をあまりにも首尾よくまとめてくれたものだ。中継牧草地の近くに潜んでいた逃亡者が、いろんな物を見つめたりその物音を聞いたりしながら、自分が近付いていかなければならない人間はどういう人物がいいだろうかという考えをまとめようとしていると想像するのは理にかなっているであろう。彼にとってそれは生か死を決定づける重大な問題である。彼が近づいていく人物たちが恐怖を感じ、憲兵隊の助けを求めたりするなら、万事休すである！　冷淡な心の持主や、守銭奴や、エゴイストに近づいたりすると、彼は暗闇のなかに投げこまれてしまうであろう。

ジャン＝バルテルミ・フラニエールは町の長官であり、穏やかな楽天家［美食家］でもあった。彼の楽しみは単純であった。どんな種類でもいいので、ともかく家庭的で大雑把なスープを、静かに賞味するのがとりわけ好きだった。脂身（どんな種類のものでもよい）がありさえすれば彼の食欲（それがどのようなものであろうとも）は満足だった。ただし、そのスープは、仕事と生活の繰り返しのなかに期日を決めて割り当てておくことが必要だった。秋の夕暮れ時に、初雪と同時に森林から抜け出てきたこの背が高くて頑丈な余所者は、複雑な問題を彼に投げかけた。彼はその男に怯えたわけではなかった。憲兵の助けを求めようとはまったく考えなかった。最も急を要するのは、明らかに飢えているこの人物に食物を与えることだと彼にはすぐに分かった。しかし、この人物が不幸である限り、自分だけ落ちついて食べ物をじっくり味わうなんてことはできないだろうということも彼は理解した。

彼が最初に思いついた考えは、この余所者を自分の家に案内することであった。余所者はそれを拒絶した。小麦用の倉庫の秣の上にいる方がずっと気持がいいと、この余所者は言った。フラニエールは、パンと脂肉とワインとチーズを探してきた。ロバの身体を覆うのに時どき使われていた兵士用の古くなった外套も持ってきた。逃亡者にとって、これは大饗宴であった。町の長官の機転が利き優しくて小さな目を間近に見て、彼の響きの良い声を聞き、飾るところのない農民風の彼の物腰や、樹木のような穏やかさに接すると、それは逃亡者にとっては精神の大饗宴でもあった。素晴らしい援助をしてくれたサルヴァンの司祭は、ある意味では、無酵母のパン［カトリックのミサで用いる聖体用のパン］にとどまっていた。この町の長官は、まさしくパンそのものであった。

どれくらい以前から逃亡者は、人を信頼する必要を感じていたのであろうか？　このことは誰にも分からない。極度の孤独や、凍り付くような山に迫られ、不安な街道をたどらねばならなかった彼は、ついに、誰かに自分の心を打ち明ける必要があった。逃亡者は自分の名前はシャルル＝フレデリック・ブランだと言った。自分が信頼してよいと思う人物に名前を打ち明けるのは適切な判断である。名前があるということは、存在していることの証明になる。フランス人のシャルル＝フレデリック・ブランである。フランス人と言ってから、すぐさま、事態をはっきりさせるために（そして、彼がル・トレチアン以来感じている主要な心配事を和らげるために）、自分は憲兵が怖いのだと強調した。何故なの？　書類がないからと、彼は本当の理由を打ち明けた。しかし、町の長官は、書類がないということが何故憲兵が怖いということにつながるのかまったく理解できなかった。子供の頃から彼は、上から下まで、下から上まで、シオンからナンダスまで、書類など一切ポケットに入れずに、自由自在に歩きまわってきたからである。そして憲兵など怖いと思ったことは一度もなかったのである。この長官は裕福ではないが、逃亡者の悲惨さはとうてい想像できないし、そうした悲惨な生活のなかでは頼りにできるのは憐憫の情しかないのだということも想像できない。逃亡者の伝説のすべてが生まれてくるのは、憲兵と出会った瞬間から、そして憲兵に対する恐怖からである。彼は憲兵が怖いんだ、だから……、と長官は考える。それに続いて、他の者たちも同じように考えるであろう。憲兵に対する恐怖。だから彼は自分の妻を殺した（彼女は彼を裏切っていた）、あるいは隊長を殺した（隊長は彼に暴力をふるった）、あるいは某氏を殺した（この某氏は彼を殴ろうとしていた）、あるいは別の某氏を殺した（この人物は彼を脅していた）のであろう。ある人々は、政治的な陰謀家の特徴を持っていると彼のことを考えるであろう。政治的な陰謀家は悲惨な生活を送るということは決してないし、ルイ金貨を大量に持たずに山の中に逃げこんだりすることも絶対にないということなど思いもせずに。

その夕べ、フラニエールが何を考えようとも（そのあとで、彼は大したことなど考えないであろうけれど）、その夕べ、彼はとりわけ次のように考えたのであろう。「彼が何をやったとしても、この人物は悪意を持っていない。悪意のある人間は飢えて死んだりしない。飢えで死ぬ前に、悪意のある人間は悪いことをする。ともかく、私がこの変な男を彼の寂しい運命に委ねて放置しておくということは問題外だ。彼にとってと同じくらいに、私にとってもこれは大事なことである」

好物は脂肉だけだと言ってみても何の役にも立たない。いずれにしても、この場合、脂肉はシラーズ［イランの七世紀頃の町、庭園が有名］のバラと同じくらい貴重なものなのである。

その夕べとしては、とりあえず、夕食とベッドは用意された。寒気はこの季節ではまだ小麦小屋まで進入してくることはないし、秣の堆積はまだ温かさを保ち続けていた。先ほどよりいくらか重い雪が建物の壁の板にやすりをかけている音が聞こえてくる。飢餓感がなだめられたので、静けさがいっそう目立つようになってきた。町の長官もまた、秣の山に坐っている。シャルル＝フレデリック・ブランは、街道や、夜や、森や、彷徨や、山や、憲兵が身につけている二角帽と長靴や、牢獄や、町や村などについて長い物語を語る。それが将来の伝説の素材のすべてである。

「そこにじっとしていてください」とジャン＝バルテルミ・フラニエールは彼に言った。こうして彼は食べ物と宿を手に入れることになった。「そこにじっとしていてください」と言うよりも、それを実行することの方が大変である。逃亡者がそこに滞在するためには、無数の関係を確立していかなければならない。先ず、男とこの雪との関係が、明らかにある。雪は、翌日になると、いっそうたくさん降ってきて、地面を覆ってしまった。しかし、雪との関りにおいては、逃亡者(私たちはこれから彼のことをシャルル＝フレデリック・ブランと呼ぶことにしよう)は慣れている。村の住人たちとの関係も築いていく必要がある。住人たちに対しては、彼は善意に満ちあふれてはいるが、あまり扱い慣れているとは言えない。

最初の日は、万事がうまくかみあって過ぎていった。「何故なら、人はそれぞれ出かけていく場所があるはずだから。」そして、逃亡者にはもう歩こうという意欲がなくなっていた。雪は穏やかに降り続いていた。まるで雪もまた何かの決心をしているようであった。しかも永遠に降り続けるようだった。彼は、まるで月から落ちてきたかのような具合に、村人たちのなかに落ちてきているのであるが、そうした村人たちと出会う必要があった。彼は彼らに実際に出会うことになる。雪が最初に降りはじめるとすぐに、その雪は冬の到来を告げ知らせているので、そのあたりの村の住人たちは活動をはじめる。じつにたくさんのことを確かめに行く必要がある。それが楽しみだけのためであるとしても、動くのはいいことだ。村人たちが垣根に沿って次々とやってくるのが彼には見えている(その垣根は、あたり一帯が白くなっているのにまだ消えてしまわずに、ゆっくりと雪を積もらせている)。別の村人たちは斧で薪を割り、また別の村人たちは、両手をポケットに突っこんで、働いていない労働者に特有のあの無関心な様子を見せていたり、さらに別の村人たちは古くなった粗い毛織物の袋に秣を入れて運んでいたりする。

こうした村人たちに対してどのように振る舞えばいいのだろうか？　しかしながら、先ず、これほどまでに優しい長官のために逃亡者は小さなデッサンを描くであろう。それは些細なものである。彼は守衛の小さなデッサンを描く。守衛は三角帽をかぶっており、緑、赤、青の三本の羽根がついている。さらに守衛が肩に羽織っている袖無しマントには星の装飾が施されている。つまるところ、彼はその守衛をすっかり変身させしまったことになる。巡礼杖、リボンで飾られた長い棒、瓢箪、祈禱書などを担わせて巡礼者に仕上げてしまった。彼は守衛の顔に青い鬚をつける。それが青いのは、シンボルとしてではなく、白い鬚は青く描く必要があるということを、職業上、彼が心得ているからである。さらに彼は、その守衛の巡礼者が巡礼の道にあって尊敬に値する人物になってくれることを望んでいた(彼自身も人々に尊敬されることを望んでいたように)。

フラニエールがパンとチーズを持って到着したとき、彼は絵を描いているところだった。すぐさま、事態の予想外の展開にフラニエールはびっくり仰天する。快楽を好む穏やかな人たちや善良な人たち(両者は不可分である)なら誰でもそうであるように、フラニエールもまた簡単に熱狂を示した。その絵に塗られている色彩は彼を魅了し、その守衛の小さな絵を彼はとても気に入った。その緑や紫や金色の選択には特別の効果が潜んでいた。彼はそうした色彩に対して敏感であった。

ブランは水彩絵具で絵を描いているところである(彼は色を塗っていると言うだろう)。水彩絵具という言葉はここではあまり正確だとは言えない。何故なら、彼は絵具を溶かすために水を使わないし、絵具の色合いを試すためにパレットを使うということもその日はしていなかった。彼は自分の唾と自分の手を使っていた。絵筆を口で舐め、その筆を板状の絵具の上に移動させ、その色合いを左手の手のひらで試していた。紙の上に絵具を塗る前に、必要な場合には、手のひらで試し塗りをしているのだった。

そうした細かい手順は無意味なものではない。それはフラニエールを味方につける働きをした。これは他の手仕事と似ている手仕事なんだということを彼は理解した。長年にわたり自分が携わってきた手仕事に似ており、〈証明書類〉を持っていないこの男は、〈労働者〉なのだと彼は考えた。これはどうしても乗り越えるべき岬なのだ。逃亡者は、三十五歳から四十歳くらいで人生の盛りである。町の長官は、何もしない暇人を迎え入れて食事を提供するなんてことは絶対にしなかったであろう。前日、彼が逃亡者を迎え入れたとき、この男はこの村で何らかの仕事をするだろうと本能的に考えたのであった。事実、彼はこんな風なやり方で仕事をしていることになる。

それに長官は、自分が支配しているこの町で、自分が何を言うことができるだろうかということにこんな風に直面していることは、むしろ嬉しいほどだった。しかし、自宅ではしかるべきやり方で自分が支配しているわけではなかった。フラニエール奥さんがどっかり腰を据え付けているからである。彼は誰にも知られずに小麦用倉庫で男をこっそり世話するなどということはできない（とりわけこれほど大きな体格であり、その上書類がないのだから）。みんなはいずれそのことを知ってしまうであろうから、どうやってみんなにこの事実を認めさせることができるのであろうか。娘時代の名前をマリ＝ジャンヌ・ブルニッセといったフラニエール夫人は、家庭を支配しているし、長官も支配している。彼女に気付かれずに、パン切れ一枚とチーズの四分の一でさえ、食器棚から持ち出すことはできない。ジャン＝バルテルミは何か法螺を吹こうといろいろ考えてみるが、それがなかなか難しい。彼はいろいろと知恵を絞ってみるが、もっともな解決策を見つけることはできない。家庭の主婦に、〈書類〉を持っていない余所者を納屋にかくまい、その上食物を与えるなどということを説明するのは、まったくもって容易なことではない。しかし今では、すべてが明白になってきている。彼がどういう人物であるかということを言いさえすれば万事がうまくいく。巡礼者や、十字架や、修道院や、純白の薔薇の結びめなどを伴っている、まったく正統的な彼の〈絵画〉を見せればいい。それに、もっと先まで突き進んでいけないかどうか、誰にも分からないだろう？　ジャン＝バルテルミはシャルル＝フレデリックに訊ねてみる。少女時代の名をマリ＝ジャンヌ・ブルニッセと言っていた女主人の肖像画を描いてもらえないだろうか？　そうすればきっと万事がうまくいくに違いない！

それは簡単なことだった。しかし、手のひらに唾を吐きつけてマリ＝ジャンヌの肖像画を描くなどという風に事は進まないであろう。本物の肖像画、有無を言わせぬ肖像画でなければならないし、仲間を讃えるような肖像画である必要がある。絵具を塗っていくための板切れに加えて、油絵具、四、五本の絵筆が必要になる。これは、一八五〇年の冬のオート＝ナンダスの全域を熱狂させるに足る企画であった（一八五一年あるいは一八五二年だったかもしれない。正確な年は私には知ることができない。この肖像画が、逃亡者がこの村に住みついてからすぐ描かれたかどうか誰にも分からないからである。状況はどのようなものであろうとも、その動機、その推理、その事情は、私がすでに書いたようなものであったに違いない）。

相変わらず雪が降り続いている。冬が到来したのだ。そして、その結果、人々はこの肖像画に関心をいだく余裕を持ち合わせている。肖像画がしかるべきものになるためにはどうしたらいいのだろうか？　先ず油絵具と絵筆が必要だ。息子のマヨラーズと父親のミシュルーがシオンまで下っていく予定になっている（それぞれ自分の都合がある）。彼らに買物を頼めばいい。薬品日用雑貨商に行けば絵具はあるだろう。息子のマヨラーズは、絵具のためにではないが、シオンでは解決できない自分の用事のために、恐らくローザンヌまで行く可能性があるということに注目しておきたい。仮にそういう事情であるとすれば、彼はローザンヌで絵具を選んで購入することができるであろう。最も簡単なやり方は、この貴重な絵具の名称を記した紙を二人に渡しておくということだ。そうすれば、万事うまくいくであろう。雪が執拗に降り続くということがなければ、ミシュルーは今晩出かけるだろう。ともかく、いくら遅くなるといっても、明日の朝には出発するはずである。板切れについては、パンを入れている大箱を解体するしか仕方がないであろう。そうすれば艶やかな良質の楢の板が入手できる。あれなら充分役に立つだろう。その肖像画がもう見えてくるような気がする。

ミシュルーは絵具を買い、持ってあがってきた。絵具を買ってきたミシュルーは自分でも驚いたし、長官の納屋の入口に居合わせて、その男［逃亡者］がやっていることを見つめていたフラニエールやオート＝ナンダスの四、五人の住人たちもびっくりした。その絵具は紙に包まれており粉末状だったので、それを亜麻油に混ぜる必要があった。それだけですでにきわめて複雑な操作であり、見ているると興味津々である。その調合のすべてを行うには理解力が必要である。それには配分割合が決められており、森林と暗闇から出てきたこの不可解な男は、どう考えてみても、自分の仕事のやり方をよく心得ているということを、人びとは了解した。つまり、それは職人仕事なのだ。靴を作ったり、あるいは牛の乳を搾ったり、チーズを作ったり、耕作地を耕したり、あるいは鉋《かんな》で板を削ったり、釘を打ちこんだりするのと同じことなのだ。それは男たちがみんなやっていることである。だから、この男はひとかどの立派な人間である。

暗闇と森林から出てくるものについて、人々はいつでもあまり確信が持てないからである。放浪者がいるし、人間の顔つきをした野生の動物もいる。さらに街道の脇にあるたまり場のような所に居坐っている落伍者がいる。そうした者たちには警戒しなければならない。女や娘や子供たちが暮らしている家の近くに彼らを留め置いたりしてはならない。仕事を心得ており、それを実行できる男、これは別の問題だ。それにこの男は、仕事はこなせるし、明るい。シャルル＝フレデリック・ブランが絵具を整えているこの板の上に、青空のような美しい少量の絵具や、鮮紅色の絵具、赤紫と白が混じった亜鉛の色のような絵具、金のように黄色い絵具、蜥蜴のように緑色の絵具、そうした絵具を駆使してこの男はマリ＝ジャンヌの肖像画を描くであろう！　どうやって描いていくのか、その様子を見ているのは何と楽しいことだろうか！　もちろん、誰にもそんな真似はできないということくらいみんなはよく理解している。こうした仕事は、普段は立会人がいない所で行われていくということも分かっている。それは例えばミサの類に相当するような至芸である。その領域にまでたどり着かないにしても、それは学校で学ばねばならないような種類の仕事である。手は頭に服従しなければならないし、頭はしっかり閉じられているドアのところで耳を傾ける。彼はドア越しに大声で話し合ったりすることはない。聞こえてくる呟きを解釈し、手の動きを制御してその呟きを言葉にして表現していく必要がある。つまり、話せばいくらでも話せるような作業なんだ！

このような仕事は、誰にでもやれるような類のものではない。

じっくり考えてみるがよい。どれほど巧みにこの男が絵具を用意したか、いかほど冷静にこの男がマリ＝ジャンヌの肖像画を描こうと約束したか（肖像画の実現にはそれ以外の能力も要求される）ということを思い起こしていただきたい。こうした能力のすべてを獲得するのに充分な時間を使った男が、何か残酷なこと、あるいは強盗、あるいは窃盗、あるいは一般的に言うところのよこしまな行為をわざわざするだけの時間的な余裕を持っているだろうかなどと考えてみると、森から出てきた（どんな風に出てきたのかという経緯は何も分かっていない）この男をフラニエールの物置に住まわせたとしても何か悪いことをしているわけではない、と納得することができるであろう。見るだけでもこんなに美しい絵具の盛り上がりを準備し、同時に悪事を企んでいるなどというようなことは考えられない。悪事を行うには習慣を重ねることによってしか得られない巧妙さが要求されるし、そうしたことのためには時間がかかるのである。この男が、これらの絵具を準備し、その絵具でマリ＝ジャンヌの肖像画を描くことができるなら、彼はわざわざ時間をかけて悪事を働く巧妙さを身につけたりしなかったであろう。私たちはこの場面から抜け出せない。なかなか抜け出ることができない。私たちは相変らず待機し、接近し、そして当惑させられている。

しかし、逃亡者、あるいはより正確に言うとシャルル＝フレデリック・ブラン（というのは、彼が自分自身の名前を思い出したという印象を持っているのとは矛盾して、ナンダスの人たちは彼にもっと一般的な逃亡者という名前を献上していたし、彼のことはその名前で私たちのところまで伝わってきている）に関しては、事情が落ちついてきたように思われる。彼はもう〈鉱物的世界に運命づけられた人物〉というあの悲惨な印象を与えなくなるであろう。そして生身の人間のままその共同体の一員になるであろう（あるいは、はじめてその一員になるであろう）。ヴァレーの粗野な人々は、余所者が自分の内臓を剥き出しにして彼らに対して表明する愛の告白を想像するなんてことはとてもできない。この地方の鬚の生えた男たち、赤ら顔の女たち、肉付きの良い少女たち、ぶっきらぼうな少年たち、彼はこうした人たちを嫌々ながら愛しているというわけではない。肝臓や脾臓や腹や喉など全身から、彼は自分が彼らと動物的には同じ範疇に所属していると感じている。彼は悪意のある人間ではない。このことは未来が証明するであろう。しかし、仮に彼が悪意を見せることがあるとしても、彼はこの農民の社会にあまりにも一体化しているために、彼がその社会に悪意を実行するなどということにはならないであろう。そんな風にはならない。これらのみすぼらしい木造の家々のすべての棟《むね》に吊り下げてみたいと彼が考えている花綱や装飾が、彼の心中には満ちあふれている。彼はすべてをバラで飾りたいし、この蒼白い雪に花を咲かせたいし、この暴風を暖めてみたいし、彼の心のなかで輝きを見せている素朴な天国を住民たちみんなに提供してやりたいと考えている。彼がいかほど暗い夜の数々を味わいながらフランスや外国をゆっくりと通り抜け遍歴してくる必要があったということを、彼らは知らない。そうした遍歴のあと、やっと自分の頭上に空が明るく輝くのを彼は、今、見ているのだ。

明るくなった空ということに関しては、今、ヴァレー地方の上に重々しくのしかかっている冬の空は、とても暗くとても低く垂れこめている。ナンダス針峰やルージュ山が雲のなかに隠れてしまってから長い時間が経っている。灰色の霧がチヨンの夏季牧場やシオンの中継牧草地を覆ってしまっている。

この暗い天候のなかで、板の上に準備されているこれらの絵具とともにいるのは［を見るのは］、何と素晴らしいことだろう！　この絵具の青や赤や黄をじっと見つめることができて、精神が思いつくがままにそうした色彩を楽しむことができるのは何と好ましいことだろうか！　たしかに、娘時代の名をブルニッセというマリ＝ジャンヌ・フラニエールの顔を相手にしてあまりにも「長々としゃべる」ことはできない。その顔を可能な限り正確に模写しなければならない。先ず、客あしらいがよくて、逃亡者の心のなかに最初に踏みこむことができたこの長官を喜ばせるために、さらにオート＝ナンダスの人々のすべてがこの肖像画が現物に似ているのを期待しているので。彼らは、馬鹿げた間違いを信じこませることができるような人たちではない。マリ＝ジャンヌ・ブルニッセ、つまりレジエ・フレニエールの妻という名前を肖像画の下に書きこむのであるから、彼女の絵は実物に似ている必要がある。その上、ジャンヌ＝マリは可愛いくて、溌溂としている。そして、人々が言っていることだが、彼女の目は美しい。この町の美しい婦人たちに関して行われていることとは反対に、彼女の頬の鮮紅色は和らげねばなるまい。実際には彼女の頬は、アルプス山地の鉱物的な風によって三十六年にわたってこすりつけられているにもかかわらず、実物のままで充分に赤い。しかし、彼女の頬の鮮紅色は、少しぼかしてみると、魅力的なものになる。彼女が日曜にやるように髪を整えるのがよいだろう。そして、彼女が永遠の日曜日に生きていけるように、彼女の右手には肩衣《かたぎぬ》をまとわせ、左手には数珠を持たせるのがいいだろう。せっかく絵を描くのだから、悪魔が描いた絵ではないということが分かる方がいいはずである。掛け幕とカーテンのなかで、ここにはバラがあそこにはツルニチニチソウやキンレンカや〈架空の花々〉という具合に花々が咲き誇っている花壇のなかに彼女を据え付けることにしよう。そこでは、アヤメの最も美しい色彩が活動して、見る者を楽しませてくれるであろう。もちろんのことだが、万事は〈勘を頼りに〉仕上げられた。モデルはポーズをとらなかった。娘時代の名をブルニッセと言うマリ＝ジャンヌ・フラニエールにモデルを務めてほしいと要求することはできないからである。彼女は、神が彼女に毎日与えてくれる不充分な二十四時間のあいだにもっと他のことをしなければならないからである。しかし逃亡者には、彼女の顔を見るだけで、彼女の特徴を充分に再現することが可能であった。彼女の顔の両側にキリストとマリアのモノグラム［組み合わせ文字、姓名の頭文字などを組み合わせて作った図案］がデザインされている。さて、ここから余談に入ることにしよう。

これらのモノグラムは古典的なものである。キリスト教国のありとあらゆる奉納絵画において、同じ形のモノグラムがあちこちに見られる。例えばスペインのアルメリア［アンダルシア地方の港町］からイタリアのロコロトンド［バリから南東約七十キロにあるイタリアの町］にいたるまで。キリストのモノグラムはそれほど稀ではないとしても、文字が入り組んでいるマリアのモノグラムは、肖像画のなかに書きこまれているものに限定すれば、そんなにしばしば見られるものではない。しかし、マリアのモノグラムと出会うようなことがあると、それは、逃亡者が描いたばかりであるあのモノグラムと正確に相似していることが分かる。とりわけ、アルメリアのものと、ニースの近くのノートル＝ダム・ドゥ・ラジェのものとがある。私たちは、今、ひとつの伝統の前にいる。つまり、逃亡者がよく知っていた伝統の前にいることになる。ノートルダム・ドゥ・ラジェでは、例えば、コラン・ブランシュがトゥーロンの彼の小型帆船〈二人姉妹〉の保護を祈願してマリアに捧げた奉納画のなかにこのモノグラムが見られる。この絵画では帆のなかに船員がいる小型帆船が描かれている。その帆船の上方には、半開きの空から、子供を抱いた栄光に包まれた処女マリアが見えている。マリアが両足を乗せている雲には、マリ＝ジャンヌ・ブルニッセの右肩の上に花咲いているモノグラムと同じ（正確に同じなので、重ね合せることが可能な）モノグラムが書きこまれている。（ノートル＝ダム・ドゥ・ラジェの絵画はガラスの上に描かれている。）

こうした事情のなかで、この肖像画はみんなに喜んでもらうために描かれたのである。マリ＝ジャンヌでさえ、この絵画のことで不満を漏らすわけにはいかなかったであろう。彼女は、その絵画のなかでは、女性として、少女の瑞々しさを具えた女主人としてさえ描かれているのである。こんなに明々白々に信仰心の象徴を描いてくれたこの人物に、何を咎めることがあるだろうか？　肖像画は、すぐさま、フラニエール家で堂々たる位置を占めるようになった。先ず、寝室に鎮座した。何故なら、美しいものは、日中は使用しない部屋に置いておく必要があるからである。そのあと、肖像画を見せてほしいと懇願されたので、それはみんなの共同の部屋に吊るされることとなった。村中のすべての者がそれを見にやってきた。描かれているのは、まさしく長官の妻である。ジャンヌ＝マリは、こうした地位の向上を誇りに思った。この時期まで、栄光を浴びていたのはジャン＝バルテルミである。彼女の順番がまわってきたのだ。それは誰のおかげだろうか？　あの例の男、あの神秘的な男のおかげだと言うべきであろう。男がどこからやってきたのか、男の出身地はどこなのか、彼の隣人あるいは同じ町の人あるいは同郷人が何をしている人間なのかというようなことは誰にも分からないのに、まるで茸のように、オート＝ナンダスにによっきりと生え出てきたあの男のおかげである。すべてにおいて余所者なのだ。彼が話すときに見せる訛りから、また自分がフランスからやってきたということを彼が隠さないが故に、彼は余所者である。その証拠は肖像画であるが、職業の点でも余所者である。キリスト教徒の家に受け入れられるのを拒絶するという生活態度においても余所者だ。その巨体と白い手を見ても体格的に余所者だと言うことができる。というのも、先ず女たちが、恐らく少女たちもまた、それからいくらか遅れて男たちも、彼の手が白いということに注目したからである。そしてその手は細やかである、つまり荒れていない。畑仕事をしたり、鍬や斧などの取っ手を持って作業をすると、手が固い皮のようになるしマメができたりするものだが、彼にはそうした形跡がない。絵筆の他には何も持ったことがない男であるのが明らかである。おそらく絵筆より軽い道具、例えばペンでさえ持ったことがなさそうである。公証人だったのだろうか？　何故ならば、オート＝ナンダスにおける書記のような仕事としては、公証人を除けば、想像できるものが何もないのであるから！

それはともかくとして、マリ＝ジャンヌの肖像画を描いたことで、ナンダスの住民たちによるシャルル＝フレデリック・ブランの評価は高まった。公証人だったかもしれないというこうした背景がなかったなら、肖像画だけでは充分ではなかったであろう。公証人ということでなかったならそれほどの効き目はなかったかもしれない。もしかして、強盗かもしれないなどとよからぬ疑いをかけられたかもしれない。しかしながら、マリ＝ジャンヌの形をしているそれらの色彩は、この男の白い手を受け入れさせるのに大きく貢献することであろう。白い手がこの地方では高い評価を得ることができるなどと主張することはできない。白い手は怠け者の腕の先にしかついていないものである。確かに、司祭の手は白いということはよく分かる。司祭が操る道具や、司祭が持ち上げる重さは、物質的な生活の道具や重さとは異なった次元に属している。書かれた文字の重さを測り、それを仔細に検討する公証人の仕事のことも人々は了解している。だから、森林から出てきたこの男が公証人であるということをある日知っても、人々は、結局のところ、まったく驚いたりしないであろう。彼は、事実、いわば一種の公証人なのである。彼は絵具の重さを測り、その配合を仔細に検討する。マリ＝ジャンヌの肖像画は、ほどよい配合なしに描き上げることができるなどと私に言う人物はいないであろうから。

つまり、人々は白い手を受け入れている。この逃亡者に人々が何か咎めることがあったとすれば、それはその男の身体の一部分がまさしく白かったということであろう。その白い部分は手と言うよりもむしろ道具なのであった。それを受け入れるのはそれほど簡単なことではない（だから、私はこんな風にこの点にこだわっているのである）。この白さは〈奇妙なもの〉の印である。余所者「奇妙な人」を受け入れるのは、それはそれで何とかうまくいく。しかし、〈奇妙さ〉を受け入れるのは、誰もが納得できることではない。例えば、ノートル＝ダム＝デュ＝ボン＝コンセイユのキリスト受難の道を描いた絵画を実際に見るだけで充分である。ノートル＝ダム＝デュ＝ボン＝コンセイユの礼拝堂はそれほど遠くにあるわけではない。ヴェゾナスとシャレ＝ドゥ＝レヴェックを通っていくと歩いて三時間でたどり着くことができる。その礼拝堂は落葉松の林のなかに建っている。公証人風の白い手がこの地方に絵画を描いて残したのは、だから、逃亡者が最初だというわけではない。最初の絵画はヴェネツィア出身のチエポロという人物によって、昔、描かれたものである。だから、現在、フラニエールの納屋でかくまわれており、私たちの長官の秣のなかで暮らしているあの男は、チエポロのような人物なのである。手は、だから、当然のことながら、白い。長所と短所を分割して考えるというような古くからのやり方に時間をとられるのはもうやめて、現代風に考える時が来ている。世界はいつでも武骨な手だけで作られるものではないし、時には色彩画家が必要だったこともあるのだ。それに、この男はただ白い手を持っているだけでなくて、礼儀正しさをも心得ている。彼は、噂されているように、育ちがよいし、そのことは人の期待を裏切るようなこともない。極悪人もまた白い手をしている(このことはしっかりと認めておく必要がある)が、彼らは礼儀作法は心得ていないし、育ちもよくない。

ところで、彼は、オート＝ナンダスの家々[人々]の長い夕べのあいだの思索と会話の対象となっていた。寝床に入ってからも、お前はどういう意見だね、お前はどう考えているんだ、などと夫から妻へと訊ねたものである。無数の事柄のなかで人々がそれについて考えていたいろんなことを順次解きほぐしていく必要があった。しかしそこにはいつも、マリ＝ジャンヌの肖像画があり、それは人々の心のなかにどっかりと居坐っていた。

最初の冬は万事が順調に過ぎていった。シャルル＝フレデリック・ブランは長官の納屋に身を落ちつけ、そこで彼の生活をした。つまり、地平線の向こうにあるどこかにしばしば視線を向けているような人物を言いあらわす表現を借りるなら、彼は浮世離れした計画を立てていたのであった。シャルル＝フレデリック・ブランが身を落ちつけたというとき、現代的な快適さを考えてはならない。古典的な浮浪者が所有していた新聞紙の毛布さえ彼は持っていなかった。フラニエールは古くなった軍人用のコートを提供していた。それは少なくとも十年ばかりのあいだラバの背を覆っていたものであった。重要なことが一点だけある。それはフラニエールが何かをけちったわけではないということである。フラニエールは自宅の母屋の後ろにある小屋を彼に提供したいと申し出ることまでしている。その小屋にならベッドや寝藁やストーブまで設置できるからである。しかし、逃亡者は、いかなる家庭の敷居をまたぐことも頑として拒絶したように、フラニエールの申し出のすべてをかたく拒絶したのであった。

肖像画の計画が持ち上がったとき、よく描かれることを望んでいたマリ＝ジャンヌは台所へやってきて会ってくれないかと逃亡者に申し出た。自分が描かれている絵画のなかで暗い衣装を着こんでいる姿を見せたくないのは女性なら誰もが思うことだが、彼女も当然ながらそう思っていたからである。しかし彼女の申し出は受け入れられなかった。ブランは彼女を仔細に見つめることで満足していた。そのあと彼は自分の納屋（つまりフラニエールの納屋）に戻った。そのあとも続いて、いろんな日に、さまざまな人がお椀一杯のミルクあるいはグラス一杯のワインを飲みにくるようにと自宅に招いてくれた（しかしワインを飲むよう招待されると、彼は両腕をぐるぐるとまわして断わった）。ワインではないにしても、彼が望めばチーズの断片を指ではさんで彼は受け取った。しかしながら、テーブルについて食べるよう誘われると、そのたびごとに、彼は断った、その態度はとても素直で、とても丁重で、しかし断乎としていた。お椀一杯のミルクを彼は喜んで飲んだ。しかしドアの所で、敷居の上で飲むのであった。チーズの断片は、彼は喜んで感謝して受け取った。しかしそれを食べるのは〈自分の家〉に戻ってからであった。

彼の定住（定住などと言えるかどうかははなはだ心もとないが）は、それ故に、きわめて不安定なものであった。それは、どう考えても、秣の上に彼の身体を押しつけるだけのことだった。確かに、秣は温かいし、少し発酵するときわめて温かくなる(それに陶酔させるような効果もある)ということも分かっている。しかし、それだけで満足できるだろうか? 大気が凍結するほど厳しい寒さになり、高い山の彼方で氷河が軋むのが聞こえてきて、あるいは雪が濃密に降りあたりが黒くなったりするようなとき、あるいは風があまりにも強烈に吹きすさび板壁の隙間から長くて尖っている風の針が入りこんでくるようなとき、瞑想あるいは強心作用のある術策によってそうした寒さに対抗する必要がある(こんな風にこの地方のナンダスの人たちは考えている。彼らが暖炉のある一角から離れることはほとんどなく、そこを離れる場合はストーブのまわりにある椅子に馬乗りになるのである)。

私が長々とこの年の冬のことを述べているのは(本当のところはもっと深くまで立ち入って説明していかなければならないのだが)、逃亡者の長期間にわたる滞在をこの冬が準備し、さらにそれを可能にしていくからである。とりわけ、この村において長期の滞在が可能になってくるのである。一八五〇年代において、ヴァレーのような山のなかの村で、家族の一員のようにもてなされるなどということは、とりわけ大柄な男、雑種の男「書類がない、フランス人であることなどを指している」にとっては、容易なことではなかった。山のなかの農民は、独自の矜持、独自の武骨さ、独自の損得勘定を持っている。彼らの損得勘定にうまく合致しないものはすべて、事情をよく調べてからでないと受け入れられることはない。人々がこの冬行っていたのはこの事情調査である。もちろん、この信用問題において、まず最初に問題になったのはこの地方の長官の態度だった。この余所者〈奇妙な人物〉をまっ先に容認したのは彼である。しかし、それ以外の信頼があらゆる側面から少しずつ出てくるのでなかったならば、長官の推薦だけではとても充分なものにはなりえなかったであろう（何故ならこの逃亡者はその後二十年にわたってその地に滞在し、その地で死ぬことになるのだから）。不意に、この哀れな男の白い手から、マリ＝ジャンヌの肖像画が現れ出てきた。この事実が万事を変えてしまった。今となっては、仮に長官の推薦がなかったとしても、人々は彼を容認したであろう（つまり、一時的な受け入れということを人々は検討するであろう）。手の白さというものは悪徳ではない。その白さがどの程度にまで美徳ではないのか、誰にも分からないことである。人々はそのことを話題にする。互いにそのことを注目の的にする。しかしそれは、この男を取り囲んでいる神秘に何らかの意味を与えようとする試みである。公証人だって！　公証人とは、つまり外套を羽織った男で、鍛冶屋が赤くなった鉄を扱うような具合に法律を取り扱う男である。この公証人は、ブルジュア風の家を捨てて、ここへやってきて、秣のなかにうずくまって暮らし、マリ＝ジャンヌの肖像画を描いたんだ。これは大したことじゃないだろうか！　これはぞんざいに取り扱うことなどできない何か重大なことだよ。

一八五〇年のオート＝ナンダスにはまた別の現象［注目をひく出来事］もあった。それはこの地方出身で、名前はジャック・ルイ、別名を〈狂人〉という男に関わる出来事である。絵を描く男は狂人ではなかったけれども、人々はこうした奇想天外な人物にいくらか慣れていたのだった。ジャック・ルイは〈鉱山の探検者〉とも綽名《あだな》されていた。彼は（ジャガイモやネギを収穫するために）大地を耕すことはなかったし、牛の乳も搾らなかったし、秣［牧草］を刈り取ることもなかった。彼は梯子と金槌を持って山に出かけた。クルゾンの高地に登っていき、右や左、上や下にある岩を手当り次第に金槌で叩いていった。彼はその作業を真暗な夜にも行った。だから、そこにも神秘的な要素があった。その結果、人々が神秘［的な出来事］に出会うのはこのときがはじめてというわけではなかった。クルゾンの高地まで遠征に出かけてから、石を一杯詰めこんだ袋を担いでジャック・ルイはシオンに下りてきた。彼は薬剤師のデュックの店におもむき、液体を買ってきた。何という液体を彼が買い求めたのか誰にも分かっていない。デュックがガラス瓶をいくつかいじくりまわしたのは事実である。しかし、ジャック・ルイがその液体を使ってどうしたのかということに関しては、何も分かっていない。すべてが神秘に包まれている！　彼が行っていたことは不可解である。ジャック・ルイをよく知っていた人々で、黄色で輝かしい金属の塊を彼の家で目撃したという者も現われた。彼らは黄色いという言葉を使っているわけではない。輝かしいという表現で充分であり、それは銅を指しているわけではない。デュックは、自分が売った液体は銅のためには役に立たないと言っている。

これらはすべて法螺話だろうか？　いや、そうではない。法螺ではないんだよ！　ジャック・ルイは銀の鉱山を発見した。それは小さな鉱山だったが、本物の鉱山だった。その鉱山は産業として開発された。一八五〇年に産業的に可能だったやり方で。ジャック・ルイは鉱脈を発見し、それを与えた。私の言葉を正しく理解していただきたい。彼は売ったのではなく、毛織物を使う衣裳［の会社」にそれを与えたのである。技師がシオンまで出かけていって彼からそれを買おうとしたのだが、彼は与えたのであった。もしもこれが驚くべき出来事でないとするならば、いったい何だと言えるだろうか？

そこで、おおよそのところ、このことは私たちにどのような影響をもたらすとあなたはお考えでしょうか？　私たちが問題にしている画家は、私たちの村で立ち止まったとき、じつにいい所にたどり着いたということを簡単に言っておきたい。三里向こうまで進んでいたら、彼は恐らく絶望的だったであろう。

この最初の冬には、ともかく、村人たちはいろいろと彼にまとわりついた。人々は彼に会いにやってきては、彼に質問し、火で暖めた空気に触れにこないかと何度も彼を招いた（なるほどその申し出がなかなか魅力的な寒い日のこともしばしばあった）。彼はすべての人を受け入れたが、いかなる質問にも答えなかった。時として、遠回しに返事することは別にして。彼は丁重だったし、まったく粗野な人間ではなかったので。しかし、石が凍って割れるほど寒い日でも、暖房は拒絶した。

人々は、マリ＝ジャンヌの肖像画が気に入っていたので、彼のところにやってきた。彼らは、彼がこうしてみんなの肖像画を描くことになるだろうとはまったく考えていなかった。長官の妻は、何と言っても、長官の妻なのである。しかし人々は、どのような端っこでもいいからその上に絵具が塗られているものを壁に架けてみたかったのであろう。午後三時になれば早くも夕闇が訪れるような暗い日々を送っていると、そうした欲求が次第に膨らんできて、空想を美化していくのであった。

もちろん、私たちのすべてが長官の奥さんのような立派な容貌を持っているわけではない。しかし、私たちには誰でも守護聖人がいる。何故、私たちの守護聖人が私たちの代わりに表現されないのであろうか？　聖ジャック、聖モーリス、聖ジョルジュ、聖マルタン、聖レジエ、聖アントワーヌ、聖エリザベートなど、カレンダーに記されている聖人が私たちにはついているのだ。聖アンヌや聖マルトも同じく健在である。長官の数ほど聖人はいるはずだ。それは自尊心などではなくて、視線に安らぎを与えてくれる美しくて小さな四角の色彩［絵画］になるであろう。

人々のこうした切望、次々と訪れる訪問者、彼が魔術的な絵筆を使う光景を見ることができるのではないかという希望を持って小屋の周辺で子供達が（寒いのにもかかわらず）長時間にわたって待機すること、こうしたことのために、逃亡者はついにそこから立ち去ろうと決断した。ある日（凍えるような突風が吹きつけ黒い雪が降っている、とんでもない日）、納屋は空っぽになっていた。逃亡者はどこかに出発していってしまったのだ。彼は遠くには行っていなかった。村よりもいくらか標高が高いところにある森のなかの小屋に彼は身を落ちつけていた。フラニエールの小麦小屋よりもひときわ荒涼としており、またいっそう人間離れしたところだったが、それ故に、逃亡者の願望にぴったりと合致している場所であった。この逃亡（良好な友情と好ましい近所付き合いを可能にしていた友好的な意見を危険にさらしてしまう可能性をはらんでいた）は、しかしながら、絵画の注文のすべてを拒絶するということを意味しているわけではなかった。それとは反対に、彼はモーリス某のところへ〈アゴーヌの聖モーリス〉と題された絵画を自分で持っていったりしたこともあった。

その絵画は非常に美しかった。おそらく、マリ＝ジャンヌの肖像画を凌駕するほどの出来栄えだった。その絵はモーリス某のために描かれたのだが、そのモーリス某がそのような見解を示した。もちろん、マリ＝ジャンヌの絵画より重要だという訳ではない。マリ＝ジャンヌを描いた絵は、オート＝ナンダスの「人々の」心のなかに逃亡者を固定させてしまうことになったいわば直根のような役割を果たしたからである。さらに、この絵画は、自分たちの仕事や自分たちの性格を認め合っているような人々の一員としてこの画家を決定的に位置づけることができただけに、この絵はいっそう重要なのである。彼は自ら進んで働いたが、誰にも見られずに働くことを彼は望んでいた。くつろいで、勝手きままに、自分の家で絵を描きたかったのであった。四方から風が吹きこんできて、あちこちから水が沁み出てくるような、この出来損ないのあばら家を〈家〉と呼ぶと、読者の失笑を誘うかもしれない。しかし、彼が避難してきたそのあばら家は、彼にとってはまさしく〈我が家〉なのであった。

何故なら、村が逃亡者を受け入れている一方で、逃亡者の方でも村を受け入れているからである。双方ともに、時には小さく時には大きな無数の感情が、同じく無数の偶発的で微細な状況によって揺さぶられまた揺り動かされることによって、両者が互いに受け入れあっているという状態の成功あるいは失敗を左右することになる。確かに、シャルル＝フレデリック・ブランは、最初から、ジャン＝バルテルミ・フラニエールの歓待によってその場に引き止められた。彼の自発的な高邁の精神は逃亡者の足を止め、その心に安らぎをもたらしたのであるが、この停止が、休息あるいはその場への定着を意味しているわけではなかった。

逃亡者がその場所とその社会から離れたくなったのは、もっと後のことである。

ブランは、フラニエールはとても優しかったと考えている。あの晩秋の最初の夕べ、納屋と温かい秣とチーズとパンで彼をもてなしてくれただけではなく、翌日の朝、脂肉を持って彼のところまで戻ってきてくれたからであった。このことは慈愛を越える何ものかを意味していた。それは、逃亡者ならだれでも、どのような人間であろうとも、敏感に感じるはずの友情なのだ。そこから、肖像画を描こうという考えが生じてきた。ブランは、自発的行動をとるためにはライオンのような勇気を必要とするということを充分に心得ていた。家庭の主婦として、とりわけ一家の主催者としての、娘時代をブルニッセと言った、マリ＝ジャンヌ・フラニエールに関して奇抜な自発的行動をとったのであった。フラニエールは自らの妻に対してこんな風に即座に戦いを挑むことによって自分の平和と平穏を危機にさらすことをためらわなかった、とブランは考えた。フラニエールは、逃亡者が持っているこの唯一の切り札を使って勝負に出るときに彼が発揮するはずの熟練ぶりに大きな信頼を寄せていた(さらに彼はそこに地上の天国を賭けていた)に違いない。

この最初の勝利がそのあとに続く勝利を次々に引き出してきたのは確かである。ジャック、ピエール、そしてポールに対して相次いで獲得した勝利は、オート＝ナンダス全体に対して何か決定的な印象を与える結果となった。長官に喜んでもらえるなら、町の他の人たちすべてに嫌われてもいいと、ブランは考えていた。そうなれば、ふたたび荷物を畳んで逃げ出すことにしよう。そうすると死が私を待っているであろう！

彼は、その生き方からおおよそこのような人物だろうと想像させる以上に生に執着している。彼が寒さや窮乏や孤独を受け入れるのは、それはまさしく彼が生きたいと望んでいるからである。そうでなければ、彼は何物をも受け入れないであろう。フェレの谷間の奥底で誘惑を覚えたように、彼は成り行きに任せて暮らしていたであろう。彼が抵抗するのは、彼がマリ＝ジャンヌの肖像画を描くのは、そして今、聖モーリスの肖像画を描いているのは、それは、彼が生きていきたいと欲しているからなのである。

それに、彼自身の肉声によってではないけれども（彼は可能な限り話さないので）、彼の絵画のなかで、彼ははっきりとそう言っている。自分の魂が肉体のなかにボルトでしっかり連結されているのを感じていなければ、私たちは馬や軍旗のことなど考えないものである。逃亡者は、ただ単に世界を表現しようとするために絵を描いているわけではない。彼の絵画は、自分の生命が依存している人々に向かって彼が語りかける長い独白《モノローグ》なのである。その独白のなかで、彼は正直に語っているのと同時に〈優れた雑誌〉［当時のカトリック系の雑誌］に示されている主題に従って描いている。独白のなかで、彼は胸の内を明かすと同時に自分自身を隠してもいる。オート＝ナンダスのダゴーヌで描かれたこの〈聖モーリス肖像画〉（他にも、裸で剥き出しの聖モーリスでありえたし、ピエール＝サントの聖モーリスでもありえたし、さらにどのような聖モーリスでもありうることができた）のなかで、逃亡者は、馬や軍旗によって、寄付者の顔が遠慮がちに再現されている表情によって、自分の胸の内を明かしている。同時に彼は、樹木、花束、十字架、鉄兜、制服というような月並みな主題の下に自分自身を隠している。鉄兜は、豊かな司教区のあらゆる行列に付き従う〈法王の兵士たち〉がかぶっている鉄兜の正確な再現である。制服は、大司教区において天蓋を担ぐ人たちがまとっている服である。樹木、花束、城館、以上は決められた主題である。馬や軍旗は、逃亡する者の夢である。馬は疲れることなくして迅速に移動できるし、軍旗は最良のパスポートである。軍旗を振りかざしている騎手に誰も証明書を求めたりしないからである。オート＝ナンダスの農民の内気そうな肖像画が見えているが、〈聖モーリス〉はその人物のために描かれている。顔の表情に関しては、彼は、最高度に感動的な何としても生きていきたいという意志をそこに描きこんでいる。それは、そこに根を生やして、もう逃亡することなく、そこで受け入れられ、家族のような扱いを受け、愛され、認められて生きていきたいという意志である。「もう珍しい動物のように見つめられたりすることがないように、私はこの小屋のなかに逃げこんできた。しかし、私はあなた方の手のなかにいるのをあまりにも強く感じているので、私はあなた方を聖人たちの特徴を持った人間として描くことにしよう。そうしたら、あなた方は私を受け入れてくれるだろうし、私が美しい人間だということを分かってくれるだろうから」

追い詰められている者（一八五〇年において、あるいはいかなる時代においても）は、最終的には、家畜のような反応を示す。そっとしておいてもらうために、あるいは一片の砂糖(時には一年あるいは二年の平和、そしてここでは二十年の平和)をもらうために、ちんちんを行う。無政府主義者たちは、追い詰められた者たちを英雄的な偉大さを持っている者として描写する。ああ、実情はとてもそのようなものではない。彼らが示すのは、ごく自然な卑屈、ごく人間的な卑屈、誰にも納得しやすい卑屈である。「私は君を、もしそれが必要なら、聖人の特徴を備えている人間として描いてみよう。だがしかし、私には平穏を与えてください[構わないでください]。」それに、こういうことはすべて限りのない優しさをこめて表現されている。バラ色と、茶色と、緑色と、鋼の持つ軽い青色、以上の色彩がかもしだす調和が優しさを演出している。

こうして、この地域で、死にいたるまで彼が過ごすことになる二十年のあいだ、逃亡者は肖像画を描き続けるだろう。一般的な人々は、自分のパスポートにもちろん自分自身の肖像を持ち運んでいる。風変りな人々、つまり、故郷を放棄し、小屋に避難している人々、それは当地の住人たちの意のままになり、また住民たちに左右されながら生きているような人々であるが、彼らは、自分を守ってくれる人々の肖像画を収めているパスポートを自分で作り出している。

描かれた顔の多様性を見てみよう。聖ジャン＝バチスト(広大な牧草地〈メール・モルト〉[死の海]の近くにいる)、殉教者・聖フレデリック、インドの守り主・聖ジャック、大天使・聖ミッシェル(この絵はニコラ＝ミッシェル・マヨラーズ・ドゥ・マッシュに所属する、とブランは言っている)、聖セシール、聖フィロメーヌ、聖カトリーヌ、司教・聖マルタン、聖ベルナール、ガリシアの聖ジャック、聖ジョゼフ(大工道具を持っている)、もうひとり別の聖ジョゼフ(花飾りのついた羊飼い用の杖を持っている)。最初の聖ジョゼフは丸い鬚を、二人目の聖ジョゼフは両端が尖った鬚を蓄えている。そして聖ジャン。さらに三人目の聖ジョゼフ、最初はフリー・メイソン風の道具で飾られているように見える石碑の近くで、彼は子供のイエスを抱えている。この聖ジョゼフは、今回は地上のジョゼフに付き添われている。その地上のジョゼフのためにジャック＝ジョゼフ・フルニは作られた[描かれた]のである。そのジャック＝ジョゼフは金色のボタンのついたコートを羽織り、花飾りのついたオペラハットをかぶっている。以上のような聖人たちは、どこかの天国の住人たちではなく、ヴァレー地方のこの一角の農民たちの肖像画なのである。一八五〇年から一八七〇年の頃、オート＝ナンダスや、シオンの中継牧草地や、ヴェゾナスや、ル・シャレ＝ドゥ＝レヴェックや、エレマンスや、チヨンの高地牧場などで、彼らは散歩し、働き、暮らしていた。以上が、シャルル＝フレデリック・ブランの安全と人生が依存していた人々の顔である。もう少し注意深く見ていくと、この〈黄金伝説〉のなかに同時代の人々の顔が見つかる。シエヌの食料品店のなかにフレスコ画の某氏のあの顔があったり、アレッゾの修理工の仕事着を身につけている某ピエロ・デルラ・フランチェスカがいたりする。これら〈聖人たち〉のすべては、シオンの上にある山の斜面でバターを作っていた。ある時にあるいは別の時に、彼らは、金色のボタンのついたコートを持っており、時にはそれを身につけていたというだけの理由で、わずかの権力を持っていた。あるいは、逃亡者が、彼らが権力を握っていたと想像したのかもしれない。そのような彼らが、聖人として描かれているのである。シオンで市の立つ日には、こうした顔の全てが勢揃いしているはずだ。彼らから不幸を払いのけるために、これらの絵は描かれたのであった。

シャルル＝フレデリック・ブランの作品は、彼が毎日のように記入する日記のようなものである。だから、それは彼の生涯を物語っている。それはまた、彼がいきなり出現してきたあの神秘的な過去の生活をいくらか物語っていることも時にはある。彼の過去について私たちが知っていることのすべて、それを私たちが知ることができるのは必ず彼自身を通じてなのである。しかし、私たちが想像するよりも多くのことを彼は語っている。

金色のボタンがついたコートを羽織っているジャック＝ジョゼフ・フルニの肖像画のなかで、巨大な冠を支えている祭壇の正面に、大工道具一式が見えている。三角定規、金槌、鋸、やっとこ、そしてコンパス等々。これらの道具はある種の順序に従って配置されている。それは、職人たちが自分たちの紋章を作ってもらうときに、大工の職人組合の職人たちのところでいつも配置されている正式の順序である。逃亡者は、こうした特徴があることを彼が学んだ場所から脱走することしかできなかった。つまり、ごく単純に、奉納画を描く画家たちのアトリエから彼は脱走してしまったのである。職人たちが、画家たちの〈傑作〉を点検してその出来栄えに満足すると、そうした画家たちに対して自分たちの紋章を注文する。大工職人たちの紋章は、ディジョンや、アヌシーや、ル・ピュイ＝アン＝ヴレや、シストロンや、ニースや、ロケストロンや、ドラギニョン近くのサン＝フィアクルの礼拝堂などで、見ることができる。大工仕事で使う道具類が同じ順序で並べられているのがいつでも確認できるであろう。それは、逃亡者がジャック゠ジョゼフ・フルニの肖像画のなかで道具類を並べている順序である。とりわけ三角定規が鋸の取っ手と直角になるように置かれており、コンパスがやっとこの両腕のあいだに開かれた状態で置かれており、合計十個の道具が描かれていることなどが、注目に値する。

奉納画を描いていた画家たちのアトリエについて、この際、ひと言述べておく必要がある。彼らは巡回画家であった。巡礼地の近くや、人気のある礼拝堂の近くに、普通、彼らの姿が見られた。彼らはテントのなかや、近くに洞穴がある場合には、その洞穴のなかに居住していた。そして、美しい季節になると、彼らはごく簡単に緑陰で暮らしていた。顧客がアトリエの制作物[絵画]と直接触れ合うことが可能になるので、最良の状況であった。こうした類の仕事場の経営者たちは、かなり世慣れた人々であり、当地の聖職者の権威が発行する書類のなかで必要事項があればそれを作成したりできるような人たちであった。絵画の出来栄えについての相談役に、あるいは仲介者なしに直接、司祭や、とりわけ教会の案内係に、リベートを与える者もいた。絵描きたちは、注文に応じて、野外で働き、昼も夜も野外で生活していた(こうした事情は、逃亡者のやり方を説明することができるかもしれない。彼もまた、昼も夜も、夏も冬も、戸外で暮らしていたからである。つまり、人々の家で世話になるということは決してなく、彼は常にあばら家のような所で暮らしていたのであった)。

厳しい季節になると、絵描きたちは仕事場をたたんで放浪生活を始める。一般的に言うと、はじめのうち彼らは連帯感が働いて群れを成して暮らしているが、風や雨や寒さや短い日照のせいで持ち金が乏しくなってくると、互いに言い争ったりして、別れ別れになり、各人が自分の好みの片隅に入っていく。一般的には、彼らは同業組合の母［職人に部屋を貸し世話をした女性］のもとで冬を過ごす。食事代金を払うために彼らは小さな仕事を引き受ける。同業組合の紋章、家具のペンキ塗り、あるいは看板の装飾、〈オート＝ナンダスにおける逃亡者のような〉肖像画などの仕事である。野原に花が開くと、聖具室のかたわらの空気を吸いに出かけていく［司祭たちが施しをくれるかもしれない］。すでに雇ってくれたことがある仕事場に戻るために彼らが手配することもあるし、季節の移り変わりの愛好者なので、絶妙の整骨師［具合の悪いところを修復してくれる存在、おそらくイエス＝キリストが連想されている］とも形容できる礼拝堂へ出かけていくこともある。

この職業は最良のものだけをかき集めるなどということはしない。ブルジョワの精神を持っている者は高く評価されている安定した仕事に向かい、町のなかに店を構える。そして大工や指物師や印刷屋などになる。こうした地位は結婚、店舗、預金通帳、子供、そして家族へと受け継がれていく。冒険者、孤独者、無政府主義者、非社交的な人物など、つまり身分証明書を持っておらず、新聞雑誌に〈二人の憲兵の間〉にいると形容される人たちは、磁器製品や雨傘の修理人、煙突掃除夫、水の運び人、奉納画の画家などになっていく。その地方で犯罪が発生すると、物事は単純化される。それが誰であろうとも、当事者のひとりが留置所にぶちこまれる。彼らはみんないつでも何か違反しているので、判断が間違っているという危険性はない。そこから、彼らには逃げ足が早いのが習慣になっているという特徴や、〈国王の憲兵隊〉という看板を読むとすぐに斜めに歩く習慣などが生じてきた。彼らは大したことをやったわけではない。彼らは絶対に何もやっていないこともしばしばあったはずなのであるが、彼らは何から何まで非難されてしまう。もっとも弱い立場にある者は自分が罪人であるような意識を持つようになったりするものである。彼らの夢は、自分たちのことを知る者が誰もいないような場所に行き、そこに腰を落ちつけるということである。

以上が、逃亡者が行ってきたことである。彼は軍隊から脱走したわけではない。もしも、モルジャンの峠を越えるときの年齢で、彼がまだ軍隊に所属しているとしたら、彼はまた軍隊に戻るべきだったであろう。再役軍人は、彼よりももっと抜け目がないものである。再役軍人は音楽を知っているし、憲兵に話しかけることもできるし、営倉を怖がったりしない。しかしながら、自分の指をテンの毛でできている筆の扱いに慣らすことなどとてもできなかった。見張りの部隊がいるところで絵を描くなどとてもできない。私たちの逃亡者は社会から逃走した。彼はブルジョワジーの社会から逃げた。それは臆病者が行うことである。彼が臆病者であるということは私にはよく分かっている。彼のおかしな格好だけを見て逃亡者と名付けたヴァレーの人々は、間違っていたわけではない。

ジェラール・ドゥ・ネルヴァルが〈聖具室の小画家たち〉［実は、こうした表現はネルヴァルの作品には見当たらない］と名付けた画家たちは、家族のない人間、口ばかり達者な人間、悪賢い人間というような類の人物たちだけではない。このような画家たちのなかには、無政府主義者、哲学者、臆病者（まさしくそうであろう）、隠者、禁欲を説いてまわる説教好き、ラスパイユ［大衆医療の普及者］の弟子、植物学者、アマチュア神学者、こうした人物たちがひしめいている。最後に挙げたアマチュア神学者は、特別に〈大司教の息子〉と綽名されている。彼らが奉納画だけを描いていたわけではない。彼らは〈美辞麗句をあやつる〉し、物事の本質を説明するし、病気に〈魔法をかける〉し、唾や十字架の印を使って火傷《やけど》を治したり、魔女が投げかけた呪いを解いたり、薬草を用いて媚薬を調合したり、さらにとりわけお説教（小言）を繰り返したりする。聖書の曖昧な記憶［記述］に色んな味付けをほどこしてみせたりするわけである。

サン＝テチエンヌ＝ドゥ＝チネの近くにあるサン＝クロニャの礼拝堂では、毎年四月十八日に、偽膜性咽頭炎の回復を願う巡礼が行われていたのであるが、その聖具室の壁に、六枚の奉納画が描かれている羽目板が糊付けされている。そこには揺り籠や、乳母や、悲嘆の叫びで口を開いて絶望している母親が描かれている。その母親は、この〈出来の悪い〉（失礼な表現ですが）聖クロニャに支配され、さらに救済されている。この不格好な聖クロニャは、みつくちや、背中の瘤や、内側に湾曲した膝や、螺旋状になっている腕や、次のような四つの文句とともに、輪郭を明瞭に示された状態で、上下ひっくり返して描かれている。先ず「私は死を楽しんでいるわけではない。私が好んでいるのは祈りと人々の生命である」と主が言っている。その下には、「私が十字架を運んだように、あなたの十字架を忍従の気持で運びなさい」と記されている。さらに、いくらか離れたところには「狭い門のなかで人は踊ったりするものではない」と記されている。最後は、「一八一六年二月二日、に、二歳のフィルマン＝ジュール・ゴリアットの回復を感謝して」という小さな奉納画の記載の下に、次のような文章が書かれている。この文章は、天国と地獄をめぐる大きな構図の上に逃亡者が書きこむことになる文章とじつに似通っている。「救済への道は放棄されている。その道が茨に覆いつくされているからである。」

こんなことを書いてきたが、逃亡者が、サン＝テチエンヌ＝ドゥ＝チネで奉納画を描いた人物であると私が言いたいわけではない。聖クロニャの奉納画は、悪意がこめられておりそれほど面白くない絵であり、その上、最高に遅く見積もっても一七八三年から一八二〇年にかけて描かれたものである。ある種の環境（奉納画の絵画の環境）においては、職人仕事の伝統は職人から職人へと伝えられており、逃亡者はこうした伝統を着実に受け継いでいたということを如実に示しているように思われる。

つまるところ、単純に言ってしまうと（こんな表現を使ってもよければ！）、オート＝ナンダスで、長官ジャン＝バルテルミ・フラニエールが歓待したのは、臆病な〈大司教の息子〉のような人物だったのである。

最初の冬は、それ故に、マリ＝ジャンヌの肖像画によって感受性を増幅させていたこの村で、私たちが想像できるような風に過ぎていった。つまり、その村［の住人たち］は、白い雪がその地方を覆っていたのでその分だけいっそう激しい欲求を覚えて、細かく砕かれた純粋きわまりない絵具を駆使して行われる魔法の魅力を発見していった。その絵具は、この臆病な逃亡者が調合したのであるが、彼は憲兵に、つまりありとあらゆる種類の警察隊に遭遇することに怯えていた。二角帽をかぶっている憲兵が不意に姿を現す恐れがあるかもしれないので、原則としていかなる類の二足動物［人間］からも彼は逃げていた。

長官夫人の肖像画を別にすると、この時代に描かれたものとして、アントワーヌ＝フランソワ・ジュノレの肖像画があるが、これは消失してしまっている。一八五〇年二月三日、ジャン＝ジョゼフ・テオデュルのために描かれた〈聖ジャンと聖ジョゼフ〉、今ではその形跡が見当たらなくなっているが、マドレーヌ・レヴラールのために描かれたと考えられている〈聖マドレーヌ〉、さらに〈アゴーヌの聖モーリス〉、ついで〈聖マルタン〉、そしてとりわけ〈聖フィロメーヌと聖カトリーヌ〉が人目を引く。

こうした絵のうちで、ジャン＝ジョゼフ・テオデュルのために描かれた〈聖ジャンと聖ジョゼフ〉と、おそらくフィロメーヌ＝カトリーヌ・マヨラス（こうした二つの洗礼名を所有している、当時としては唯一の女性）のために描かれた〈聖フィロメーヌと聖カトリーヌ〉という二つの作品のなかに、逃亡者の伝説の一部分の起源を見つけることができるであろう。

伝説などというものを観察し感じ取ることにほとんど慣れていない想像力が、観察し感じ取りそして解釈した実際の事実から伝説は生まれてくる。オート＝ナンダスに、この冬、とりわけ〈聖ジャンと聖ジョゼフ〉と〈聖フィロメーヌと聖カトリーヌ〉という二つの絵画が現われた。これら二つの絵画のなかで、逃亡者は絵具のなかに公然と貴族的な調合を投入している。最初の絵画では、黒と赤、青と黄、さらにすべての色を統一するためのバラ色がかった灰色、こうした絵具の調合が見られる。二番目の絵画では、青と緑が、聖カトリーヌの胴着の洗練された黄色に優雅に支えられている。すべての絵具は卑劣漢のように扱うこともできるし、大物の富豪のように扱うこともできる。ここでは、絵具は大物の富豪を扱うように使われている。オート＝ナンダスの農民たちがこの間の事情を理解し、これは大物富豪だと想像するところまでくると、あとにはもう一歩しか残されていない。その一歩を彼らは軽々と飛び越えてしまうのである。

こうして、最初から私が指摘しておいたように、逃亡者はその生涯にわたって『レ・ミゼラーブル』の登場人物であり続けるのである。彼が絵具を貴族的なやり方で選択したので、人々は彼が貴族だと想像した。確かに彼は貴族的である。しかし貴族的なのは彼の魂だけである。魂だけではオート＝ナンダスで暮らしていくには充分だとは言えない。住人たちのなかにしばらくのあいだパリで暮らしたことがあるという男がいたが、彼は、シャルル十世の宮廷の施物分配司祭にシャルル＝フレデリック・ブランのその姿と顔を認めたと言うであろう。ボルネ・ドゥ・ブゾンというこのオート＝ナンダスの男は、軍務に服したことがあった。「私が間違っていないのは確かである」と彼は言っている。間違っていないと確信している者でも、しばしば間違いを犯す。それがこの場合である。そうでなければ、類まれな巡りあわせに感嘆すべきであろう。金目当ての傭兵と逃亡する司祭の遭遇である。さらに、司祭はバビロン(Babylone)の y の上にトレマをつけないし、n を二つ重ねることもないであろう。彼が悪ふざけのためにそんなことをすれば、私たちはユゴーの小説のまっただ中にいることになってしまう。そんなことはありえない。逃亡者は司祭なんかではない。人々が望むなら〈大司教の息子〉であるのは構わないが、シャルル十世の宮廷司祭であるなんてことはとても容認できない。

明らかに彼は司祭ではない。殺人者でも、情痴犯でも、普通法の犯罪者でも、政治犯でもない。しかし、雪が降り積み、夜が暗くなり、風が呻き、山が唸り、寒気が人々を暖炉の近くに閉じこめ、最高に恐ろしい狼が厄介な存在になるようなときに、彼がいったいどのような人間なのかといろいろ想像するのは楽しいものである。

彼ら(オート＝ナンダスの人々)は、人間は惨めでありながら貴族でありうるし、貴族であるということは社会的な階級ではなくして、人間の心の品性に関わることであるといったことを想像できるであろうが、それで万事のことが言い表わされたということになるのであろう。しかしながら現実的には、彼らはそうした想像をめぐらせることはできなかったし、この白い手を持っている男については、どのようなことでも言うことができた。何しろ、この男は、あのあまりにも美しい絵具を使って、彼らの表情を彼らの守護聖人のものとして表現する(描く)ことができるのであるから。

だからと言って、彼らがとやかく詮索しないというわけではない。人々はあれこれと考える。あの男が司教や殺人者であったかもしれないと考えたあと、あの白い手をうまく説明するために、いったいどのようなことを彼らは考えついたのであろうか！　逃亡者が絵を描いているのを見ていると、その手を見ないわけにはいかない。その手から万事が出てくるようだ。すべてを統括しているのは、もちろん、頭ではあるが、絵筆を握っているのはその手であり、みんなが見ているのはその絵筆である。オート＝ナンダスの全域を探し歩いても、白い手はこれだけである（さらにもっと遠くまで出かけても同じことである。白い手を探すためにエレマンスまで行っても、このような白い手が見つかる可能性はない。シオンまで行けば、もしかして見つかるかもしれない）。ここでは、女でさえ、捏ね粉を手で扱う。その捏ね粉はかなりかたいので、すべての指に胼胝《たこ》ができてしまう。雨嵐がやって来そうなので秣を取り入れたり、言うことを聞かない牛の綱を強く引っ張る必要があったりするものだ。オート＝ナンダスあるいはその周辺で、逃亡者は二十年を過ごすことになるだろうが、彼が農民たちや山男たちの捏ね粉を自分の手で捏ねるなどということは決してないだろう。彼は誰の手伝いをすることも絶対にないであろうし、またそのことで彼を非難する者もいないであろう。最初から（村の住人たちが見守るなかで彼がはじめて絵具を準備したときから）、これは立派な男である、この男は自分の仕事を熟知しているということを、人々は了解した。人それぞれにふさわしい仕事がある、と諺が言っている通りである。私たちの顔を備えている守護聖人の肖像を描くのにさいして彼は私たちに何も要求することはない。だから私たちも、秣を取り入れるのを手伝ってほしいと彼に要求する権利はないのである。

人々が彼に対して抱いている敬意は、みんなが思っているよりはるかに大きいものがある。それは芸術というものの大きな勝利を意味している。それは物質に対する精神の勝利とも言えるであろう。十九世紀のまっただ中にあって（そして当時の人々が、信用貨幣を大切に思っていたかどうかなどということは誰にも分からない)、芸術家に素晴らしい権利を気前よく与えていたこれらのオート＝ナンダスの人々に脱帽して敬意を表しておきたい。

少しずつ、こうした勝利(その勝利は小さなものだと思われるかもしれないが、そんなに些細なものではなかった)とともに、逃亡者は、生きていく権利だけでなく、平和の権利まで獲得していった。

彼の生活の様子を観察しているあいだに、時は経過し、最初の冬は苦痛と痙攣のうちに過ぎ去った。充分に保護されておらず、また本人も充分に保護されているとは思っていないこの男に噛みつくことなく季節が変わっていったわけではなかった。彼は寒さに苦しみ、空腹を耐え忍んだ。「望みさえすれば」彼は簡単に暖(あるいは少なくとも生暖かさ)をとり、一日に二回食べることができたであろう。彼はそれを要求するのではなく、好意的に提供されるものを受け入れるだけで充分であった。彼は苦しむ方を望んでいた。おそらく、苦しむことが、自分の平和を得るために自然に受け入れる必要のある見返りだと彼は考えていたので。その冬の初めから終りまで、シャレ＝ドゥ＝レヴェックの方にある森林の小屋のなかで、暖房も大した食料もない状態で、彼は過ごした。この時代に、すでに言及した作品の他には、とりわけ〈聖セシール〉、〈聖ヴィクトール〉、〈インドの守護聖人ジャック〉などの肖像画(聖人に扮装している住人たちの肖像画)が制作されている。彼はまだ誘惑の時代にいる。彼は自分が生きていくために人々を誘惑する。人々が彼につきまとうことを、あるいは彼を憲兵隊に密告しようと考えるのをやめてくれることを彼は欲している。聖人の衣服をまとい洗練された色彩で自分が「肖像画のなかで」表現されているのを目にしたら、人々はそういう考えを抱かなくなるであろう。

春になると、彼は位があがることになる。今では彼は自分の穴倉から外に出て、心を一新して跳ねまわり、長い脚を思い切り伸ばし、長い腕を振りまわし、高い背丈をまっすぐ伸ばし、いくらか手当り次第に動きまわることができるようになった。おお、それほど遠くまで行ってはだめだよ！

彼は自分の巣窟から遠ざかるのは好まない。ほんの少しでも危険なことがあれば、巣窟に戻り避難しなければならないのだ。しかし、ヴェックスや、エレマンスや、マッシュや、エヴォレーヌの方なら少しくらい駆けまわっても大丈夫であろう。彼はどこに行っても自分が歓迎されているという喜びを味わうことができた。この歓迎されているということを大袈裟に考えてはならない。住人たちが彼に凱旋門の下を通過させるわけではないし、ファンファーレを鳴らして彼を受け入れるわけでもない。しかし、彼を追いまわして犬をけしかけたりしないし、彼の散歩は温かく見守られているのだ。彼にとって、それで完璧である。人々はもう少し彼に好意を見せるであろう。例えば人々は彼にスープをふるまったりする。これから数日のあいだ、人々は彼に呼びかけるであろう。それからまた数日たつと、人々は彼を陽気な声で呼び止めるであろう。彼が誰であり、彼が何をしているかということを彼らは知っている。彼らは彼の伝説を心得ているのである。司教、あるいは西洋世界における道化師「アイルランドの作家シングに『西洋世界の道化師』という劇作品がある。『街道の果て』という劇作品を作る際にジオノはシングの影響を受けている」なのである。容認するということが愛するということであれば、そういう意味で、人々は彼を愛している（もちろん、彼にとっては、それは一種の愛であり、そうした愛で彼には充分なのである）。

散歩しているあいだ、彼には絵を描くのに必要な時間的な余裕がない。しかしながら、彼はいたずらに大司教の息子であるわけではない。自分の弓に弦を一本しか持っていないわけではない［さまざまな解決方法を知っている］。時には、小鉈鎌で怪我をする人物が現れる。そうすると逃亡者がアルコールとウサギギクの花を使って作る素晴らしい治療法を知っている。別の機会には、七種類のハーブで作る治療薬を患部に張りつける。さらに、アザミの根あるいは焼いたイグチ［茸の一種］の粉で薬品を作る。ある種のやり方で発音する言葉（しかしこのような言葉は仲間内でしか話してはならない）まで彼は知っているし、多くの驚くようなこと（人が望んでいること）が成し遂げられる。つまり、恋人を持つこと、その年のうちに結婚すること、なかなか眠ろうとしない子供を寝付かせること、要するに人々が調子よくやっていけるよう手助けするのである。逃亡者は、〈大司教の息子〉なのだから、そんなことは万事、熟知している。その上、動物（動物は話さない）が病気になってしまうとすっかり困り果ててしまう農民にとって、獣医学の知識が物を言う。それがまた面白いほど効果的なのだ。獣医学が魔術から取り入れている様々な情報、それを逃亡者はよく知っている。経験獣医［医学を学んではいないが経験の蓄積で治療する獣医］は、農民の世界では必然的にうまくいく。人々は逃亡者の姿が道に現れるのを喜んで眺めるようになっている。

彼がシオンの中継牧草地や、ナンダスやエレマンスやエランの谷間を彷徨っていた時期に描かれた作品は次の通りである。一八五一年にバールで描かれた〈我らの主イエス＝キリストの誕生〉、一八五二年にヴェゾナスで描かれた〈イエスの聖心〉、一八五〇年にブリニョンで描かれた〈聖母マリアと聖フィロメーヌ〉。この聖母マリアと聖フィロメーヌは、マリ・ルヴラールとフィロメーヌ＝カトリーヌ・トゥルニエの肖像である。一八五六年にサン＝レジェで描かれた〈聖家族、イエス、マリア、そしてジョゼフ〉。この絵画で、逃亡者ははじめて、マリアとジョゼフのあいだにある石柱の上に赤い雄鶏を描きこんでいる。この赤い雄鶏は、奉納画家たちが描くすべての〈聖家族〉に描かれるのが伝統になっている。さらに、この雄鶏は、哲学的民衆的伝統によって、奉納画家たちが聖家族のなかに描きいれていたものであるが、その絵のなかで雄鶏は同時に精霊の役割と〈裏切りを告げ知らせるラッパ〉の役割を果たしていた。この雄鶏は、逃亡者がもう一度、マッシュの村のピエール＝ジョゼフ＝マリ・ブルダンのために当時彼が描いた一種の聖家族のなかでは、聖ピエールの近くに配置されることになる。ここでは洗礼名が霊感を引き起こしているので、その洗礼名が重要な役割を果たしていることが了解される。自分を三度否認することになる人物のかたわらに神の子がいる。ここで問題になっているのは否認の雄鶏である。何故なら、精霊が、十字架にかけられる白い鳩という伝統的な形をともなって、ジョゼフとマリアのあいだに、神の子の右側少し上に、雨嵐を告げる美しい小さな積雲のなかに、しかるべき手順に従って描かれているからである。

同じ時期に次のような作品もある。一八五六年に、ラ・ロワ・ドゥ・オート＝ナンダスのアンヌ＝エリザベート・ミシュレのために描かれた〈聖エリザベート、聖アンヌ、聖マルグリット〉。一八五六年にオート＝ナンダスで描かれた〈聖ジャン＝バチストと聖ピエール〉と〈アゴーヌの聖モーリス〉。一八五九年一月二十四日にブリニョンの、フィルマン・ジュノレの小麦用倉庫で描かれた〈世界の救世主の誕生と三博士の礼拝〉。このとき彼が支払われたのは、キャベツ・スープ、塩味の脂肉、パン、グラス一杯のワイン、そして（この事実は逃亡者の生涯において比類がない）三杯の〈黒い〉コーヒーであった。一八五九年に、やはりブリニョンで描かれた〈聖シャルル〉。しかし、この作品はジュノレの倉庫以外の場所で描かれている。この倉庫で暮らしたのは、一八五九年一月の一週間だけであった。シオンの二人の憲兵が近くを通りかかったので、逃亡者はすっかり怯えてしまった。憲兵たちは、一月三十日の夕方に、まったくの偶然の成り行きで、霧を切り裂いて姿を現わしたのであった。

この幸運な年月には、ジュヌヴィエーヴ・ドゥ・ブラバンの有名な嘆き節をテーマにしたエピソードから成る世俗的な絵画もまた描かれている。〈シフロワ伯爵の妻、ブラバン女伯爵、ジュヌヴィエーヴの物語〉というタイトルの十二枚のパネルに描かれた絵画である。ピエール＝ジョゼフ・ブルバンとその妻アンヌ＝マルグリット・ロワ、二人ともオート＝ナンダスのル・スリジエ村の住人であるが、一八五七年の九月二十三日に彼らの家で逃亡者はこの絵画の制作を完成した。一八六一年と一八六五年に、逃亡者が、やはり嘆き節をテーマにして、それ以外の世俗的な主題をもとに絵を描いたということも知られている。それらの嘆き節のいくつかは、フュアルデスの歌曲を元にして彼が詩を書いている。〈シラミとクモ〉という嘆き節がある(一八二〇年の靴職人たちの同業組合の仕事歌である)。〈アングレームの洗濯女の恐ろしい殺人〉と、ワーテルローの伝説の集成に由来する嘆き節である〈神秘的な食堂係〉。この三つの絵画は失われてしまっているが、〈ブラバン女伯爵、ジュヌヴィエーヴの物語〉のおかげで、逃亡者の絵画とエピナル版画［通俗的な伝説や歴史を題材としてエピナル(ヴォージュ地方の県庁所在地)で作られた色刷り版画］の相違を確認することができる。

両者の違いは根本的なものである。両者はまったくの別物である。ただひとつ共通する点は、エピナル版画と逃亡者の絵画において物語は連続する小さな四角の場面のなかで語られているというところにある。本質的なことに関して共通するものは何もない。エピナル版画は描かれていない。色がつけられているだけである。ドレスが黄色であっても、コートが紫色であっても、胴衣が赤であっても、樹木が緑であっても、それらは、ニュアンスもなく、細部の色合いの違いもなく、均一な塗り方で彩色されている。絵具は、型染め版画方式で塗られている。一方、逃亡者の絵は描かれたものである。ジュヌヴィエーヴのドレスには襞があるし、新婦のヴェールは花の縁飾りで刺繍されており、その絵具は透明を模倣している。型染め版画方式で塗られているようなところはどこにもない。万事がペルシャの細密画のように繊細に(細部に異なる点はあるとしても)描かれている。それは奉納画家たちの職人仕事の(この場合のように、時として、芸術の)特質である。逃亡者は、ペルシャ人でないのと同様にエピナル出身者でもない。小さな四角の場面があるという事実から、彼がエピナル出身者だと考えられたこともあったが、そうではなく、彼はやはりいつもの暗闇から現れ出てきた人物である。

さて、逃亡者は、私たちが説明しているように、今、ナンダスのこの谷間に定住している。しかし、彼の住居は、季節によって移動するが、結局のところ、秣のなかのくぼみや麦藁の敷き藁だけである。真冬でも、彼は決して家庭には接近しない。彼が〈ブラバン女伯爵、ジュヌヴィエーヴの物語〉をピエール＝ジョゼフ・ブルバンとその妻アンヌ＝マルグリット・ロワの家で描いたと言っても、マッシュからエレマンスに通じている街道に面している彼らの納屋で描いていたのであった。人々が彼をいくら招待しても無駄である。彼らの家のなかに入ることを彼が受け入れることは決してない。彼は調子に乗りすぎることは望んでいないと人々は言うであろう。彼の考えはおそらく次のようなものである。「あなたは今日私を喜んで招待してくれています。もしも私がその招待を受け入れるようなことがあると、私はすぐにその快適さの習慣に慣れてしまうでしょう。そして私がそれに慣れてしまうと、その習慣のせいで心からの招待というものは消え去ってしまうでしょう。余所者を常に家のなかに招き入れておくのは難しいものです。反対に、寒い季節になると暖かい暖炉に慣れるのはとても簡単なことです。やはり駄目ですね。自分の場所にとどまることにしておきましょう。私が今入手しているものは、すでに充分に美しいものです。私はそれ以上のものは要求しません。私は寒いところにいますから、あなたはあなたのお宅にいてください。そうすれば、事態は長く続くことができるでしょう。私が望むのはそれだけです」

おそらく彼の頭は少しおかしいのかもしれない。苦行者はあちこちにいる。私たちがすでに見てきたように、彼は自分のまわりに男や女の聖人や聖母マリアや子供のイエスなど、たくさんの聖人たちを増殖させてきた。しかし、こうしたことすべてのなかには、信心深い女のつぶやきのなかと同じで、神はいない。彼が細工を加えているのは質素な素材である。その素材のなかに、指物師が材木の匂いのなかに、また靴職人が皮の匂いのなかに均衡を見出しているように、彼は自分の均衡を見出している。このことはしっかりと言っておく必要があるだろう。というのは、平原で、牧草地で、森のなかで、ひざまずいてあるいは両腕を左右に開いて彼が祈っている姿がしばしば見られるからである。時代のことを決して忘れてはならない。前の世紀にあっては、信仰心が外部にあらわれることは、礼儀正しいものであった。とりわけ地方の社会においてはそうだった。その社会が地方的で農民的であるとき、いっそうそういうことが言えるのであった。有力者たちに挨拶をするように、人々は祈りを捧げるのである。そうした祈りが、もっと先まで進んでいくということはなかった。逃亡者の信仰心の表明もまた、それ以上に突き進むことはなかった。それはこんなことをあらわしている。「私は善良な人間です。私はとても立派に育てられてきています。私はぶしつけな態度をとったりしません。あなた方は私を仲間として受け入れることができますよ！」

彼は善良な人間である。しかし、彼は、アンリ四世の時代に言われていた言葉を借りれば、「水星の周転円［コペルニクス以前に惑星の不規則運動を説明するために考えられた円］に少しばかり馬乗りになっている」［いささか常軌を逸したところがある］のであった。修道者が身につけていた肩衣のような紙製の小さな袋を、彼は人々に与えていた。それはいろんなものから人々を癒すためであり、さらに[よくないものに]魔法をかけるためである。十字架や、マルタ十字架[マルタ騎士団総長の大紋章に由来する十字架]や、卍の混ざった謎めいた文句が書かれていた。〈アブラカダブラ〉という言葉や、逆さになったピラミッドの絵によって、彼は悪魔を追い払っていた。彼は泥棒を発見し、その盗みの現場で彼らをルリジシャの燻蒸を用いて動けなくした。彼は、目眩と歯痛と戦うために、焦がした羽と硫黄と蜂蜜を用いてシロップを調合した。これらは、原っぱで急に両腕を左右に伸ばしてひざまずくという信仰ぶりとはあまり調和しない薬品の数々である。

彼がほとんど息を継ぐ余裕もないほど絵を描いていたオート＝ナンダスにおけるこの金色に輝く伝説のただなかで、彼は[聖職者ではなくて]ずっと一般的な信徒であったということに気付くのに、それほど注意して彼を観察する必要はない。彼がジャック・クレヴァスのために、きわめて軽快な色彩と構図で描いた〈ガリシアの聖ジャック、聖ジョゼフ、聖マリア〉を見るだけで充分にそのことが理解できるであろう。彼が描いた聖ジョゼフはとりわけ陽気で、ガリシアの聖ジャックは戯画になっており、処女マリアは慈善好きの婦人として描かれている。これは〈礼拝堂つきの小画家〉のスタイルで描かれた絵である。過度の技巧が施されているとも言える。教会の外で絵を描くという習慣のおかげで、彼には教会の奉仕者に特有の鼻声と優しさが備わっているが、〈後宮育ち〉[後宮で養われている人物]ゆえの自由な考えもまたそこにはあらわれている。

彼が食べ物を与えられるのはきわめてまれである。人々はあちこちで彼に食べ物を与えるが、彼が食べ物を要求することは絶対にない。確かに、彼の絵に対して人々が充分に報いていない「食べ物を充分に与えていない」というイメージは残されてはいない。チーズだったり、ハムだったり、スープだったり、絵具や絵筆を買うためのわずかな金銭(いつもシオンまで出かけていって買う必要がある)だったりする。逃亡者が存在するということを思い起こすためのイメージがないなら、彼のことを忘れてしまうというような傾向がでてくるであろう。人々が彼に食べ物をたっぷり与えるためには、もちろん、彼が姿を現わしさえすれば充分である。しかし、彼が出てこなければ、彼は何ももらえない。何ももらえなければ、腹がすいてしまう。食料を調達するために、彼はしばしば植物の根を掘り出すことがある。内気な彼は、文明化した人々に接近するよりも、根の発掘の方を好んでいた。

文明化した人々と表現したが、もっと他に解決すべき問題がいろいろとあったような時代から、彼らはやっと抜け出たばかりであった。五十年来、彼らは兄弟同士が戦い合ってきた。つまり低地ヴァレー地方が高地ヴァレー地方と敵対していたのである。戦争はやっと終わったばかりである。痙攣なくしてスイスは成立しない。つまり、人々は痙攣していたのであった。兵士たちが休耕地を行き来していたし、軍旗が森のなかの空地ではためいていた。連邦軍を指揮しているデュフール将軍が、昨日も、ドゥ・カルベルマタン率いる五千人の兵士たちと直面していた。彼らが降伏したのは、勇気の欠如からではなく、おそらく一種の良識がついに(五十年経過したあとで)眼差しと脳髄から曇りを取り払ったからであろう。さらに、シャルル＝フレデリック・ブランがあれほど易々とヴァレー地方に滑りこむことができたのもそのおかげだったのであろう。ヴァレー地方では当時でもまだ、兵隊たちや隊列を離れた兵士たちが往来するざわめきが聞こえていた。オート＝ナンダスの人々には溢れるような天性の優しさがあるにもかかわらず、彼らの優しさの奥底には、戦争が痕跡のようにして残していくあの自己中心主義的な感情の澱《おり》のようなものが漂っていた。人々は逃亡者を歓迎した。それはいいことであり、そのことは喜びたい。人々は彼の世話をした。それもいいことである。しかし、それに加えて、彼を保護するということになると、それは別の問題であった。このたびの戦争はそれまでの古い時代を完了させ、新しい時代が地上に訪れてきたというような印象を人々は抱いていた。だから自分たちの行動を新しい時代に調和させなければならないであろう。それは自然にできるようなことではない。時代に順応しようと努力しているあいだに、人々はこの逃亡者を忘れてしまうことが時としてあった。長いあいだ忘れていたわけではないが、どうしても、一日か二日のあいだは彼のことは忘れてしまうのである。

一日か二日と言うがそれは大変なことである。とりわけそうした一日か二日忘れられてしまうことが何度も続けば、その一日か二日を腹を空かせて過ごす人物にとっては、それは厳しい現実である。それに彼は年齢を重ねていく。節食や寒さや不安などのせいで、彼は通常の人より早く歳をとっていくであろう。一度、彼はエレマンスまで出かけていったことがある。マリ＝エリザベート・ギイヨのために〈三博士の礼拝〉を描きにきてほしいと依頼されていたからである(この時、彼はこの絵を描いていないが、三年後、マリ＝エリザベートがアプロースに滞在しているときにこの絵を描くことになる)。さてそこで、身の周りの物を肩に背負い、彼は出かけていく。ヴェゾナスに到着すると、女たちと子供たちが、ついで男たちが彼を止める。「これ以上進まないように!」と彼らは言う。「憲兵たちがあなたを探している。彼らは、今朝、シオンからあがってきて、いたるところを探しまわっている。ああ! 今では私たちはもう兵士たちに邪魔されることはない。私たちの邪魔をするのは今度は憲兵たちだ。あなたは早く隠れなさい!」こう言いながら、彼らは家のなかの隠れ場所を無数に提案した。犬に追われた狐が逃げこむために壁のなかのくぼみが用意されているよと教えてやるように、人々はいろんな場所をさし示した。怯えてしまった彼は、森のなかへ走り去って消えてしまった。そのあとどこでどう過ごしたのか誰にも分からないが、こうして彼は三日のあいだ隠れていた。納屋のなかで、あるいは秣の下で、あるいは岩の下で、あるいは雑木林のなかで、それとも熊の寝床で。誰にも彼が隠れていたところは分からなかった。村人たちが次に彼の姿を見たとき、彼は蒼白になっていた。彼は、追いまわされた結果、活力が尽き果てた状態で、飢え、興奮し、震えていた。体力を取り戻すのに何日もかかった。

別の機会にナンダスで彼がミサに列席していたとき、不意に入ってきた憲兵たちが、入口のドアから離れなかった。司祭はうまく立ちまわり彼に目配せして、聖具室から彼を脱出させ、憲兵隊員にはきっぱりと嘘をついた。こんな風に彼は何度ももう少しで地獄に落ちそうな目にあった。

地獄(ああ! これはダンテの地獄ではない。こけおどしの地獄ではなくて、正真正銘の地獄である)、まさしく地獄である。逃亡者は地上でそれを体験していた。不安の地獄、不確実性の地獄である。常に危ない橋を渡っているので、うまくいくという保証がまったくない。明日の安全ではなく、一瞬先の安全の保証がないのだ。いかなる瞬間にも、制服をつけた手が、法律の名のもとに、闇のなかから出てくる可能性がある。法律に照らしあわせてみると、彼は極貧の状態にあるという間違いを犯しているだけである。ここでもう一度確認しておく必要があるようだが、普通法に背くような資質を彼は持っていないし、殺人や政治犯になるような資質も彼にはないのである。彼がナンダスで過ごした二十年のあいだ、彼がごまかしや偽善的行為(公の場で祈るのは、一般的な社会に対して防御する気持が自然に出てしまった結果であろう)を行うのを見た人はひとりもいない。彼がいんちきをすることはないし、感傷的な態度や美徳や率直さなどを利用したこともなかった。彼の率直さがまやかしだと言うのなら、彼はいったいどういう態度をとればいいのだろうか。いや、彼がフランスから逃げ出し、ここで絶えず震えているのは、彼が極貧であり、彼には身分証明書がなく、法の名に従って彼の肩に手を置く憲兵の餌食になるよう彼が運命づけられているからである。

こうした急襲を何度か切り抜けた後では、彼はいかなる場所にも定住することがなくなった。彼はオート＝ナンダスへはいつでも喜び勇んでやってくるであろうが、二日以上同じ小屋にとどまることは絶対にないであろう。毎朝、持物を入れた袋を肩に担ぎ、彼は彷徨い歩く。オート＝ナンダスからブゾンへ、ブゾンからブリニョンへ、ブリニョンからベゾナスへ、ヴェゾナスからシオンの中継牧草地へと。さらに、シャレ＝ドゥ＝レヴェックへ、ノートル＝ダム＝デュ＝ボン＝コンセイユへ、ラヴァラスへ、ヴェックスへ、レ＝ザジェットへ、チヨンの放牧場へ。さらに、エレマンス、マッシュ、エヴォレーヌ、モン・ルージュの斜面、落葉松の森林、放置された小麦用倉庫、雑木林など。絶えず動きまわることによって、憲兵たちの襲撃から逃れるために彼は標的を移動させていた。

その間にも、彼は優しい人々の家の戸口を訪問し、聖人たちや神に関わる様々な出来事を題材にした絵を仕上げている。ジャン＝フランソワの妻、マリ＝レジェール・デレーズのために〈聖処女マリア〉を、ジャック＝バルテルミ・ブルバンのために〈聖ジャン＝バチスト〉、〈十字架上のキリスト〉、〈インドの守護聖人、聖ジャック〉を、アンヌ＝エリザベート・ミシュレのために〈大天使、聖ミシェル〉を、マッシュのジャン＝ジョゼフ・シエロのために〈砂漠のなかの聖ジョゼフ〉と、マッシュにおける〈三位一体〉と、エイエールにおける〈天と地の女王〉と、〈死者の顔〉を一八五二年六月四日に描いている。エレマンスの村ナンダスの住人、アントワーヌ・ガスパールのために、エレマンスの中継牧草地にあるプラロン礼拝所の板に描いた絵、〈子供の聖ジャン〉を彼が描いたのは一八六七年十二月十二日のことだった（この日は非常に寒かったにちがいない）。

彼の体力は少しずつ衰えていく。常に路上にいて、常に歩いているのだからそれも止むをえない。谷間に常駐している憲兵たちがもう彼のことを考えなくなってからすでに長い時間が経過している。彼はそれほどの大人物ではないのだから、彼が死ぬまで追い詰める必要がはたしてあるのだろうか？　その必要はない。この〈変わり者〉はいったいどんな男なのかということを一度近くで見ておこうと思ってやってきた憲兵もいたらしい。彼は逃れる。もちろん、彼はいつも逃れていく。この放浪者に近づくことは容易ではない！　彼は休まることのない逃亡生活を続けている。歩き、また歩き、常に歩いている。このヴァレーの土地の傾斜地の高地から低地へ、反対に低地から高地へと。死ぬ時まで、彼が立ち止まることはないであろう。

　この避けることができない手続き［死］のために立ち止まる前に、彼にはまだかなりの楽しい時や辛い時があった。楽しい時は、彼が彩色する絵画によって時おり記録されている。〈オルスラスの山の奉献〉を描くために彼が費やした日々は格別に楽しかったに違いない。これは彼が描いた数少ない世俗的な構図［絵画］の一枚である。この絵画の他に、タイトルだけ分かっている絵が二作ある。〈レ・ディス渓谷の老兵士〉と〈階段状の葡萄畑〉［急な斜面に階段状に重なる畑の土が崩れ落ちないように土止めされた葡萄畑］である。〈老兵士〉は、ジャン＝ルイ・プラネのために描かれた作品である。ジュリエット＝マリ・ピケのために描かれた〈階段状の葡萄畑〉は、おそらく前作から四、五年たってから制作されたものであろう。〈兵士〉は、一九一三年当時は、シエールのビストロでまだ見ることが可能だった。そのあと、この絵はどうなってしまったのだろうか？　〈階段状の葡萄畑〉があったことは分かっているのだが、それを見た者は誰もいない。残念なことである。というのは、この〈階段状の葡萄畑〉は、渓谷の向こう側にある葡萄畑なのである。シャルル＝フレデリック・ブランは、ある日、かなりの勇気を奮い立たせて谷間を横切っていったのだろうか？　そのことを知るのは興味深いことである。しかし今となっては、もうそれも不可能になってしまった。このジユリエット＝マリ・ピケがどこに住んでいた人物なのかということさえも分かっていない（それに、ジャン＝ルイ・プラネのことも同じく不明である）。

残されている〈オルスラスの山の奉献〉を参考にして、逃亡者が楽しい日々に味わっていた幸福がどのようなものであったのか、私たちは想像することができるであろう。牧歌的な幸福、それはヘシオドスの幸福である。雌牛たち、牧草地、日々の労働、樅の木、羊の群れ、村、山々、そしてその上には、急降下する飛行機の形を模倣している鷲が旋回している空がある。この急降下するという形は、宗教的感情の発露として、聖霊に与えられることもある。彼は、こんな風に、田舎で過ごした日々の平穏を味わっていた。彼は田舎の光景の素朴な輝き（栄光）に敏感だった。彼は神聖な幻影の彼方を見ていたし、現実が彼に意気阻喪させることはなかった。彼は、農民が考えている以上に、農民に近い人間だった。彼はごく単純に、貴族風なやり方で農業構造を利用していたのであった。

彼がしばしば楽しい日々を過ごしていたということを私たちは嬉しく思いながら想像することができる。例えば〈フランスの女王、聖ジャンヌ〉（これはいったいどのジャンヌだろうか？　かの有名な女王だろうか？　しかし彼女はフランスの女王ではなかった！　さらに、彼女には聖女のような様子がまったく見られない！）。〈聖モーリス〉、〈聖マルタン〉、〈聖セシール〉（と彼女のハープ）、〈聖フレデリック〉（と彼の孔雀の羽）、滑稽な〈ガリシアの聖ジャック〉と〈聖ジョゼフ〉と〈聖マリア〉、そしてとりわけ〈大司教、聖マルタン〉と一八五〇年四月二十日に描かれた〈聖ジャックと聖ジャン〉。

以上の作品は不幸な男が描いたとはとても考えられない。そこではすべてが平穏な喜びで息づいている。彼には、花、鎧、軍旗、外套、馬、鞍の覆い、サーベルの柄、肩章、厚地の毛織物のドレス等々を入念に仕上げていく余裕があった。美しい赤や美しい黒、金色、茶色、青、モーヴ色、さらに馬たちの足で踏まれている草原の小さな花たちのすべて、こうしたものを次から次へと自在に描いていくことの喜び。エリザベート＝マドレーヌ、あるいはジュリエット＝ルイーズ、あるいはマチルド＝ノエミのような女性の家の戸口に彼は身を落ちつけていたに違いない。そして、脂肉入りのスープか何かの匂いが漂ってくる風を鼻で感じながら、絵筆をせっせと動かしていたのであろう。彼の周囲に、彼の前か後ろに、つまりどこかに、村があり、その村には小屋や、背負い籠や、橇《そり》や、堆肥や、液肥や、泉や、秣や、荷車の車軸の軋りに混じって猫が喉を鳴らす平穏な音や、犬の吠え声や、牛の鳴き声や、牛を操縦する人の声などがあるようだ。あるいは沈黙が支配していたのかもしれない。つまり、平穏な境遇に置かれており、怖いものが何もなければ、その時の人物ほど美しいものは何もないであろう。太陽は昇っていたかあるいは沈んでいたかであろうから、空高くにあったかもしれないし水平線近くにあったかもしれない。しかし、それは毎日の活動であり、太古の昔から続けられてきているものである。それが憲兵隊に止められるということはない。学校から出てきたばかりの子供の群れがそのあたりにひとつか二つあり、鼻をすすったり、その鼻を袖口で拭ったりしているのであろう。あるいは、学校に入ろうとしている子供もいるかもしれない。そしてそして、非常に小さな教会のかぼそく小さい鐘のカリヨンがどこかにあるかもしれない。そしてそのカリヨンが鳴っているのであろう。朝課あるいは晩課を、あるいは女性信者たちに向けて教会の合図を告げ知らせるための響きを、鳴らしていることであろう。

バラやスミレやスズランやナデシコやタチアオイやヒャクニチソウやキンレンカやゲッケイジュやナナカマドやチャービルなどの花輪を作るのに充分な花があるだろう。山男の聖ジャン＝バチストの後方に二十本の糸杉を植える余裕もあるだろう。聖モーリスの上方に軍旗を何本かはためかすことも可能であろう。同時にキツネでありニワトリでありヘビでもあるような陽気な竜を、聖ジョルジュの槍の先端のために、作り上げるのも楽しいだろう。どんな悲惨でも、それにふさわしい太陽を持っているのである。

一八五二年六月二日、ジャン＝ジョゼフ・シエロは死んだ。〈安ラカニオ眠リクダサイ〉。悲しくなる瞬間である。ところが、逃亡者は悲しくない。絵を描くよう注文されたからといって彼が悲しくなったりすることはない。ジャン＝ジョゼフ・シエロは死んだが、シャルル＝フレデリック・ブランはしっかりと生きている。相変わらず、憲兵も見えるところにはいない。しかるべき頭蓋骨と納得できるような脛骨を考案するのはまったく不可能である。死者の頭はカボチャであり、十字架状に置かれた骨はラ・フォンテーヌの水に浮かぶ棒である（近くで見ると何物かだが、遠くから見ると何物でもない［ラ・フォンテーヌの物語（ラクダと水に浮かぶ棒）では、遠くから見ると何物かだが、近くから見ると何物でもない、と正反対のことが語られている］）。彼は死者の頭のまわりに最高に不気味な金言を積み重ねているが、あまり効き目はなさそうだ。最高に嘲笑的な喜びがその墓石の上で炸裂する。エリュシオン［死後の楽園］の野原では、イバラの茂みでイバラの花が開花している。

彼の悲惨と不幸の日々は何によって印づけられているのだろうか？　まず、そうした悲惨や不幸を表現しているものは何もない。悲惨で不幸な日々、彼は絵を描かず、自分の穴のなかや秣の下にうずくまっている。あるいは木陰をぶらついたりしている。だから絵筆の痕跡は残っていない。

時として、偶然に、恐怖と不幸（彼にとってこの二つは同じことである）が、絵を描いている最中に、彼を襲うことがある。その日、彼は不幸であるということが私たちには分かる。彼の絵のなかに、高揚感の欠如や空虚が感じられるので、そのことは見えている。それは珍しいことである。だがしかし、彼が描いた最初の肖像画を見ていただきたい。それは、あの親しい長官の夫人、マリ＝ジャンヌ・ブルニッセの肖像画であるが、それを見ると、彼がまだくつろいでいないのが感じられる。一八六九年一月十一日（彼の死の二年前）にブリニョン＝シュル＝ナンダスで描かれた〈大司教、聖レジェ〉でも、彼はやはりくつろいで描いているわけではない。しかし、この場合は、最初の肖像画を描いたときのように、彼が新しい状況にまだ充分に馴染んでいないという理由のせいではなさそうである。というのは、彼が最初にその谷間に住みついてからすでに十九年もの年月が経過していたからである。何だかよく分からないが、何者かが彼の周りをうろついていたとか、あるいは彼を連行していく可能性のある不幸が潜んでいるのを彼が察知していたせいであろう。

彼がとんでもなく厳しい状況のなかで生き続けることを止めなかったからである。彼がそのような生き方を望んでいたからである(あるいは、彼がそれ以上のものを望む気持を持っていなかったからでもある)。あちこちの人々が彼に避難場所と食事のテーブルを提供してくれていたのに、彼がそんな態度を取っていたからである。ある冬の朝、彼がこちこちに固まってしまっているのが見つかった。足から頭まで凍っており、血液はもう流れておらず、心臓はかろうじて鼓動しているという状態だった。彼がまだ呼吸しているのかどうかさえ分からない状態であった。彼を民家に運び、こね桶のなかに寝かせ、温かい湯を注ぎ、彼をマッサージすることによって、やっと彼の意識を回復させることができた。彼の意識は戻ってきたが、戸外で横たわりたいと彼は執拗に主張した。放浪者の立場にとどまりたい、美しい星の下がいいと言うのである。彼は時には二日、三日と何も食べないことがあった。そして、彼が食べるといっても、それは手当たり次第に入手した食糧であり、つまり誰かに与えられたその食料は彼の収縮してしまっている胃の状態には適していないことが時として(何度も)あった。つまり、彼は不節制なやり方で暮らしていた。それに、彼はもう六十歳を超えている。

死が接近していることを彼はとてもこころよく思っている。彼はじっとうずくまることがしばしばあったが、今ではもう怖いからではなくて、何事かを考えていたからである。ブリニョンの集落の近くでフランソワ・デレーズに出会った日のことを彼は思い出した。若い公証人のデレーズは、その地方で新聞を予約している唯一の人物である。フランス政府はすべての政治的犯罪に対する大赦を議決したという記事をデレーズは目にした。自由意志によって海外に亡命している者は、二週間の猶予のうちにフランスに戻ることができたのである。

シャルル＝フレデリック・ブランの罪はいかなる法律によっても許されない。それは悲惨という罪であった。彼の犯罪は、極貧であるということだった。フランソワ・デレーズにそのことを聞いたあと、彼はフランス国境まで行こうと試みた。フランスがそれほど重要だという訳ではなくて、もしかして何らかの〈証明書〉が入手できるかもしれないと考えたからである。シオンにあるフランス領事館まで彼が足を運んで、あるいは大使館の公使と何らかの交渉をしたと言う者もいる。しかし、そうした仮説には根拠がない。領事・大使館の古文書にはそうした交渉の痕跡はまったく残っていない。つまり彼は、きわめて単純に国境までいつものように歩いていったのである。彼は税官吏に自分の立場を説明した。自分もまた庶民の一員であった税官吏は、シャルル＝フレデリック・ブランの罪は誰かに許されるというような類のものではないということを知っていたので、彼を押し返した。

こうして彼は、永遠に、四つの壁のなかに閉じこめられてしまうことになった。それは極貧、憲兵、恩寵、そして死という壁である。

一八七一年、ベゾナスで、小作人の家にいるときに、死が彼を襲った。この時、彼はベッドを受け入れざるをえなかった。それは三月九日のことだった。彼は油が足りなくなっているランプのようだった。彼は苦しまなかった。彼は、ごく単純に、向こうの世界へ立ち去っていった。彼は自分で出口を見つけることができた。政府や憲兵たちはとっとと立ち去ってくれ。自らの動きを緩めていくこの魂は、間に合わせの物を利用して、驚異的な大赦を自分の力で制作していった。死というものは、いかに壮麗な隠れ家であることだろう！　そして、死んでいく彼はいかほど守られていると感じていたことであろうか！　そして最後に、彼はいくつかの重要なことに思いを馳せる余裕があったに違いない。重要ないくつかのことのなかには、今でも彼の心のなかに残っていたことがひとつあった。それは、この土地において最初に彼を受け入れてくれた人物に、出発する前に、お礼の言葉を伝えることである。その人物とは、マリ＝ジャン・ブルニッセの夫、フレニエール長官である。彼を呼びに使いが出された。彼はすぐやってきた。きわめて感動的な感謝の言葉が伝えられた。死を間近にして彼はその人物のことを思い出し、しかもあれほどの感謝の気持をこめて思い出した。そのことに値する以上のことを逃亡者のために彼がしたという印象を私たちは持てない。彼はそれ以上のことを行いたかったのである。立ち去っていくこの逃亡者に何という栄光が感じられることだろうか。こうして彼は旅立っていった。

彼が飛びこんでいった暗闇の表面に何らかの渦が見られなかったのはあまりにも神秘的なことである。伝説が残っている。出発していく前に、彼は最後の作品をフラニエールに与えている。それは十字架を描いた絵である。この十字架が奇蹟を起こしたのかもしれない。逃亡者の棺をヴェゾナスから、そこだけに集合墓地があるバス＝ナンダスへ運んでいるとき、四人の農民がその棺を肩に担いで運んでいた。しかしこの逃亡者の身体は大きかったので、棺はラバに載せる必要があった。サン＝タガートの礼拝堂を前にすると、ラバはそれ以上進むことを拒絶した。ラバたちはしばしばこうした気紛れを示すことがある。ここでは、神が何か悪ふざけをしたと考える方が好ましいように思われる。このラバはどうしても動こうとしないので、男たちがラバの代りを務めることにして、彼らが自分の肩で棺を担いだ。そうすると、教会の小さな鐘が勝手に鳴りはじめた。そして棺は、まるで鳩の羽のように、軽くなった。

貧しい者は幸いなるかな。何故なら彼らには神が見えるからである。この人物にとって、それはもっとも可能なことであった「神が見えるということは、もっとも容易なことであった」。

一九六六年二月

訳者解説

『メルヴィルに挨拶するために』

ジオノと『モービィ・ディック』(『白鯨』)

この作品の冒頭に書かれているように、ジオノはハーマン・メルヴィルの『モービィ・ディック』をフランス語に翻訳し出版した。友人のリュシアン・ジャックとジョーン・スミスという女性が共訳者として協力してくれたほか、巻末に三名の女性たちの貢献にたいして謝辞が述べられている。

ジオノがこのメルヴィルの大作をフランス語に訳したということに、私はまず注目しておきたい。かつてボードレールがポオの作品の多くをフランス語に翻訳し、アメリカやイギリスではあまり評価が高くなかったポオを一流の作家としてフランスで定着させた功績は大きいものがあるが、ジオノもまた、海の文学がそれほど豊饒であるとはいえないフランス文学に、メルヴィルの傑作を導入した功績は絶大ではないだろうかと私は考えている。

ジオノが翻訳に着手したのは、メルヴィルの作品が圧倒的に優れており、ジオノの想像力を活発に刺激したからであろう。心から共感できる物語『モービィ・ディック』はジオノが散歩のさいに持ち歩いていた本だったということは、『メルヴィルに挨拶するために』の冒頭に書かれている。「私の頭上で索具が鋭い音を立てるのを何度耳にしたことだろう。私の足の下で大地がまるで捕鯨船の甲板のように揺れ動くのが何度感じられたことだろう。松の幹が、風にはためく帆を支え重圧に耐えているマストのように、私の背中で呻き揺れるのを何度感じたことであろう。本のページから目を上げると、モービィ・ディック(白鯨)が、オリーヴの木々の泡の向こうで沸騰している何本もの樒の大木のなかで潮を吹き上げているように思われることが何度あっただろうか。」(六頁)

ジオノの家はモン・ドール(黄金山、標高五二九メートル)の南西斜面に位置しているので、ジオノはこの本を持ってこの丘を歩きまわったことになる。松の木の他にはオリーヴの木がたくさん植わっており、下を見るとマノスク市街(標高約三五〇メートル)の全貌が広がっている。夕闇が訪れると、ジオノはエイハブ船長の幻影とともに歩いて自宅に戻る。エイハブが巨大な白鯨を追いまわすのは、自分の目標を明確に定めている人間が必然的に行うことであるからだ。「人間はいつでも桁外れに大きな対象を欲している。そして人間の生命は、そのような巨大な対象の追跡に完璧に従事するときに、はじめて価値を持つことになる。」(八頁)

散歩の途中に松の木にもたれて読書するジオノ頭のなかでは、『モービィ・ディック』の世界が充満している。大きな夢を持っている人間は想像世界のなかの壮大な夢の可能性に支配されている。

「ずっと前から彼は、自分の心のなかでは、自分の夢を追い求めるための危険な航海に出航してしまっているのである。彼がすでに出発してしてしまっているなどということは誰も知らない。しかも彼はまだその場にいるように思われているが、彼はもう遠く離れたところにいる。彼は禁止されている海域に足を踏み入れてしまっているのだ。彼が先ほど見せていたあの視線、あなたが見ていたあの彼の視線、それはこの世界では明らかに何の役にも立ちそうもなかった。ところがその視線が、さまざまな状況のなかをわき目もふらずに突き抜け、今では大檣楼の見張りに立って航海に旅立ち、途方もない空間を探索するという仕事に従事しているのである。」(八頁)

『モービィ・ディック』の物語世界がジオノを夢中にさせただけでなく、メルヴィルの経歴にもジオノは関心を抱いたであろうと私は想像する。というのは、ジオノが高校を中退し、長年銀行で働いたのとよく似ており、父親が死亡したので十五歳のメルヴィルは学業を続けることができず、母親の意図に従いまず銀行員になっている。そのあと海への情熱が湧きたぎるようになったメルヴィルは船乗りになり、その経験をもとにして海洋小説を書く作家となる。銀行員時代から文学への志向を抱いていたジオノもまた、最初に発表した『丘』と第二作『ボミューニュの男』のあと、わずか二作だけの作品を書いた作家として、思い切って作家稼業に乗り出した。

さらに、反戦活動が問題になりマルセイユのサン＝ニコラ要塞に(一九三九年九月から十一月まで)収監されていたジオノは、そこから解放されるとすぐに、メルヴィルの大作をフランス語訳しようと試みている。そのメルヴィルは、ロンドンにおける出版社との交渉が予想外にうまく進み、二週間の余裕ができてしまった。この二週間を牢獄にたとえているのはジオノである。「しかしハーマンは笑う理由など何もないということに不意に気付く。アメリカに向けて船が出港するのはやっと二週間後である。さて、これで彼はロンドンの囚人となる。何かを探しまわるために行かねばならない出版社の巣窟や、議論したり言い争ったりする可能性がある町だと彼が想像している限り、またその町が彼が何かをするのに役立ってくれるかもしれない限り、ロンドンはまだ耐えることができた。しかし、暗くて空虚で騒々しい町となってしまった今では、ロンドンは耐え難いものになっている。いかなる罠のなかに彼ははまりこんでしまったのだろうか？　注意を怠ったりすれば、とんでもない事態が生じるだろうということを彼は完璧に承知している。」（三八頁）

ジオノは、二か月の監禁生活のあと監獄から脱出することができた。ハーマン・メルヴィルはロンドンという牢獄のなかでどうするであろうか？　じつは、メルヴィルがロンドンに出かけたのは事実であるが、出版社との交渉をすませると、メルヴィルはフランス、ベルギーそしてドイツを歴訪したあとイギリスに戻り、そしてアメリカに帰国している[1]。この時点から伝記的なメルヴィルから離れ、ジオノの想像上のハーマンが動きはじめる。ハーマンは伝記に縛られることなく、ジオノの思い通りに活動する。牢獄から逃げ出すためにハーマンは、偶然に出会った馬丁との会話で話題になった村ウッドカットに向かおうと決意する。気紛れな男ハーマンをジオノは創造していったわけである。あとは、馬丁の若者との会話を楽しみ、古着屋のおやじさんと買物の交渉をして旅にふさわしい衣装を調達し、ビストロで魚介料理を堪能し、そしてあてのない旅に出かけていけばいいということになった。

天使について

そうしたハーマンにさっそく天使があらわれる。この天使は物語が続いているあいだずっと何度もハーマンにつきまとっている。「天使との闘いがふたたび始まった。休戦が続いているだけなのだろうと彼はいつも考えていた。そんなことを彼は誰にも決して言わなかったが、彼が海から離れて以来、この翼を備えている天使とは何度も人には見えない喧嘩をしてきていたのだった。ひとりで執筆している部屋で、ページの上に身体をかがめていると、相手はしばしば背後から彼の肩の上に飛び乗ってきた。その拳はすぐさま首筋をものすごい力で捩じってきたが、そこには情け容赦というものがなかった。そう、情け容赦など一切なかった。ああ！　確かにそうだ！　何を配慮することもない。疲労も、欲求も、平穏に暮らすという権利も、まったくお構いなしだった。つまり、あちこちでたわいもない法螺を吹きながら平穏に暮らすという、誰もが持っている権利が踏みにじられてしまうのである。つまり生きる権利が蹂躙されてしまうのだった。」（四八）

この天使についてジオノ研究の大御所ピエール・シトロン氏は次のように表現している。「創造行為のための闘争の象徴であり、ジオノの個人的な神話に所属している存在でもあるこれらの天使たちは、ジオノにとって、ある時は攻撃的でまた別の時には情け深くもあるような能力として存在していた。そこにはキリスト教的な色合いは一切混じっていない。(2)」

ハーマンを創造へと駆り立てる得体の知れない内面の力のようなものを、ジオノは天使と名づけているのであろうと私は考えている。もうひとつの自我とでも形容できるかもしれない。私たちは、例えば自分の怠慢を自分で叱り、自分の不首尾を自分で反省するなどということはしばしば経験するが、そうした自問自答の相手役を天使という存在が担っているのであろう。アデリーナともう別れるという時になり、やはりこの天使が現れる。ハーマンはあの天使は「監獄の番人です」(一三二頁)と説明している。そして自分と天使は「殴り合う」(一三二頁)という関係にあるとハーマンは言う。この天使はハーマンを叱咤激励し続ける存在なのであろう。

作家論について

ハーマンは時として自分の仕事のことを反省し、今やっているやり方でいいんだと確信する。「彼は詩人であるという理由で、反逆者なのである。」(六一頁)つまり、ハーマンは普通の作家たちのような活動はしない。「彼の作品に連続性があるとすれば、それはただ単に彼の印[名前]が押されているからである。彼が書いた本の題名は、実際には、副題でしかない。彼のすべての本の本当の題名はメルヴィル、メルヴィル、さらにメルヴィル、常にメルヴィルである。『私は私自身を表現する。私以外の人物を表現することは私にはできない。他の人々が私に作り出すよう要求するものを私は作り出す必要はない。私は需要と供給の法則のなかには入っていかない。私は自分が存在しているその在り様を作り出している。そうするのが詩人である。』彼がそうしようと望みさえすれば、文学の商売を他の作家たちと同じくらい巧みにこなせるだろうと彼はじっくり考えていた。しかし、そんなことをすれば、じつにくだらない人生になってしまだろう！」（六一頁）

普通の作家たちは自分の本が売れることに執着するかもしれないが、「彼は、ある本が出版されるとすぐにその本への関心を失い、次に書こうとしている本に全霊を傾けていたのだった。」（六二頁）こうした態度はジオノが身につけていた執筆態度に違いない。ハーマンの名前はよく知られているので、彼は裕福だと思われがちだったが、そうではなく、彼は貧乏だった。「『少しは宣伝もする必要があるよ』と彼らは彼に言ったものだ。／ああ！　彼にはもっと別のことで宣伝をする必要があった。それは父なる神の店のための宣伝である。それこそが私の仕事なのだ。彼の見通す力は優れており、大きな微笑が彼の髭を湿らせているあいだ、ベッドにひとり横たわって自分自身に向かって彼はこう言うことができたのであった。／『私の人生は私の商店を見張るためにあるのではない。神々を見張ることこそ私の人生には肝要なのだ』」（六二頁）

変幻自在の文章

先ほど引用した文章に注目していただきたい。「彼にはもっと別のことで宣伝をする必要があった。それは父なる神の店のための宣伝である。それこそが私の仕事なのだ。」（六二頁）はじめ彼（ハーマン）のことが客観的に書かれているが、いきなりそれこそ「私の仕事」であるという風に、ハーマンの独白があらわれる。

じつは、この作品では、客観的な描写と並んで主人公の独白がしばしば出現する。古着屋のおやじさんやビストロのマスターとの会話、天使と何度も繰り返される会話、さらにアデリーナとの数回の長い対話、こうした話し合いのなかでは客観的な描写に混じり、ハーマンの独白や自問自答が何度も何度も挿入されていく。例えば四八―四九頁、六〇―六二頁、六九頁。

さらに、原文では会話の大部分は改行なしで地の文章の中に組み込まれ、テンポよく進められていく。そのまま訳していくと誰が話しているのか分かりにくくなってしまうので、訳文においては改行して話し手が分かるよう工夫したつもりである。

馬車に乗って疾走するハーマン、田舎の景色が展開する

四頭の馬が牽引していく馬車の屋上席に坐ったハーマンは、西へ西へと疾走していく。ロンドンの西方の田園地帯であるが、ジオノの文章は、まるで故郷のオート＝プロヴァンスの風景を描写しているかのように、馬車が通り過ぎていく田舎の光景を描き出している。霧氷に覆われた草原の霧のなかから樹木がぬっと現れ、馬たちが汗を飛び散らしながら疾走していく光景が描かれている（六四頁参照）。

さらに、人間や建物や樹木などがどんどん後ろに流れていく様子が入念に描写されていく。いつものジオノ調が健在である。「ブナの木々のあとにはポプラの長い並木が現われてきた。そのポプラの木々もまた後ろの方へと回転していった。黒い麦藁の帽子が詰まっている庇の下から、尖った

小さな窓を通して外を見ている数軒の藁ぶきの低い家、そしてブナの枝の茂みのあちこちから突き出ている鼻面のような屋根を備えているブナの林、さらに白くて長い壁などが次々と現われてきた。そして十字架が壁の上に突き出たあと、楢も一本壁から突き出ており、次に二本の楢が見えたが、その二本の楢の向こうでは寺院が上昇するのではなく、下降しはじめていた。楢のねじれた何本もの枝を透かして寺院の石の十字架がまず見えはじめ、ついで亜鉛の鎧戸のある小尖塔が見え、さらにその屋根や薔薇窓が、そして多量の美徳を収納するための荷馬車口が見えてきた。そのあと、馬車が墓地の鉄柵の前を通り過ぎたとき、階段の広い四段の踏み面が大地に降り立った。村に入っていくと家々が道の両側に押し広げられていった。女たちは鵞鳥たちを囲いの中にいれ、前掛けを振って猫たちを追い払った。陳列棚や窓の奥には、釘を叩いている靴職人、テーブルの上に坐っている身体の小さい仕立て屋、刺繍枠に向かって刺繍をしている女、胸に布製の十字架をぶら下げている牧師の世話係りの太った女、こうした人物たちが見えていた。」(六七―六八頁)

アデリーナ・ホワイト

そしてこのあと、座席に坐っている女の客の声が響き渡る。「ジャック、ダートムアの交差点でしばらく停車してくださいな。」(七〇頁)乗客の女性が副御者に話しかけたのであった。この声が、物憂い状態で旅をしていたハーマンの精神に届き、周囲の景色はもとよりハーマンの心にも、一条の輝かしい光線が射しこんできたと形容することができるであろう。ハーマンは緊張し、いわば牢獄から文字通り解放されることになった。注意力を注ぐべき対象が、思いがけなく不意に出現したからである。

ここからハーマンの精神活動が活発になり、物語の結末にいたるまでアデリーナとの関係が少しずつ緊密になっていく。私たちは奇妙な恋物語に接することになる。ハーマンの詩人としての資質がその潜在能力を存分に発揮していくところに、この作品の神髄が潜んでいる。

ハーマンが同乗していることが分かった女性は「お客様、街道の脇で私を待ってくれているはずの友人たちに一言話してもよろしいでしょうか?」(七〇頁)と同意を求めたので、ハーマンは「どうぞ、ご遠慮なく」(七〇頁)と答えた。やがて若者と老人が現われた。その老人に向かって女性は話しかけた。

街道脇に現れた老人に何かを渡すため、女性は彼に馬車の踏み台に乗るよううながした。「女性の声には愛情がこもっていながらせき立てるような命令の響きがあった。近づくようにと合図している小さな手が現われた。老人は命令に従った。彼は馬車にぴったりと張りついていた。彼が何をしているのか見えなかった。彼は何かを上着の内ポケットに入れているようだった。」(七二—七三頁)当然のことながら、ハーマンにはこの女性の手が見えた。二人の男が立ち去り、馬車が動きはじめると、ハーマンはいろいろと空想をめぐらせる。その空想の発端は次のようにはじまっている。「ハーマンは、まるで彼女がまだ話しているような感じで、記憶に残っているあの婦人の声が聞こえてきたとき、自分は二か月分の給料を賭けてもいいなと考えはじめていた。馬たちは、しかしながら、今ではふたたび傾斜のある道を速歩で進んでいたが、彼には、馬の足音が響きわたっているにもかかわらず、彼女の声が聞こえていた。彼はその声を注意して聴こうとしはじめた。その声には魂がこもっていた。」(七三―七四頁)

ハーマンの空想は、ちょうど望んでいた目標が降って湧いたかのように、いよいよ活発に活動し、この女性の現状をリアルに表現していく。彼女の手がちらっと見えたことから、以下のように彼女が不幸な状態に陥っているはずだと推論している。

最後に、彼は彼女の何かを見たということを記憶している。例えば、老人に近づくようにと合図したあの小さな手を。なめし革の手袋をつけていた手だった、と彼は考える。あれは、あの女性がすでに苦悩を味わったことがあるという確かな兆しが彼に感じ取れた瞬間であった。彼女はすでにものすごく不幸だったことがあるんだ、と彼は考えた。私がつい先ほど書いたことが生じていたに違いない。彼女は非常に悲しいはずだし、そして普段は悲しいに違いない。彼女は自分が愛している人物を軽蔑するという苦痛をすでに味わったに違いないのである。彼女が〈架空の夢〉などと名付けているはずの空想を除けば、彼女の若さにもかかわらず、彼女にはもう希望が残されていないはずだ。そしてその夢でさえ、希望もなく彼女が探し求めているものをこんな風に駆り立てることによって、彼女を猛烈に苦しめているはずだ。彼女が一度は見出したと思ったもの、それはお粗末な間違いだったと彼女は認めるようになったのだ。彼女は今では自分自身が信じられないに違いない。彼女は自分の感情の激動をもう信用できなくなっているので、一刻一刻、彼女の判断はその不信の理由を自分に確認しなければならない。彼女の悲しさは、自分が失ったものを瞬間ごとに自らに説明しなければならないというところにある。何しろ、思い切って行動に出るという喜びを失ってしまっているのだから。彼女は自分が劣った存在だと考えているに違いない。彼女は何日ものあいだずっと肘掛け椅子に坐り、自分がいるらしい場所のことはまったく意識しないでいられるだろう。（七六―七七頁）

ハーマンの想像は延々と続く。馬車はとある旅籠で一時休憩したが、その時、車から降りていく女性の姿をハーマンは垣間見た。「彼はガラス窓越しに彼女の方に視線を向けた。彼女の姿が見えた。彼女は背を向けていた。彼女は旅籠の入口に向かっていたからである。宿の主人が彼女の方に進みでていた。彼女は主人を知っている様子だった。手袋をつけた手で彼に親しく挨拶した。彼女はじつに優雅だった。魅力的なドレスをまとった彼女の態度は並々ならないほどに自然であった。一歩ごとに大胆さまで漂わせながら彼女が歩いていくにつれて、私たちは彼女がそうして危険なく歩き続けていけるよう彼女を保護するために彼女のそばに近寄りたいと思うほどだった。彼女は背丈がそれほど高いというほどではなかった。ゆったりしたドレスに包まれた彼女はかなり小柄だった。ドレス姿の彼女はまさしくこういう風に、彼女の姿を見る者たちに理由もなく急激な喜びをもたらすのであった。クリノリーヌが膨らんでいるにもかかわらず、そのクリノリーヌはしなやかで、腰にぴったりと合っていたので、その下にある身体の存在が生き生きと感じられた。彼女の髪の毛を、あるいは少なくとも彼女の頭の形を見なければならないところだが、つばの広い絹の婦人帽の下にすべてが隠れてしまっていた。彼女は歩み寄ってきた宿の主人の腕を親しげに取り、彼に寄り添って、鳥のようにふわりと敷居を飛び越えて旅籠に入った。」(七八―七九頁)

しかし、この時は一時休憩なのかどうかハーマンには分からなかった。もしかしたら彼女の目的地はこの旅籠かもしれなかった。そこで誰かと会う約束がなされている可能性もあった。そうすると、ハーマンが彼女と再会することはもうないであろう。「彼は一時間以上のあいだ孤独感に苦しんだ。」(八〇)

二時間のあいだハーマンは旅籠の前を行ったり来たりしながらかろうじて不安感を押し隠していた。副御者が二頭の新しい馬を引き連れてきて馬車につないだ。どうやら出発するらしい。彼女の乗っていない馬車にハーマンは乗るのだろうか、それとも彼女のいるこの旅籠の周辺にとどまることにしようか、ハーマンは迷う。しかしそのとき彼女の姿が見えた。「間もなく御者が座席にあがると、若者は彼に手綱を投げた。彼女はやってこない。ハーマンは馬車の近くで突っ立っていた。副御者が彼に出発の時だと合図した。彼は明らかに放心状態だったので、副御者は彼の腕に触れた。しかしその時、彼女が開いている戸口に姿を現わし、婦人帽を手に持って進み出てきた。そこで、麦藁のような髪の毛の下にある、少し長くて蒼白い彼女の顔が彼には見えた。彼女の頬はまるで子供の頬のようだった。そして彼女は彼の目を見つめた。形容できないような非常に美しい目の色彩

と、悲しげな口の記憶だけが彼には残った。」(八二頁)

こうして、ハーマンは少しずつこの女性との接触を密にしていく。宿泊予定の旅籠に到着したが、旅籠の食堂は混雑していた。彼女とハーマンのために設置されたテーブルで食事をしたハーマンは、緊張のあまり食事も喉を通らない有様だった。そこにテーブルを設置してくださいと言った彼女のあとにハーマンはためらいながらついていった(八三頁参照)。

間もなくハーマンにも心の余裕ができてきて、彼女の顔の全体を見ることができた。「彼女の顔の完璧な美しさ」(八四頁)を確認し、さらに「彼のすぐそばにあるその美の極致は、彼が生きていることを妨げたりしなかった。その反対で、その美貌は彼がそれ以前に一度もそんなことを経験したことがあったなどと思い出せないほど彼に現在を溌剌と生きることを可能にしてくれた。」(八五頁)そして彼は「今では自在にそして自然に話すことができるようになっていた」(八五頁)のだった。先に立ちあがった彼女に「さようなら、奥さん」(八五頁)と挨拶することができた。

翌日、御者たちが馬の準備をしているあいだに、彼は大胆にも彼女に接近し話しかけた。話の行きがかりでハーマンは自分が船乗りだということを打ち明けた。さらにアメリカの作家ハーマン・メルヴィルであるということも話した。この時の会話は次のように展開していく。

「それでは、あなたは本当に船乗りなのでしょうか?」その声にはやはり変わることのない不安の響きが混じっていた。

「私は間違いなく船乗りです。曖昧さを払拭するために私の名前をお知らせしましょうか」

彼女は顔の表情でその提案を受け入れた。

「私の名前はメルヴィル、ハーマン・メルヴィルです」

黙ったまま彼女はその名前を反芻し、あなたはアメリカの作家でしょうかと訊ねた。彼はそうですと答えた。微笑が、今では真実の微笑になっていった。口元と解放された視線が、ともに晴れやかになった。

「安心されましたか?」と彼は言った。

「私が落ち着いていないように見えていたということなのでしょうか?」

「蒼白になったあなたは息が切れそうで、今にも倒れるのではないかと私は思いましたよ」

彼は言った。

「何とかけなげにも切り抜けられるだろうといった感じだったのです」まるで自分自身に話しかけるような様子で彼女は話した。つまり、彼女は自分の弱さのすべてを、率直にそして下心なしに、激しく総動員して働かせている様子だった。

「あなたは何を恐れていらっしゃるのですか?」彼は言った。

「私はあなたに何も言うことができません。ただ、あなたがハーマン・メルヴィルだということは私にはじつに幸せなことです」彼女は彼の腕に触れた。彼に寄りかかるような具合に、手を彼の腕に載せた。(八九―九〇頁)

この後、二人は一緒に馬車の屋上席にあがり、親しく話し合うようになっていく。

ジオノの作品に登場する女性たちを振り返ってみておこう。『ボミューニュの男』のアンジェール、『二番草』のアルスュール、『世界の歌』のクララ、『喜びは永遠に残る』のオロールとジョゼフィーヌ。こうした女性たちはそれぞれ魅力的ではあるが、ごく庶民的な女性であるという特徴が見られる。これに対して、アデリーナは、後に彼女が語るように、地主階級の女性であり、ヘンデルの音楽やホルンなどに通じている。つまり音楽や文学といった教養を身につけている。だからハーマン・メルヴィルと聞くとすぐさま「アメリカの作家」(八九頁)だということが分かった。アデリーナは、後に『屋根の上の軽騎兵』で登場する城館の女主人ポーリーヌ・テユスと並んで、ジオノの作品のなかではやや例外的ではあるが、とりわけ秀でている人物だと言うことが可能のようだ。

言葉によって感覚的な世界をハーマンは紡ぎ出していく。言葉がその音響の微妙な錯綜とその意味合いの華麗な色彩によってアデリーナを夢の世界へと誘っていく。その発端を引用してみよう。

「ハーマンは自分たちの前に広がっている世界について語りはじめた。彼は、空がまるで彩色された絹でできているかのような具合に、空を端から端まで巻き取った。そうすると、瞬間的に空はもうなくなってしまった。ギャロップで疾走する馬の蹄が四回聞こえるか聞こえないかのうちに、ハーマンは空をふたたび広げた。しかし、空は今では大きな皮膚に成り代わっており、その皮膚は動脈や静脈さえも覆ってしまっていた。秋の雨嵐が高原のあたり一面にへばりついていた。彼は雪を含んだ雲が二つ重なっている間にある空の切れ目を示した。その切れ目は木の葉の形をしていた。その色は夜に特有の緑色で、その色を通して空間が奥深くまで穿たれている様子が見えていた。」（九四頁）

このあと、ハーマンはぐいぐいとアデリーナを自分の詩的世界のなかに引きこんでいく。指揮者が顔の表情や手や腕の動きでオーケストラから自由自在に雄弁な音響を引き出してくるように、ハーマンは言葉を縦横無尽に駆使して魔法の世界を作り出していく。その世界に呪縛されるアデリーナは世界の神秘に陶然となっていく。

ハーマンは白樺を呼び寄せ、沼地のなかの生き物たちを自在に操作する。彼女は彼の詩的な世界のなかの住人と化してしまうのであった（九六―九八頁参照）。

ハーマンは、間もなくどこかへ行ってしまうかもしれないアデリーナを自分の詩的な世界に閉じこめようと試みる。

彼の方はこんなことを考えていた。彼女は目の前にいる。その通りだ。しかし彼女は立ち去っていくかもしれない。彼女は都合でおそらく今日か明日にでも発つだろう。私はおそらく彼女を失うだろう。何故おそらくと言うのだろうか？　間違いなく私は彼女を失うことになる。彼が彼女を失うことがないような、現実の世界とは別のもうひとつの世界を彼は想像した。大気が透明でありながら頑丈な壁になっていて、その壁のドアのありかを私が知っているという状況が必要であろう。自分がそのドアを開くと、その向こうにはもうひとつの世界があると彼は想像していた。「奥さん、ここにきてください」と彼は言った。彼女はやってきた。二人がそこに入ったあと、彼はドアを後ろで閉めた。そうすると、彼らは二人だけの国にいるのだった。それは想像も及ばない国で、そこでは彼女を知っているのは彼ひとりで、彼女の方も彼の他には誰も知っている人間がいなかった。二人は互いに離れることができない存在となっている。(九九―一〇〇頁)

そしてハーマンとアデリーナが協力し合って築き上げていく幻想的な世界が延々と描写されていく。二人の前に山や黒人の母ちゃんや町などが次々と現れ、彼らは独自の珍しい経験を深めていく(一〇四―一一一頁参照)。この物語のハイライトと言えるであろう。

アデリーナの方もまた、自分が生まれた家の状況や自分の兄弟たちの動静(一一八―一二三頁参照)や、自分が結婚にいたった事情(一二三―一二四頁参照)、さらに現在は「飢餓で死んでいくアイルランドのために小麦の密輸入を行っている」(一一七頁)といったことなど、万事をきわめて親密な雰囲気を湛えながらハーマンに語ったのであった。

最後に、夫のために開催した歓迎会のなかで、招待客が「運命に抗う者に不幸あれ」(一三〇頁)と詩人を評して言っていたとアデリーナが口にした言葉を受けてハーマンは、こう言った。「詩人に不幸を、これはその通りですね！（私はそういう風にはなりたくはないですね。）だが、その小柄な男性はそんなことを言っても何もできるわけじゃありません。詩人であるということは、アデリーナ、いいですか、それは人間たちの運命の前を歩むということなんですよ。詩人は人のあとをついていったりはしません。詩人は敵対したりしません。前を行くのです。そして詩人は役に立ちません。詩人という存在のこうした必然性のなかには、不幸を招くための充分な理由が含まれています」（一三一頁）

ハーマンが、自分が普通の人たちのように、普通の作家たちのように活動することはできないと自覚しているからである。

物語の結末

こうした貴重きわまりない体験のあと、すっかり生まれ変わったかのようなハーマンは、メルヴィル夫人が言うように「頭から芳香が漂ってくる」（一三三頁）のであった。このことは物語の前の方で、「海の上の五月の朝よりも、丘の上の五月の朝よりも、どんな場所の五月の朝よりも、もっと心地の良い香りが漂う軽快な芳香に満たされていた」（一〇―一一頁）、つまり永遠の芳香に満たされている「防腐処理を施した頭」（一〇頁）をハーマンがイギリスから持ち帰ったと表現されているが、そのことは『モービィ・ディック』という一世一代の主題を持ち帰ってきたことを示唆しているのであろうと私は考えている。もちろん、アデリーナとの親密な関りがそれを可能にしたのであろう。巨大な傑作を仕上げようと格闘しているハーマンをアデリーナは手紙で激励する。

数か月後、「そうです、私はあのことに取り組んでいます」とハーマンは彼［ホーソン］に言うだろう。同じく彼はアデリーナにもそのことは手紙に書いたであろう。その仕事を開始したばかりの陶酔感のなかで手紙は書かれたに違いない。彼は新しい物語に陶酔していた。彼女は叙事詩のような便りを受け取り、返事を書いた。

「私がお見受けするところ、巨人にふさわしい頑丈さを掌中にしておられるあなたは、戦いと勝利のイメージそのものでいらっしゃいます」

後ほど彼女は彼に言うだろう。

「私は今ではあなたのことを非常に繊細に理解していますので、こんなに遠くで暮らしているにもかかわらず、いただいたお手紙や、そのリズムや、その構成や、あなたの筆跡を拝見するだけで、あなたが仕事のまっただ中にいて奮闘されているのか、それともしばらくのあいだ仕事から離れておられるのかどうか、私には推測することができます」

離れているとは、今では、ひとりで丘を全速力で越えていく散歩のことである。ポケットに紙と鉛筆を詰めこみ、周囲の景色には目もくれず、彼が見ているのはひたすら海、海、そして海である。そして谷の下の方から彼の家が姿を現わす。その家に向かってすぐさま彼は駆けつける。家に戻った彼は、急いで書きはじめる。（一三五―一三六頁）

全力をあげて執筆した『モービィ・ディック』は批評家たちの評判も上々だったが、ハーマンはアデリーナがこの作品を読むことなく死んでしまったのではないかと思い、心が晴れない日々を送る。そして、このあと「完全な沈黙を三十四年間続けたあと死亡することになる。」(一四二頁)この一八九一年九月二十八日の朝のことはきわめて簡略にしかしじつに印象的に記されている(一四二頁参照)。ハーマンは死ぬまでアデリーナからの便りを待っていたのであった。

ちなみに、現在フランスで容易に入手可能なリュシアン・ジャック、ジョーン・スミス、ジャン・ジオノ共訳の『モービィ・ディック』(3)では『メルヴィルに挨拶するために』が、序文としては長すぎるので、部分的に序文として利用されているということを付け加えておきたい。

『逃亡者』

『逃亡者』執筆の経緯、ジオノの意気込み

これは、恐らく彼が所属していたと想像される画家集団から抜け出し、フランスからスイスへと逃亡し、さらに腰を据え付けたスイスのナンダスにおいても住人たちの家庭に入っていくことは断

固拒絶していた画家(シャルル＝フレデリック・ブラン)の物語である。

寒い冬、住民たちに招かれても家庭の暖かさのなかには一切入っていくことのなかったこの逃亡者の心境を、作者ジオノはこんな風に解釈している。「あなたは今日私を喜んで招待してくれています。もしも私がその招待を受け入れるようなことがあると、私はすぐにその快適さの習慣に慣れてしまうでしょう。そして私がそれに慣れてしまうと、その習慣のせいで心からの招待というものは消え去ってしまうでしょう。余所者を常に家のなかに招き入れておくのは難しいものです。反対に、寒い季節になると暖かい暖炉に慣れるのはとても簡単なことです。やはり駄目ですね。自分の場所にとどまることにしておきましょう。私が今入手しているものは、すでに充分に美しいものです。私はそれ以上のものは要求しません。私は寒いところにいますから、あなたはあなたのお宅にいてください。そうすれば、事態は長く続くことができるでしょう。私が望むのはそれだけです。」(二三四頁)

村人たちから与えられる食糧を頼りに、また寒い冬でも秣小屋などで暮らすことによって寒さに耐えていたこの逃亡者は、何としても長く生きつづけるためにこうした態度を貫きながら、村人たちの姿に聖人たちの装いをまとわせた絵画を制作することによって暮らしていた。彼の生きていきたいという望みは予想外に強かったとジオノは解釈している。「彼は、その生き方からおおよそこのような人物だろうと想像させる以上に生に執着している。彼が寒さや窮乏や孤独を受け入れるのは、それはまさしく彼が生きたいと望んでいるからである。そうでなければ、彼は何物をも受け入れないであろう。フェレの谷間の奥底で誘惑を覚えたように、彼は成り行きに任せて暮らしていたであろう。彼が抵抗するのは、彼がマリ＝ジャンヌの肖像画を描くのは、そして今、聖モーリスの肖像画を描いているのは、それは、彼が生きていきたいと欲しているからなのである。」（二一四頁）

この「逃亡者」の物語をジオノが書こうとしたのは、出版者ルネ・クルーが、ナンダスの画家の作品を集めて美しい画集を出版するだけでは物足りなく思い、ジオノに、このあまりよく知られていない画家の物語を書いてくれないかと依頼してきたからである。「私たちの人物に関してこれまで収集されてきている相矛盾するところもある伝説的なありとあらゆる物語[4]」を解明するような物語を書いてほしいという要求を、ジオノは喜んで受け入れた。当然のことながら、ナンダスやその周辺に伝わるさまざまな資料がジオノに託されることになった。

ナンダスの町の長官ジャン＝バルテルミ・フラニエールに出会い、彼の庇護を受け、その地に居つくことになるまで逃亡者がたどった放浪の生活を描写するにあたり、ジオノは大いに資料を参照したようだ。ところが、メルヴィルの伝記を執筆した場合と同様、ジオノはいつまでも資料に縛られることには耐えられない。元の資料には書かれていないエピソードを付け加えたり、時には資料を無視したりしたことであろう。とりわけ、物語の主人公が画家であり、絵画という芸術が問題になってくる以上、メルヴィルの文学の場合と同じく、ジオノの関心は並々ならないものになってくるのが実感できる。

物語の冒頭はきわめて印象的である。「彼の過去のなかには、何だかよく分からないが、何かが激しく燃え上がっている。［中略］彼は同時に昼間であり夜である。黒であると同時に白であり、善であると同時に悪でもある。つまりすべてが彼のなかにあるのだ。」（一四六頁）

ジオノはメルヴィルのことも「逃亡者」（三二頁）と形容していた。文学に専念する人間は、世間の常識とはかけ離れた境地で活動する必要があり、つまり世間からいわば逃亡しているような暮しを強いられるからである。

逃亡者は、何度も危険を体験しながら村から村をたどり山のなかの道を歩いていた。この彷徨の時期において逃亡者は、当然ながら、人間を信用することができなかった。「極貧の暮らしを受け入れるという態度が、すべてを物語っている。ナンダスの画家は犯罪者ではない。彼は極貧者なのだ。本当の極貧者がすべてそうであるように、たまたまそうなったのではなくて、運命的にそうなっているのである。身分証明書を持っていないので、また間違いを犯してしまったことを自覚しているので、彼は警察を避けている。彼がくつろぐことができるのは、世の中から隠れて、庶民とともにいるときであり、彼を理解しようとして精神的な修養をしようなどとは考えないような人々とともにいるときなのである。」（一五六―一五七頁）

遍歴を繰り返す逃亡者

逃亡者が通過していく自然界の描写をジオノがなおざりにすることはできない。冬はもうそこまで迫っており、寒気が厳しさを研ぎ澄ましている。「牧草地は寒い冬用の毛並みはまだまとっていない。牧草はまだなめされておらず、丈の高い牧草の上を歩けば足が疲れる。胡桃の木はほとんどすべての葉を落としてしまっており、弱いが刺々しさを含んだ風は最後まで枝の先に残っている葉を揺らしている。栗の木はかさかさ音をたてている褐色の葉叢で猫かぶりをしている。そこでは冬の火がすでに燃え盛っている。楓は血のように赤く染まっている。夕方の灰色のなかで、楓の赤紫色が光彩を放っているので、茂みになっている垣根のなかで、水が入っている大きなランプの光が複雑に反射するように、楓は輝きわたっている。」(一六三―一六四頁)

「霧の中から現れた老婦人」(一六六頁)に道案内してもらったり、「脂肉の入ったスープと夜を過ごすための毛布を提供してくれた」(一七五頁)親切な男に出会ったりした。この親切な男は彼を家の中に招き入れ泊めてくれた。「我らの逃亡者が誰かの客人になりその家庭の集いに加わることに同意するのは、これが最初で最後のことである。」(一七五頁)

家族の団欒に招き入れてもらうのは嬉しいことなので感謝しながらも、彼は居心地の悪さを痛感せざるをえなかった。「風が遠ざかると、男と女の規則正しい呼吸が聞こえてくる。男の子は揺籠のなかで寝返りを打ち、つぶやいている。社会の装置のなかで自分が異質の物体であるという残念な印象を彼は感じている。その装置は正常に回転するために自分を必要としていないし、正常に作動するためには自分が立ち去ることを必要としているのである。彼は余計な存在なのだ。自分が余計者であるというこうした印象をすでに感じたがゆえに彼はフランスを立ち去ったのであった。こうした判断が最初はいかほど逆説的なものに思われようとも、それでも、彼は戸外の風や寒さのまん中の自分のあるべき場所にいる方がやはりいいのだろうと考えるのであった。自然の構成要素は、たとえ荒れ狂っているとしても、それらは人間のために作られているように思える(そして事実人間のために存在する)という独自のものがある。それがどのような人間であっても同じことである。自然の構成要素は人間を恐怖に陥れるし、人間を震え上がらせる(そして人間を愛撫する)。しかし、この恐怖やこの寒さは、まさしく、それらをこうむる人間との関わりのなかでのみ存在する。人間は、自分が忘れられているわけではないということ、自分は必要不可欠なのだということを自覚している。あらゆる場所は、宇宙のなかで確保されている。とりわけ、暖炉のかたわらのこの場所はしっかり確保されている。ところが、寒風のさなかの場所は自由である。」(一七六頁)

疲労と空腹で困憊し、教会のなかで死の間際まで近づいていた逃亡者は、見回りのためにやってきた司祭に助けてもらった(一七八―一八四頁参照)。元気を取り戻した逃亡者にその司祭は、「私はこの地方ではよく知られています。私が手に杖を持ってあなたと一緒に歩いているのを見ても、人々は私が充分なパスポートだと思い、あなたに何かを求めたりすることはないでしょう」(一八三頁)と言って彼に同行してくれた。このあと鉢合わせしてしまった憲兵と一里ものあいだ一緒に歩いていったりした(一八四―一八五頁参照)。緊張の中にもユーモアを感じさせる場面である。

逃亡者は寒さも空腹も恐れてはいない（つまり死ぬことを恐れてはいない）が、生きている以上、精神的な絶望には耐えられないとジオノは書いている。「寒風をまともに受ける場所を好む人はほとんどいない。彼は今ではその理由が分かっている。そのような場所にでも彼は身を落ちつけることはできないと感じている。彼は寒さも空腹も恐れてはいないが、しかし、絶望には抵抗することができないであろうということを学んだばかりである。」（一七八頁）

絶望を克服するにはどうしたらいいのだろうか。やはり、人間の近くで暮らす必要があるという結論に逃亡者はたどり着いたのである。

ついに、隠れていた男が、姿を現わさねばならない時がやってきた。逃げてきた男が人と向き合おうとし、沈黙を保ってきた男が急に話しはじめ、怖れてきた男が世間に直面する時が訪れた。逃亡者にとって、こうした時がついに到来したのである。憲兵と遭遇してしまった時に味わった恐怖のせいでまるで狂ったように彷徨を続けるようになったことが原因なのだろうか？　それとも、はじめて降った雪のせいだろうか？　そうではない。彼は寒さも暗闇「憲兵との遭遇」も今では恐れてはいないからである。雪とともに訪れたこの圧倒的な静けさが、彼にそう決心させたようだ。彼には自分の足音が聞こえるし、自分の衣服に降りかかる白い雪は彼の身体の輪郭をはっきりと際立たせている。急激に、彼は逃走するのはもう終わりにしようと決心した。彼は決然としてオート＝ナンダスの灯火に照らされた家々の窓辺に接近してい

った。(一八六―一八七頁)

この決心がなされていなかったら、逃亡者はおそらく森の中かどこかの秣小屋で息を引き取っていたであろう。そして彼の絵画は描かれることもなかったであろう。しかし、彼には生きようという意欲が忽然と湧きおこってきたようである。もちろん、このあたりの筋書きはジオノの創作であろう。そして、ここから逃亡者の画家としての物語がはじまっていくのである。

逃亡者は、誰かに話しかけようと決心し、誰に話しかけたらいいのか息を殺して目の前を通り過ぎる何人かの人物を見つめ品定めしていたにちがいない。「彼にとってそれは生か死を決定づける重大な問題である。彼が近づいていく人物たちが恐怖を感じ、憲兵隊の助けを求めたりするなら、万事休すである! 冷淡な心の持主や、守銭奴や、エゴイストに近づいたりすると、彼は暗闇のなかに投げこまれてしまうであろう。」(一八七頁)

逃亡者が話しかけたのは町の長官ジャン=バルテルミ・フラニエールであった。そして結果的に、逃亡者は最高の人物を選んでいたということがあとで分かってくる。「秋の夕暮れ時に、初雪と同時に森林から抜け出てきたこの背が高くて頑丈な余所者は、複雑な問題を彼に投げかけた。彼はその男に怯えたわけではなかった。憲兵の助けを求めようとはまったく考えなかった。最も急を要するのは、明らかに飢えているこの人物に食物を与えることだと彼にはすぐに分かった。しかし、この人物が不幸である限り、自分だけ落ちついて食べ物をじっくり味わうなんてことはできないだ

ろうということも彼は理解した。」(一八七―一八八頁)

長官は逃亡者に自分の家に来るよう誘ったが、逃亡者は拒絶した。そこでフラニエールは「パンと脂肉とワインとチーズを探してきた。ロバの身体を覆うのに時どき使われていた兵士用の古くなった外套も持ってきた。」(一八八頁)逃亡者にとってはそれは「大饗宴」(一八八頁)であった。物質的のみならず、フラニエールの「機転が利き優しくて小さな目を間近に見て、彼の響きの良い声を聞き、飾るところのない農民風の彼の物腰や、樹木のような穏やかさに接すると、それは逃亡者にとっては精神の大饗宴でもあった。」(一八八頁)

逃亡者は、この人物にすべてを任そうと一瞬のうちに決意したのであろう。自分の置かれている状況などすべてを彼はフラニエールに打ち明けた。「どれくらい以前から逃亡者は、人を信頼する必要を感じていたのであろうか? このことは誰にも分からない。極度の孤独や、凍り付くような山に迫られ、不安な街道をたどらねばならなかった彼は、ついに、誰かに自分の心を打ち明ける必要があった。逃亡者は自分の名前はシャルル=フレデリック・ブランだと言った。自分が信頼してよいと思う人物に名前を打ち明けるのは適切な判断である。名前があるということは、存在していることの証明になる。フランス人のシャルル=フレデリック・ブランである。フランス人と言ってから、すぐさま、事態をはっきりさせるために(そして、彼がル・トレチアン以来感じている主要な心配事を和らげるために)、自分は憲兵が怖いのだと強調した。何故なの? 書類がないからと、彼は本当の理由を打ち明けた。」(一八八―一八九頁)

肖像画の力

逃亡者には絵が描けるということが分かり、フラニエールは自分の妻の肖像画を描いてほしいと要求した。逃亡者はこころよく了承し、マリ＝ジャンヌの肖像画が描かれた。「彼女は、その絵画のなかでは、女性として、少女の瑞々しさを具えた女主人としてさえ描かれているのである。」（二〇一頁）

ここから逃亡者を取り巻く状況が大きく変わっていく。絵画の秘めている絶大な力のおかげである。長官がその肖像画を自分たちだけのものとして所有することはかなわなかった。村人たちが見せてほしいと望んだからである。誰もが見ることのできる場所にその絵は吊るされることとなった。

村中のすべての者がそれを見にやってきた。描かれているのは、まさしく長官の妻である。ジャンヌ＝マリは、こうした地位の向上を誇りに思った。この時期まで、栄光を浴びていたのはジャン＝バルテルミである。彼女の順番がまわってきたのだ。それは誰のおかげだろうか？　あの例の男、あの神秘的な男のおかげだと言うべきであろう。男がどこからやってきたのか、男の出身地はどこなのか、彼の隣人あるいは同じ町の人あるいは同郷人が何をしている人間なのかというようなことは誰にも分からないのに、まるで茸のように、オート＝ナンダスににょっきりと生え出てきたあの男のおかげである。すべてにおいて余所者なのだ。彼が話すときに見せる訛りから、また自分がフランスからやってきたということを彼が隠さないが故に、彼は余所者である。その証拠は肖像画であるが、職業の点でも余所者である。キリスト教徒の家に受け入れられるのを拒絶するという生活態度においても余所者だ。その巨体と白い手を見ても体格的に余所者だと言うことができる。というのも、先ず女たちが、恐らく少女たちもまた、それからいくらか遅れて男たちも、彼の手が白いということに注目したからである。そしてその手は細やかである、つまり荒れていない。畑仕事をしたり、鍬や斧などの取っ手を持って作業をすると、手が固い皮のようになるしマメができたりするものだが、彼にはそうした形跡がない。絵筆の他には何も持ったことがない男であるのが明らかである。おそらく絵筆より軽い道具、例えばペンでさえ持ったことがなさそうである。公証人だったのだろうか？　何故ならば、オート＝ナンダスにおける書記のような仕事としては、公証人を除けば、想像できるものが何もないのであるから！（二〇二─二〇三頁）

逃亡者のような白い手を持っている者は、その村の近辺には誰もいない。白い手の持ち主は牧師か公証人に限られるのだ。さらに逃亡者が村人たちの目の前で描いていった絵画にみんなは魅了された。まるで魔法を見ているような気持だったであろうと想像できる。「彼は、オート＝ナンダスの家々［人々］の長い夕べのあいだの思索と会話の対象となっていた。寝床に入ってからも、お前はどういう意見だね、お前はどう考えているんだ、などと夫から妻へと訊ねたものである。無数の事柄のなかで人々がそれについて考えていたいろんなことを順次解きほぐしていく必要があった。し

かしそこにはいつも、マリ＝ジャンヌの肖像画があり、それは人々の心のなかにどっかりと居坐っていた。」（二〇五頁）

逃亡者に対してフラニエールは「自宅の母屋の裏にある小屋を彼に提供したいと申し出ることまでしている。」（二〇五頁）小屋のなかにベッドやストーブを設置できるし、逃亡者がいささかなりとも快適な暮らしができるからである。しかし、こうした類の申し出をすべて逃亡者はかたく拒絶した。村人たちが食べ物を提供しても、逃亡者が家の中に入っていって食べるということは決してなかった。

スイスの冬は寒い。その冬を暖房のない秣小屋で過ごすのは大変なことである。家の中にいても人々はストーブから離れられないというのが現実なのだ。しかし、この最初の冬を逃亡者が秣小屋で乗り切ったという事実が、これ以降、二十年にもわたる長期の滞在を可能にしていったのであった。

山の中の住人は、外部との交流が頻繁に行われるということがないため、基本的には、かなり保守的な行動パターンにのっとり暮らしている。だから、彼らは急にフラニエールのところに居坐ってしまっている逃亡者に対して猜疑心の混じった視線を投げかけていたはずである。「山のなかの農民は、独自の矜持、独自の武骨さ、独自の損得勘定を持っている。彼らの損得勘定にうまく合致しないものはすべて、事情をよく調べてからでないと受け入れられることはない。人々がこの冬行っていたのはこの事情調査である。」（二〇七頁）

この地方の長官フラニエールが逃亡者を受け入れたというだけで、村人たちの心が動くということはなかったであろう。二十年もの長期間にわたり逃亡者が滞在できたのは、やはり、マリ＝ジャンヌの肖像画のおかげなのである。「不意に、この哀れな男の白い手から、マリ＝ジャンヌの肖像画が現れ出てきた。この事実が万事を変えてしまった。今となっては、仮に長官の推薦がなかったとしても、人々は彼を容認することであろう（つまり、一時的な受け入れということを人々は検討するであろう）。手の白さというものは悪徳ではない。その白さがどの程度にまで美徳ではないのか、誰にも分からないことである。人々はそのことを話題にする。互いにそのことを注目の的にする。しかしそれは、この男を取り囲んでいる神秘に何らかの意味を与えようとする試みである。公証人だって！　公証人とは、つまり外套を羽織った男で、鍛冶屋が赤くなった鉄を扱うような具合に法律を取り扱う男である。この公証人は、ブルジュア風の家を捨てて、ここへやってきて、秣のなかにうずくまって暮らし、マリ＝ジャンヌの肖像画を描いたんだ。これは大したことじゃないだろうか！　これはぞんざいに取り扱うことなどできない何か重大なことだよ。」（二〇八頁）

村人たちの多くが彼のところにやってきて、暖房のきいている家の中に招いたりしたが、彼がそうした申し出を受け入れることはなかった。長官の妻の肖像画を見てしまった彼らは、あんな絵画が自分の家にもあったらいいだろうなあ、などと空想したことであろう。「人々は、どのような端っこでもいいからその上に絵具が塗られているものを壁に架けてみたかったのであろう。」（二一〇頁）暗い冬になると、そのような空想がいよいよ広がっていったとしてもおかしくない。「もちろん、私たちのすべてが長官の奥さんのような立派な容貌を持っているわけではない。しかし、私たちには誰でも守護聖人がいる。何故、私たちの守護聖人が私たちの代わりに表現されないのであろうか? 聖ジャック、聖モーリス、聖ジョルジュ、聖マルタン、聖レジエ、聖アントワーヌ、聖エリザベートなど、カレンダーに記されている聖人が私たちにはついているのだ。聖アンヌや聖マルトも同じく健在である。長官の数ほど聖人はいるはずだ。それは自尊心などではなくて、視線に安らぎを与えてくれる美しくて小さな四角の色彩[絵画]になるであろう。」(二一一頁)

さまざまな聖人の装いをまとった肖像画を村人たちは描いてもらうようになっていく。フランスのカレンダーでは毎日聖人が決められている。例えば六月二十四日生まれの人には聖ジャン＝バチストが守護聖人というわけである。スイスでも事情は同じだと思われる。まず最初、逃亡者はモーリス某のために〈アゴーヌの聖モーリス〉(二一一頁)という肖像画を描いて届けることになった。「その絵画は非常に美しかった。おそらく、マリ＝ジャンヌの肖像画を凌駕するほどの出来栄えだった。その絵はモーリス某のために描かれたのだが、そのモーリス某がそのような見解を示した。もちろん、マリ＝ジャンヌの絵画より重要だという訳ではない。マリ＝ジャンヌを描いた絵は、オート＝ナンダスの「人々の」心のなかに逃亡者を固定させてしまうことになったいわば直根のような役割を果たしたからである。さらに、この絵画は、自分たちの仕事や自分たちの性格を認め合っているような人々の一員としてこの画家を決定的に位置づけることができただけに、この絵はいっそう重要なのである。」(二一二頁)

村人たちがあまりにも彼にまとわりついてくるので、逃亡者はある時納屋から立ち去ったこともある。いくらか離れた森の中の小屋に一時的に移動していたのであった。彼は誰も見ていないところで勝手きままに絵を描きたかったのである。村人たちも少しずつ彼の気持を理解していったと想像できる。

それに、逃亡者はいやいやながら村人たちの肖像画を描いていたわけではない。画家や音楽家が具体的な注文を受けて音楽を作ったり絵画を描いたりするのは、彼らにとって大きな喜びであり、それは彼らの生き甲斐にもなるのである。その絵のなかに、画家は自分の夢や希望を描きこむことができるからである。「逃亡者は、ただ単に世界を表現しようとするために絵を描いているわけではない。彼の絵画は、自分の生命が依存している人々に向かって彼が語りかける長い独白《モノローグ》なのである。」(二一四頁)

逃亡者は村人たちのために描いた肖像画のなかで自分の胸の内を表現していった。肖像画は、当然のことながら、さまざまな物に囲まれていた。人物の周辺に描きこまれる物のなかに逃亡者の気持が表現されているとジオノは指摘している。

オート＝ナンダスのダゴーヌで描かれたこの〈聖モーリス肖像画〉(他にも、裸で剥き出しの聖モーリスでありえたし、ピエール＝サントの聖モーリスでもありえたし、さらにどのような聖モーリスでもありうることができた)のなかで、逃亡者は、馬や軍旗によって、寄付者の顔が遠慮がちに再現されている表情によって、自分の胸の内を明かしている。同時に彼は、樹木、花束、十字架、鉄兜、制服というような月並みな主題の下に自分自身を隠している。鉄兜は、豊かな司教区のあらゆる行列に付き従う〈法王の兵士たち〉がかぶっている鉄兜の正確な再現である。制服は、大司教区において天蓋を担ぐ人たちがまとっている服である。樹木、花束、城館、以上は決められた主題である。馬や軍旗は、逃亡する者の夢である。馬は疲れることなくして迅速に移動できるし、軍旗は最良のパスポートである。軍旗を振りかざしている騎手に誰も証明書を求めたりしないからである。オート＝ナンダスの農民の内気そうな肖像画が見えているが、〈聖モーリス〉はその人物のために描かれている。顔の表情に関しては、彼は、最高度に感動的な何としても生きていきたいという意志をそこに描きこんでいる。それは、そこに根を生やして、もう逃亡することなく、そこで受け入れられ、家族のような扱いを受け、愛され、認められて生きていきたいという意志である。(二一四―二一五頁)

そうした逃亡者に対して、村人たちはどのような思いを抱いていたのであろうか。白い手を持っている逃亡者は力仕事をしない人間である。しかし、彼は、誰が何と言おうとも、絵を描くということができるのである。それは誰にもできるような業ではない。「最初から(村の住人たちが見守るなかで彼がはじめて絵具を準備したときから)、これは立派な男である、この男は自分の仕事を熟知しているということを、人々は了解した。人それぞれにふさわしい仕事がある、と諺が言っている通りである。私たちの顔を備えている守護聖人の肖像を描くのにさいして彼は私たちに何も要求することはない。だから私たちも、秣を取り入れるのを手伝ってほしいと彼に要求する権利はないのである。」(二二七頁)

森の中から出てきた逃亡者はいくらか魔術師のような人間だと考えられていたのではないだろうか。というのは、村人たちの周辺には絵を描く人間などいなかったし、そんなことができる人間がいるなどということを彼らは想像したことさえなかったであろう。「人々が彼に対して抱いている敬意は、みんなが思っているよりはるかに大きいものがある。それは芸術というものの大きな勝利を意味している。それは物質に対する精神の勝利とも言えるであろう。十九世紀のまっただ中にあって(そして当時の人々が、信用貨幣を大切に思っていたかどうかなどということは誰にも分からない)、芸術家に素晴らしい権利を気前よく与えていたこれらのオート＝ナンダスの人々に脱帽して敬意を表しておきたい。／少しずつ、こうした勝利(その勝利は小さなものだと思われるかもしれないが、そんなに些細なものではなかった)とともに、逃亡者は、生きていく権利だけでなく、平和の権利まで獲得していった。」(二二七―二二八頁)

逃亡者の生活

村人たちが彼の仕事に敬意を払っていたとしても、彼の生活が豊かになったというわけではない。彼は相変わらず可能な限り人々の前から消えようとしていたであろう。村人たちの前にいない限り彼は食糧を入手することはできなくなる。たっぷりと食料を獲得することより、彼はむしろ空腹の方を選んでいたように思われる。「彼が食べ物を与えられるのはきわめてまれである。人々はあちこちで彼に食べ物を与えるが、彼が食べ物を要求することは絶対にない。確かに、彼の絵に対して人々が充分に報いていない［食べ物を充分に与えていない］というイメージは残されてはいない。チーズだったり、ハムだったり、スープだったり、絵具や絵筆を買うためのわずかな金銭（いつもシオンまで出かけていって買う必要がある）だったりする。逃亡者が存在するということを思い起こすためのイメージがないなら、彼のことを忘れてしまうというような傾向がでてくるであろう。人々が彼に食べ物をたっぷり与えるためには、もちろん、彼が姿を現わしさえすれば充分である。しかし、彼が出てこなければ、彼は何ももらえない。何ももらえなければ、腹がすいてしまう。食料を調達するために、彼はしばしば植物の根を掘り出すことがある。内気な彼は、文明化した人々に接近するよりも、根の発掘の方を好むことがあったのだ。」（二三六—二三七頁）

さらに、村人たちが彼のことを密告するということはなかったにしても、憲兵たちがいつ現れるかもしれないという恐怖は相変わらず根強く残っている。ある時、ヴェゾナスに出かけた時、村人たちが彼を制止した。憲兵たちがシオンからあがってきていたるところ逃亡者の姿を探しまわっているというのである。早く隠れよと彼らは隠れ場所をいろいろと指示してくれた。「犬に追われた狐が逃げこむために壁のなかのくぼみが用意されているよと教えてやるように、人々はいろんな場所をさし示した。怯えてしまった彼は、森のなかへ走り去って消えてしまった。そのあとどこでどう過ごしたのか誰にも分からないが、こうして彼は三日のあいだ隠れていた。納屋のなかで、あるいは秣の下で、あるいは岩の下で、あるいは雑木林のなかで、それとも熊の寝床で。誰にも彼が隠れていたところは分からなかった。村人たちが次に彼の姿を見たとき、彼は蒼白になっていた。彼は、追いまわされた結果、活力が尽き果てた状態で、飢え、興奮し、震えていた。体力を取り戻すのに何日もかかった。」（二三九頁）

別の時には、彼がミサに列席していた教会の戸口に憲兵たちが見張りにきたこともあった

(二三九頁参照)。不意に闇を切り裂いて出てくるかもしれない憲兵たちの姿に彼は怯えていたであろう。悪夢にうなされたこともしばしばあったはずである。「地獄（ああ！　これはダンテの地獄ではない。こけおどしの地獄ではなくて、正真正銘の地獄である）、まさしく地獄である。逃亡者は地上でそれを体験していた。不安の地獄、不確実性の地獄である。常に危ない橋を渡っているので、うまくいくという保証がまったくない。明日の安全ではなく、一瞬先の安全の保証がないのだ。いかなる瞬間にも、制服をつけた手が、法律の名のもとに、闇のなかから出てくる可能性がある。」（二三九―二四〇頁）

こうして、死にいたるまで肉体的そして精神的に逃亡者が完全に安全だったということはなかったのである。永遠の逃亡者である彼は、死にいたるまで放浪を続ける。「彼は休まることのない逃亡生活を続けている。歩き、また歩き、常に歩いている。このヴァレーの土地の傾斜地の高地から低地へ、反対に低地から高地へと。死ぬ時まで、彼が立ち止まることはないであろう。」（二四二頁）

そうした緊張感にあふれる生活のなかにも、彼なりに幸せなひと時があったということは彼が残した絵画から類推することができる。「残されている〈オルスラスの山の奉献〉を参考にして、逃亡者が楽しい日々に味わっていた幸福がどのようなものであったのか、私たちは想像することができるであろう。牧歌的な幸福、それはヘシオドスの幸福である。雌牛たち、牧草地、日々の労働、樅の木、羊の群れ、村、山々、そしてその上には、急降下する飛行機の形を模倣している鷲が旋回している空がある。この急降下するという形は、宗教的感情の発露として、聖霊に与えられることもある。彼は、こんな風に、田舎で過ごした日々の平穏を味わっていた。彼は田舎の光景の素朴な輝き(栄光)に敏感だった。彼は神聖な幻影の彼方を見ていたし、現実が彼に意気阻喪させることはなかった。彼は、農民が考えている以上に、農民に近い人間だった。彼はごく単純に、貴族風なやり方で農業構造を利用していたのであった。」(二四三頁)他にも平穏な田園風景を描いている彼の絵画からジオノは、逃亡者の穏やかで満ち足りた心のなかを想像している(二四四―二四五頁参照)

それに、逃亡者はハーブなどを利用して傷の治療薬を作ることを心得ていたし、家畜が病気になると治療を施すこともあった。獣医学の知識を持っていたのである。こうして、住人たちは逃亡者を何かと頼りにするようになっていったのであった(二三〇頁参照)。

逃亡者の死

やがて逃亡者に死が訪れる。もちろん彼が死を恐れるということはなかった。ジオノはその死をこんな風に形容している。「こうして彼は、永遠に、四つの壁のなかに閉じこめられてしまうことになった。それは極貧、憲兵、恩寵、そして死という壁である。」(二四八頁)彼にとって死というものはきわめて自然な出来事だったはずである。「一八七一年、ベゾナスで、小作人の家にいるときに、死が彼を襲った。この時、彼はベッドを受け入れざるをえなかった。それは三月九日のことだった。彼は油が足りなくなっているランプのようだった。彼は苦しまなかった。彼は、ごく単純に、向こうの世界へ立ち去っていった。彼は自分で出口を見つけることができた。政府や憲兵たちはとっとと立ち去ってくれ。自らの動きを緩めていくこの魂は、間に合わせの物を利用して、驚異的な大赦を自分の力で制作していった。死というものは、いかに壮麗な隠れ家であることだろう！　そして、死んでいく彼はいかほど守られていると感じていたことであろうか！」(二四八―二四九頁)

フレニエール長官のおかげで二十年もの長期間にわたり逃亡者はナンダスに滞在し、数多くの絵画を残すことができた。そして、今、彼の功績をたたえるために彼の画集を出版しようという計画がこの地方で持ち上がっている。素晴らしい画集ができあがることであろう。そして、その画集を支えるために書かれたジオノの物語は、次のように幕を閉じている。

彼が飛びこんでいった暗闇の表面に何らかの渦が見られなかったのはあまりにも神秘的なことである。伝説が残っている。出発していく前に、彼は最後の作品をフラニエールに与えている。それは十字架を描いた絵である。この十字架が奇蹟を起こしたのかもしれない。逃亡者の棺をヴェヨナスから、そこだけに集合墓地があるバス＝ナンダスへ運んでいるとき、四人の農民がその棺を肩に担いで運んでいた。しかしこの逃亡者の身体は大きかったので、棺はラバに載せる必要があった。サン＝タガートの礼拝堂を前にすると、ラバはそれ以上進むことを拒絶した。ラバたちはしばしばこうした気紛れを示すことがある。ここでは、神が何か悪ふざけをしたと考える方が好ましいように思われる。このラバはどうしても動こうとしないので、男たちがラバの代りを務めることにして、彼らが自分の肩で棺を担いだ。そうすると、教会の小さな鐘が勝手に鳴りはじめた。そして棺は、まるで鳩の羽のように、軽くなった。

貧しい者は幸いなるかな。何故なら彼らには神が見えるからである。この人物にとって、それはもっとも可能なことであった[神が見えるということは、もっとも容易なことであった]。

(二四九—二五〇頁)

絵画という芸術が秘めている絶大な力を称揚すると同時に、芸術家は世のなかにあってはいささか異邦人のような存在であるということを痛感していたはずのジオノだから書くことができた物語である。彷徨い続ける逃亡者の生々しい生涯を私たち読者は身近に感じることができた。

じつはジオノの祖父(ジャン＝バチスト・ジオノ)は政治的な理由でイタリアからフランスに亡命してきた。当時創設されたばかりの外人部隊に入りアルジェリアで活動した後、プロヴァンスのサン＝シャマに定住した。逃亡者としての過去を回想するために彼は通りすがりの放浪者たちにスープをふるまっていたと言われている。ジオノの父ジャン＝アントワーヌ・ジオノは、放浪者や亡命者たちが頼ってくると相談に乗ったり、時には家にかくまっていたりしていたことはジオノの自伝的傑作『青い目のジャン』に詳しく書かれている。ジオノ自身も、例えば第二次大戦中、何人もの逃亡者たちを自宅にかくまっていた。その中にはユダヤ人も含まれていた。それなのに、「対独協力者」という濡れ衣を着せられたジオノは六か月間投獄された。出獄後もかつての仲間だったはずの人たちの裏切りや中傷を受け、約三年のあいだ出版を禁止されていた。このようなジオノだからこそ、逃亡者の心情も逃亡者を受け入れる人物の状況も、自分のことのように深く理解することができていた。

ジオノはある時期奥さんの近親者たちも養っていたことがあった。しかし、その老人たちはジオノが一体何をして生活費を得ているのかまったく理解できていなかったということである。作家活動などという仕事があるということを想像できなかったからである。これと似たようなことは、実は現在でもジオノの町マノスクで見られる現象である。

ジオノ協会会員でもある私の友人が私に述懐したことがある。ジオノほど地元の人たちから理解されていない作家も珍しい。そのことを確認しようと、私は数名のマノスクの住人にジオノのことを訊ねてみた。ほぼ例外なく、彼らはジオノの小説家としての偉大さが理解できていない様子だった。次女のシルヴィさんがえらく宣伝しているので最近ではジオノはいくらか名を知られるようになってきているなどと平気な顔をして何人もの住人が私に語ったことがある。彼らはジオノの作品など一度も読んだことがないのだ。

シルヴィさんも、苦笑いしながら私にこんなことを話したことがあった。マノスクでは自分の夫(医師、故人)の方がパパよりはるかによく知られていました。もちろん、パリに行けばパパは圧倒的に多くの人に知られています。日本人のあなたがパパのことを詳しく知っているのに、マノスクではあまり注目されていないのです。

マノスクの年輩の住民のなかには、ジオノが市街地にやってきてカフェに坐っている姿を見たことがある人たちがいる。あんな人間が何故偉いというのだろう、などと彼らは考えているのだ。ジオノには後光がさしていないのである。議員さんでもないし、勲章をもらっているわけでもないし、それほど金持ちでもないし、大きな屋敷に住んでいるわけでもない。それにジオノは高校も出ていない。普通の人々の価値基準はこうしたものなのかもしれない。

芸術に携わる人は、通常の常識を乗り越えたところで活動しなければならない。しかし、そうすることによって避けられない人々の無理解を耐え忍ぶ必要がある。メルヴィルそして逃亡者、両者に当てはまる考え方であり、ジオノが常日頃痛感していた厳しい現実である。第二次対戦を前にして『純粋の探究』で戦争の愚劣さを指摘したら、すぐさま投獄されてしまった。作家活動という市民には目立たない地味な仕事を何十年も続けてきてもマノスクの住人たちはいまだにジオノの功績を素直に認めようとしていない。毎夏のように、ジオノ協会が主催して「ジオノの日々」と称するジオノ学会が開催され、多くのジオノ愛好者たちが、フランスだけでなく外国からも、マノスクにやってくるのだが、それでも、ジオノという作家が地元の人々にその真価を認められるためには、まだまだ年月が必要なのであろう。こうした状況に置かれており、そのことを自覚していたからこそ、ジオノは『メルヴィルに挨拶するために』と『逃亡者』を書くことができたのであろう。芸術家が耐え忍ばねばならない試練の物語であった。

注

（1） Voir *Pour saluer Melville*, Œuvres romanesques complètes de Jean Giono, Pléiade,Gallimard, Tome 3, 1974, p.1103 (Notice à Pour saluer Melville par Henri Godard). メルヴィルがイギリス、フランス、ベルギーそしてドイツなどに滞在したのは一八四九年十一月五日から二十六日までである。

（2） Pierre Citron, *Giono*, Éditions du Seuil, 1900, p.329.

（3） Herman Melville, *Moby Dick, Préface de Jean Giono, Traduction de Lucien Jacques, Joan Smith et Jean Giono*, folio classique 2852, Gallimard, 1980.

（4） Jean Giono, *Le Déserteur*, Œuvres romanesques complètes de Jean Giono, Tome 6, Pléiade, 1983, p.934 (Notice au *Déserteur* par Janine et Lucien Miallet).

☆

本書の翻訳に際して使用したテクストは以下の通りである。

Jean Giono, *Pour saluer Melville*, Œuvres romanesques complètes de Jean Giono, Tome 3, Pléiade, Gallimard, 1974, pp.1-77.

Jean Giono, *Le Déserteur*, Œuvres romanesques complètes de Jean Giono, Tome 6, Pléiade, Gallimard, 1983, pp.191-250.

Jean Giono, *Le Déserteur*, folio1012, Gallimard, 1997.

Jean Giono, *Le Déserteur*, avec quarante peintures de Charles-Frédéric Brun, Éditions Quatuor, 1995.

本文の訳注は割注〔……〕としてすべて本文に組み込むことにした。

ジオノの難解な文章の前でしばしば立ち往生する私を支え続けてくれたアンドレ・ロンバールさん（マノスクの北西約二十キロ、ヴィアンスに在住）への謝辞を、今回はフランス語で表現しておきたい。

Mes remerciements vont tout d'abord à notre ami André Lombard, qui continue à me soutenir par ses connaissances profondes de la littérature de Jean Giono, de la civilisation et de la nature provençales.

Son aide amicale m'a permis de poursuivre la traduction des œuvres de Jean Giono depuis *Solitude de la pitié* jusqu'à *Pour saluer Melville* et *Le déserteur*.

Ayant déjà publié plusieurs livres au sujet de l'excellent peintre Serge Fiorio (fils d'Émile, cousin de Giono), il est à la fois critique remarquable et chroniqueur généreux.

Cher André, merci infiniment!

（大意。ジャン・ジオノ文学だけでなくプロヴァンスの文明や自然に深い造詣を掌中にしている私たちの友人アンドレ・ロンバールさんにまず感謝しておきたい。／彼の友情に裏打ちされた援助のおかげで、『憐憫の孤独』から今回の『メルヴィルに挨拶するために』と『逃亡者』にいたるまでジオノ作品を何冊も翻訳することができた。／素晴らしい画家セルジュ・フィオリオ（ジオノの従兄エミール・フィオリオの息子）に関する著作を何冊も出版しているアンドレは、優れた美術批評家であると同時に高潔なコラムニストでもある。／親しいアンドレ、限りなくありがとう！）

彩流社社長の河野和憲氏には、今回もこころよく出版を引き受けていただいただけでなく、じつに手際よく編集作業を進めていただいた。これまで何冊ものジオノの訳書の出版をお引き受けいただいて感謝の極みである。この訳書が多くの読者を見出すことによって河野氏の期待に少しでも応えられることを願っている。

今回の翻訳においても、家内の直子は校正作業を手伝ってくれた。何回見直してもどうしても見落としてしまう誤植や不適切な表現を何か所も指摘してくれたので、誤りが限りなく減少していることを願っている。心からの感謝をあらわしておきたい。

二〇二一年十一月十四日　信州松本にて

山本　省

【著者】ジャン・ジオノ（Jean Giono）

1895年–1970年。フランスの小説家。プロヴァンス地方マノスク生まれ。16歳で銀行員として働き始める。1914年、第一次世界大戦に出征。1929年、「牧神三部作」の第一作『丘』がアンドレ・ジッドに絶賛される。作家活動に専念し、『世界の歌』や『喜びは永遠に残る』などの傑作を発表する。第二次大戦では反戦活動を行う。1939年と1944年に投獄される。戦後の傑作として『気晴らしのない王様』、『屋根の上の軽騎兵』などがある。1953年に発表された『木を植えた男』は、ジオノ没後、20数か国語に翻訳された。世界的ベストセラーである。

【訳者】山本省（やまもと・さとる）

1946年兵庫県生まれ。1969年京都大学文学部卒業。1977年同大学院博士課程中退。フランス文学専攻。信州大学教養部、農学部、全学教育機構を経て、現在、信州大学名誉教授。主な著書には『天性の小説家　ジャン・ジオノ』、『ジオノ作品の舞台を訪ねて』など、主な訳書にはジオノ『木を植えた男』、『憐憫の孤独』、『ボミューニュの男』、『二番草』、『青い目のジャン』、『本当の豊かさ』、『大群』、『純粋の探究』、『蛇座』（以上彩流社）、『喜びは永遠に残る』、『世界の歌』（以上河出書房新社）、『丘』（岩波文庫）などがある。

Sairyusha

メルヴィルに挨拶《あいさつ》するために

二〇二二年一月十日　初版第一刷

著者――ジャン・ジオノ
訳者――山本省
発行者――河野和憲
発行所――株式会社 彩流社
〒101-0051
東京都千代田区神田神保町3-10大行ビル6階
電話：03-3234-5931
ファックス：03-3234-5932
E-mail：sairyusha@sairyusha.co.jp
印刷――明和印刷（株）
製本――（株）村上製本所
装丁――中山銀士＋金子暁仁

ISBN978-4-7791-2793-9 C0097

http://www.sairyusha.co.jp

【彩流社の海外文学】

中央駅

キム・ヘジン 著
生田美保 訳

路上生活者となった若い男と病気持ちの女……ホームレスがたむろする中央駅を舞台に、二人の運命は交錯する。『娘について』（亜紀書房）を著したキム・ヘジンによる、どん底に堕とされた男女の哀切な愛を描き出す長編小説。

（四六判並製・税込一六五〇円）

わたしは潘金蓮じゃない

劉震雲 著
水野衛子 訳

独りっ子政策の行き詰まりや、保身に走る役人たちの滑稽さなど、現代中国の抱える問題点をユーモラスに描く、劉震雲の傑作長編小説、ついに翻訳なる！

（四六判並製・税込一六五〇円）

【彩流社の海外文学】

八月の梅

アンジェラ・デーヴィス＝ガードナー 著
岡田郁子 訳

日本の女子大学講師のバーバラは急死した同僚の遺品にあった梅酒の包みに記された手記の謎を掴もうと奔走する。日本人との恋、原爆の重さを背負う日本人、ベトナム戦争、文化の相違等、様々な逸話により明かされる癒えない傷……。

（四六判上製・税込三三〇〇円）

ヴィという少女

キム・チュイ 著
関末玲 訳

人は誰しも居場所を求めて旅ゆく――。全世界でシリーズ累計七十万部以上を売り上げ、二十九の言語に翻訳され、四十の国と地域で愛されるベトナム系カナダ人作家キム・チュイの傑作小説、ついに邦訳刊行！

（四六判上製・税込二四二〇円）